Kein Raki für Koslowski

Joachim H. Peters

Kein Raki für Koslowski

Roman

Verlag topp+möller
Detmold 2011

„Es ist alles schlecht, wo das Wörtchen ***zu*** vorsteht. Man kann auch zu religiös sein.“

Alfons Spiekermann

Bibliografische Information Der Deutschen Bibliothek
Die Deutsche Bibliothek verzeichnet diese Publikation in der Deutschen Nationalbibliografie; detaillierte bibliografische Daten sind im Internet über http://dnb.ddb.de abrufbar.

ISBN: 978-3-936867-34-7

Zweite Auflage 2011

Verlag und Gesamtherstellung: topp+möller, Detmold
Lektorat: Volker Maria Neumann

„Elftes Gebot:
Du sollst dich nicht täuschen!“

Koslowski, 2010

Vorwort des Autors

Auch das zweite Buch mit dem Titelhelden Koslowski ist wieder ein Roman, dessen Handlung ebenso fiktiv ist wie die darin agierenden Personen. Daher versteht es sich von selbst, dass auch sämtliche vorkommenden muslimischen Organisationen frei erfunden sind und keinerlei Bezug zu real existierenden Gruppierungen besteht. Der „Religionsmonitor“ der Bertelsmann-Stiftung hat ein genaues Bild der Muslime und ihrer Religionsausübung in Deutschland wiedergegeben. Darin heißt es, dass die hier lebenden Muslime hochreligiös und größtenteils unpolitisch seien und eine große Toleranz gegenüber anderen Religionen besäßen. Eine Einschätzung, welche ich aus eigener langjähriger Erfahrung mittragen kann.

In diesem Buch sind es, genauso wie im wirklichen Leben, die wenigen *schwarzen Schafe,* welche die vielen friedlichen *weißen* in Verruf bringen. Irgendwann müssten aber auch diese damit beginnen, sich gegen die Feinde aus den eigenen Reihen zur Wehr zu setzen. In dieser Geschichte machen einige einen Anfang.

Eins

Ostanatolien

Die Sonne stand hoch am Himmel und brannte unbarmherzig auf den Wagen nieder, der die staubige Landstraße entlangkroch. Ein straßenbaulich verwöhnter Mitteleuropäer hätte sie auf gar keinen Fall als Straße bezeichnet, aber den beiden Männern in dem alten Auto kam sie wie der Weg zum Paradies vor.

Seit Stunden rumpelten sie nun schon über diese und andere Staubpisten und genossen dabei den Blick auf das Land, das immer noch ihre Heimat war. Zwar lebten sie schon viele Jahre nicht mehr hier, aber in diesem Land hatte einst ihre Wiege gestanden. Not und Armut hatten sie in ein fernes Land getrieben, das niemals ihre Heimat werden würde.

Ali Dursun atmete tief durch. Während sie auf dem Weg in sein Heimatdorf waren, rechnete er nach, wie viele Jahre er nicht mehr dort gewesen war. In seiner Erinnerung sah er es immer noch so vor sich, wie er es damals verlassen hatte. Damals, das war, als er mit seiner Frau nach Deutschland aufbrach. In ein Land, das er nicht kannte. In ein Land, in dem es, im Gegensatz zu seiner Heimat, angeblich genug Arbeit gab. In ein Land, in das vor ihm schon viele seiner Landsleute gegangen waren. Sie hatten dort die ersehnte Arbeit gefunden und ihre Familien nachkommen lassen.

Wie so viele seiner Landsleute wollte Ali Dursun nur kurz in Deutschland bleiben und dann als reicher Mann in seine Heimat zurückkehren. Mit dem Geld sollte ein Haus für die Familie entstehen und er wollte eine kleine Werkstatt eröffnen. Aber, wie fast alle anderen musste er diesen Traum bald aufgeben. Und so holte auch er seine Familie nach Deutschland. Jetzt lebten sie in einer kleinen ostwestfälischen Stadt namens Lage. Ali Dursun hatte Arbeit in der dortigen Zuckerfabrik gefunden und bis auf seinen ältesten Sohn Ahmet, der schon vor der Auswanderung der Familie in der Türkei geboren worden war, kamen nach und nach alle anderen Kinder in Deutschland zur Welt. Mittlerweile war er stolzer Vater je zweier Söhne und Töchter. Die beiden Mädchen waren sogar Zwillinge.

Ali Dursun erwachte aus seinem Tagtraum und blickte durch die staubige Windschutzscheibe auf die Straße. Nun war er mit seinem Sohn Ahmet auf dem Weg in sein Heimatdorf.

Es wurde Zeit, dass Ahmet heiratete. Für die gläubige Familie Dursun kam nur eine Frau in Betracht, die streng nach dem islamischen Glauben lebte.

Die türkischen Frauen in Deutschland erfüllten, nach Ansicht von Ali Dursun, diese Forderung nicht mehr. Sie standen zu sehr unter dem Einfluss des fremden Landes, sie waren ihm zu weltlich. Zu Hause jedoch, in seinem Heimatdorf in Anatolien, da gab es eine junge Frau, die ihm zusagte. Sie war die Tochter seines Cousins. Sie sollte Ahmets Frau werden. Das hatte er sich fest vorgenommen.

Stolz sah er zu seinem Sohn hinüber, der den Leihwagen lenkte und sich ganz auf das Fahren konzentrierte. Ahmet, sein Ältester, der Stolz des Vaters. Ali Dursun legte den Kopf an die Scheibe und schlief langsam ein.

Ahmet achtete auf die Straße und sah nur gelegentlich zu seinem schlafenden Vater hinüber. Er war viel zu aufgeregt und hätte keine Sekunde schlafen können.

Zum einen waren sie auf dem Weg in das Dorf seiner Eltern und Großeltern, an das er sich aber nicht mehr erinnern konnte, weil er damals noch zu klein gewesen war. Zum anderen war er aber auch unterwegs zu einer Frau, die er zwar noch nicht kannte, von der ihm seine Mutter aber viel Gutes erzählt hatte.

Hübsch sei sie und könne den gesamten Koran auswendig. Außerdem sei sie eine gute Köchin und sie würde bestimmt hübsche Enkelkinder zur Welt bringen, hatte seine Mutter gekichert.

Ahmet dachte an die türkischen Mädchen in Deutschland, die er hätte haben können, doch seinem Vater waren sie alle nicht gut genug. Eine hatte es ihm besonders angetan, aber sein Vater hatte sie rundweg abgelehnt. Ohne jemals mit ihr zu sprechen oder sie ins Haus zu lassen. Sie sei nicht gläubig genug, hieß es. Das Ansehen der Familie stünde auf dem Spiel und man müsse immer daran denken, dass andere Leute einen genau beobachten würden. Daher kam nach langen Überlegungen des Vaters nur eine Frau aus der Türkei infrage. Damit hatte er seine Entscheidung getroffen und der Sohn hatte sich zu fügen.

Ahmet erinnerte sich noch, dass sein Vater früher bei weitem nicht so religiös gewesen war. Viele Jahre hatte er keine Moschee besucht und seine Familie hatte ihn auch nicht beten gesehen. Mit den Pflichten eines gläubigen Muslims hatte er es auch nicht so ernst genommen. Früher hatte es auch schon mal das eine oder andere Glas Alkohol gegeben. Doch vor einigen Jahren war der Vater eines Tages nach Hause gekommen und hatte sich drei Tage in seinem Zimmer eingeschlossen. Als er wieder herauskam, verlangte er, dass Ahmets Schwestern und seine Mutter ein Kopftuch trugen. Alkohol war nun verpönt und der Koran lag, als *Siegel aller Bücher,* an der höchsten Stelle des Raumes auf einem Schrank. Sein Vater betete nun fünfmal täglich. Und zum Freitagsgebet erwartete er, dass Ahmet und sein Bruder Mustafa ihn in die Moschee begleiteten.

Überhaupt verbrachte sein Vater seit seinem religiösen Wandel dort viel Zeit. Er sprach oft mit den anderen Gläubigen und Mitgliedern des Moscheevereins. Eine Erklärung für seinen Sinneswandel gab er nie. Und niemand aus der Familie hätte sich getraut, den Vater zu fragen. Was er sagte, war Gesetz.

Die Jungen trafen diese Veränderungen im Leben der Familie Dursun weniger hart. Die beiden Schwestern hingegen mussten sich gewaltig umstellen. Sie durften kaum noch alleine aus dem Haus. Sämtliche Freizeitbeschäftigungen wurden darauf hin geprüft, ob sie den strengen Auflagen des Korans standhielten.

Die Teilnahme am Sport- und Schwimmunterricht wurde verboten und eine geplante Klassenfahrt nach Berlin abgesagt. Denn der Vater hatte in der Moschee erfahren, dass es die sogenannte „Kamel-Fatwa“ gab. Eine Fatwa, also ein neueres, islamisches Rechtsgutachten, nach dem weibliche Familienmitglieder sich ohne männliche Begleitung nur siebenundsechzig Kilometer von ihrem Haus entfernen durften. Siebenundsechzig Kilometer deshalb, weil das genau die Strecke war, die ein Kamel an einem Tag zurücklegen konnte.

Und da Berlin deutlich weiter als siebenundsechzig Kilometer von Lage entfernt war, entfielen die Voraussetzungen für den gemeinsamen Klassenausflug.

Die Mädchen waren enttäuscht. Aber auch eine persönliche Intervention ihrer Klassenlehrerin hatte nichts bewirkt.

Ahmet war seit dem Wandel des Vaters die Aufgabe zugefallen, auf die Ehre seiner Schwestern zu achten. Schon früher mochte er es nicht, wenn sich ein anderer Junge seinen Schwestern näherte, aber seit der Rückkehr seines Vaters zu den Werten des Islam legte er ein ganz besonderes Augenmerk darauf. Mehr als einmal hatte er seine Schwester Hatice zur Ordnung rufen müssen. Ihm war aufgefallen, dass sie den Blick eines Jungen lächelnd erwidert hatte.

Flirten stand ihr nicht zu und so hatte er sie barsch auf ihre Rolle als Frau hingewiesen. Seine zukünftige Frau würde da sicher ganz anders sein. Wohlerzogen und gläubig würde sie sein und der Familie sicher keine Schande machen.

Ein tiefes Schlagloch holte Ahmet Dursun unsanft aus seinen Gedanken wieder auf die staubige Piste zurück. Sein Vater war aufgewacht und rieb sich die Augen. Am Horizont konnte man eine Reihe von Gebäuden erkennen.

Ali Dursun richtete sich auf und kniff die Augen zusammen, um besser sehen zu können.

„Das ist es!“ Aufgeregt zeigte er auf die Gebäude. „Ahmet, mein Sohn! Bald wirst du im Dorf deiner Väter stehen!“

Ahmet folgte der Straße und war erstaunt, wie aufgeregt sein sonst so ruhiger Vater plötzlich wurde. Der Wagen holperte dem Dorf entgegen und nach einigen Minuten hatten sie den Dorfrand erreicht.

Sein Vater wies ihn an, den Wagen unmittelbar nach dem ersten Haus anzuhalten und stieg aus. Neben dem Fahrzeug fiel er auf die Knie und betete zu Allah. Dann richtete er sich auf und kam um den Wagen herum.

„Komm schon, du musst das Haus deines Großvaters sehen.“ Mit diesen Worten zog er seinen Sohn die Dorfstraße entlang.

Ahmet sah niedrige und sehr einfach gebaute Häuser. Karge Gärten und einen Brunnen auf dem Dorfplatz.

Aus einem der Häuser am rechten Straßenrand trat ein Mann und schirmte mit der Hand seine Augen gegen die Sonne ab. Einen Moment zögerte er, dann kam er langsam und vorsichtig auf die beiden Männer zu.

„Ali Dursun?“, fragte er zögerlich.

Der Vater nickte freudig.

„Selam aleikum! Ali Dursun und sein ältester Sohn Ahmet sind zurückgekommen!“, sagte der Vater.

Ein Lächeln erschien langsam auf dem Gesicht des anderen. Er breitete die Arme aus. „Aleikum selam!“, erwiderte er und die beiden Männer umarmten sich.

Ahmet sah den beiden zu, wie sie sich auf die Wangen küssten.

Als sie zurücktraten, winkte Ali seinen Sohn heran. „Ahmet, das ist Nuri Kelek!“

Kelek nahm Ahmet ebenfalls in den Arm und begrüßte ihn.

„Was bringt dich zurück in unser Dorf?“, wollte Nuri Kelek wissen.

Stolz schlug Ali seinem Sohn auf die Schulter. „Für meinen ältesten Sohn wird es Zeit zu heiraten, deshalb sind wir hier.“

Nuri Kelek nickte verstehend. „Und wer ist die Auserwählte?“, wollte er wissen.

Ali Dursun lächelte. „Das wird sich doch wohl schon rumgesprochen haben, oder?”

Kelek strich sich über das Kinn. „Du weißt, wie das ist. Es gibt Gerüchte, aber darauf gebe ich nichts.“

Dursun nickte zustimmend. „Wir wollen zum Haus meines Cousins, aber vorher will ich noch mein Elternhaus aufsuchen!“

Kelek nickte und verbeugte sich vor den beiden Männern aus dem fernen Deutschland. *Almanci, Deutschländer*, dachte er abfällig, wies ihnen aber äußerlich freundlich den Weg und ließ sie mit dem Segen Allahs ziehen.

Sie waren nur kurz im Elternhaus seines Vaters gewesen. Seine Großeltern waren beide bereits verstorben und das Haus an Freunde vermietet. Nun waren sie auf dem Weg zum Hause des Cousins seines Vaters und Ahmet konnte es vor Spannung kaum aushalten. Endlich würde er seine Braut sehen.

Sie gingen die Hauptstraße hinunter und vor einem schlichten Gebäude am Ende der Straße blieben sie stehen. Die staubige Straße war menscheleer und aus einem der Häuser dröhnte Musik aus einem Radio. In einem Gatter am anderen Ende der Straße dösten Ziegen mit schläfrigen Augen in der Sonne. Nur das Wedeln ihrer Ohren, mit dem sie die vielen lästigen Fliegen verscheuchten, ließ erkennen, dass sie lebten. Ahmet atmete durch die Nase ein und versuchte die unterschiedlichsten Gerüche zu definieren, doch der Geruch, der alles überdeckte, war der der heißen staubigen Luft.

Das einstöckige Haus war aus Lehmziegeln gebaut, es unterschied sich kaum von den anderen Häusern des Dorfes. Ali Dursun klopfte an die hölzerne Eingangstür und kurze Zeit später öffnete eine ältere Frau mit einem Kopfschleier, dem sogenannten Tschador.

Als sie sah, dass männlicher Besuch vor der Tür stand, zog sie sich sofort zurück. Weder hatte sie ein Wort gesagt, noch hatte Ahmets Vater gesprochen.

Beide Männer warteten nun auf der Schwelle des Hauses und kurze Zeit später erschien ein Mann. Er war ungefähr in Ali Dursuns Alter. Die beiden Männer umarmten sich wortlos und Ahmet sah Tränen in den Augen seines Vaters.

Erst nach einer Weile ließen sie voneinander ab und Halil Öztürk begrüßte nun ebenso freudig den Sohn seines Cousins und möglichen Bräutigam für seine Tochter.

Er bat beide ins Haus und ließ sie im Wohnraum auf Hockern Platz nehmen.

Kurze Zeit später schwelgten die beiden Cousins bereits in Erinnerungen und erzählten sich gegenseitig ihre Erlebnisse. Ahmet schienen sie dabei gänzlich vergessen zu haben.

Ein paar Minuten später erschien wieder die verschleierte, ältere Frau und brachte Tee und Gebäck. Sie stellte alles auf dem kleinen, niedrigen Tisch ab und entfernte sich dann schweigend wieder. Nach einigen Gläsern Tee und nach einleitender Konversation kamen die beiden Männer dann endlich zur Sache.

Ali Dursun lobte das Haus seines Cousins, seine Standfestigkeit im Glauben und erkundigte sich dann nach dessen Tochter Ipek.

Sie sei schon immer ein schönes und gläubiges Mädchen gewesen, erinnerte sich Ali Dursun. Wie sein Cousin wisse, sei er auf der Suche nach einer Frau für seinen Sohn. Dabei sei ihm der Gedanke gekommen, dass sie dafür die Richtige sein könnte.

Halil Öztürk hörte schweigend zu, trank zwischendurch immer wieder einen Schluck Tee und nickte dann und wann wohlwollend.

Ahmet konnte an seiner Mimik nicht erkennen, wie er über dieses Angebot dachte.

Sein Vater hingegen sprach unbekümmert weiter. Er lobte die Vorzüge seines Sohnes, erzählte von dessen Arbeit in einer Schreinerei und davon, dass er bald eine Familie gründen und dann in eine eigene Wohnung ziehen könne. Halil Öztürk hörte ihm aufmerksam zu und sah jetzt ab und zu prüfend zu Ahmet herüber.

Dieser senkte respektvoll seinen Blick und lauschte den Worten seines Vaters.

In diesem Moment wurde die Tür zur Küche geöffnet und eine verschleierte, junge Frau betrat mit einem Tablett in der Hand den Raum.

Darauf balancierte sie eine Kanne mit frisch gebrautem Mokka und die dazugehörigen Tassen. Vorsichtig stellte sie alles auf den Tisch und räumte dann die Teegläser ab.

Als sie sich dabei wieder erhob, sah sie für eine Sekunde zu Ahmet hinüber, der sie die ganze Zeit fasziniert beobachtet hatte. Und nur in dieser einen Sekunde trafen sich ihre Blicke.

Dann verschwand das Mädchen wortlos aus dem Raum.

„Ich bin begeistert von der Anmut und der Schönheit deiner Tochter!“, schwärmte Ali Dursun seinem Cousin vor.

Dieser nickte wohlwollend. Nun war es an ihm, über die Vorzüge seiner Tochter zu sprechen. Ahmet hörte dabei besonders aufmerksam zu. Jetzt erfuhr er zum ersten Mal etwas über seine mögliche Frau. Als Halil Öztürk geendet hatte, war es wieder an Ali Dursun zu sprechen. Er hielt offiziell um die Hand der Tochter an. Beide Männer diskutierten noch eine Weile, dann kam Ali Dursun auf ein wichtiges Thema zu sprechen, den Brautpreis. Neben einigen wirtschaftlichen Dingen, die ausgehandelt wurden, legte Halil Öztürk den Brautpreis fest. Den wichtigsten Teil des Brautpreises aber würde niemand in diesem Raum aussprechen. Er hieß Deutschland.

Als Vater und Sohn am Abend in einem Raum des Hauses von Halil Öztürk untergekommen waren, lagen beide Männer noch lange wach, sprachen aber kaum. Jeder hing den eigenen Gedanken nach.

Am nächsten Tag würde sich Halil Öztürk melden und ihnen Bescheid geben, ob er mit dem Preis für seine Tochter einverstanden sei. Sollte dies der Fall sein, würden die beiden Väter in die nahe gelegene Kreisstadt fahren, um die Vermählung vornehmen zu lassen. Was nichts anderes bedeutete, als dass sie die beiden jungen Leute als Ehepaar eintragen ließen. Dann ginge es für die beiden Dursuns zurück nach Deutschland.

Aber schon bald würde die Braut mit ihren Eltern ebenfalls die große Reise antreten. In Deutschland würde es dann eine große Hochzeitsfeier geben. Egal, wie teuer das auch werden mochte, Geld spielte keine Rolle, denn auch hier ging es um das Ansehen der Familie.

Ahmet musste immer wieder an die Augen denken, die er über dem Schleier gesehen hatte. Diese Frau sollte bald seine

Ehefrau werden und ihm Kinder schenken. Er dachte daran, dass er es sein würde, der sie entjungferte.

Er dachte auch an das blutige Bettlaken, das er zum Zeichen ihrer Unberührtheit vor der Ehe den wartenden Verwandten zeigen musste, und daran, dass er dann wie sein Vater eine eigene Familie hätte. Mit dem erregenden Gedanken an die bevorstehende Hochzeitsnacht schlief er ein.

Als er spät am Vormittag aufwachte, war sein Vater bereits aufgestanden. Ahmet fand ihn am Rande des Brunnens sitzen.

Sein Vater lächelte, als er sich ihm näherte.

„Ich beglückwünsche dich zu deiner neuen Frau."

Ahmet sank vor seinem Vater auf die Knie und küsste ihm die Hände.

„Ich bin der glücklichste Mensch der Welt", sagte er und sah zu seinem Vater auf.

„Allah wird mit euch sein und euch beschützen." Ali Dursun war sich sicher, dass sein Sohn mit dieser Frau glücklich werden würde. Und dieses Glück würde auch auf seine Familie zurückstrahlen. Er konnte gar nicht abwarten, die Gesichter der Nachbarn und Freunde zu Hause zu sehen.

Aber das Schicksal hatte andere Pläne mit der Familie Dursun.

Zwei

Vier Jahre später in Lippe

Der Waidmann Otto Freimuth öffnete die Hecktür seines Suzuki-Geländewagens und ließ den Wachtelrüden Arminius von der Glockenburg in den Wagen springen. Der Hund brauchte dazu kein Kommando, denn er verband die Fahrten mit dem Geländewagen automatisch mit Spaziergängen oder Jagdausflügen ins Revier.

Freimuth quetschte sich hinter das Lenkrad des kleinen Japaners.

Die Lodenweste Größe Sechzig füllte der Waidmann ohne Probleme aus, und sein Hausarzt wäre sicher mehr davon angetan gewesen, wenn Otto Freimuth die Ausflüge ins Revier mit Arminius an der Leine auf Schusters Rappen gemacht hätte. Seinem Herz- und Kreislaufsystem würde dies sicher besser bekommen.

Der Suzuki rollte rückwärts die Auffahrt des Mehrfamilienhauses hinunter. Freimuth wendete und fuhr in Richtung »Teuto«, wie er den Teutoburger Wald gerne nannte.

An einem Höhenzug des Teutoburger Waldes lag das Jagdrevier, welches er im Auftrag eines Bremer Zahnarztes betreute.

Dieser hatte es vom Landesverband Lippe gepachtet und seinerseits Otto Freimuth gefragt, ob er dort als Jagdaufseher nach dem Rechten sehen wollte. Der Zahnarzt hatte wenig Zeit und ließ sich dort nur selten blicken. Ab und zu kam er am Wochenende mit Jagdfreunden und ganz selten auch mal mit der Familie nach Lippe.

An allen anderen Tagen des Jahres hatte Otto Freimuth das Revier alleine für sich und seinen treuen Hund. Und so war bei dem schwergewichtigen Waidmann ganz schleichend die Auffassung entstanden, dass er der eigentliche Herr in diesem Revier war. Kontrollierte er es nicht tagtäglich bei seinen Revierfahrten? Bei denen neben dem Kirren des Schwarzwildes auch die eine oder andere Arbeit anfiel?

Heute Abend jedoch ging es nicht zum Arbeiten ins Revier, sondern zum Jagen. Sein Jagdpächter hatte ihn aus Bremen wissen lassen, dass er bis Ende Oktober nicht mehr ins Revier kommen werde. Der Umbau seiner Praxis würde ihn für etliche Wochen in Beschlag nehmen. Daher überließ er seinem Jagdaufseher den Abschuss des starken Rehbocks, den er eigentlich noch selber hatte schießen wollen.

Bereits im Frühjahr hatte Freimuth diesen starken Rehbock immer wieder gesehen. Nicht nur, dass er stark im Wildbret war, sondern er besaß auch neben den regulären sechs Enden noch ein siebtes, was sein Gehörn zur Ausnahmeerscheinung machte.

Und diesen älteren Bock durfte er nun jagen. Mit Stolz dachte Freimuth daran, dass sein Jagdherr sehr großzügig war, aber dafür hatte er ja auch einen außergewöhnlich fleißigen Jagdaufseher.

Der Geländewagen fuhr durch zwei Ortschaften und Freimuth schielte auf den Rücksitz, auf dem die Waffentasche samt Drilling lag. Dazu das Fernglas, der Pirschstock und sein geliebter Lodenmantel. Alles war da, nichts konnte ihn mehr von einer hoffentlich erfolgreichen Jagd abhalten.

Als die Straße einen Bogen machte, fuhr er geradeaus in einen Waldweg. Arminius begann hinten im Hundeabteil zu winseln, wusste er doch nun ganz genau, dass es in den Wald ging. Freimuth hielt Ausschau nach dem nächsten Waldweg, in den er abbiegen musste.

An einer hölzernen Schranke mit dem Schild *Gesperrter Waldweg – Forstbetrieb frei* hielt er an. Für Normalsterbliche endete hier die Fahrt, nicht jedoch für ihn.

Als er ausgestiegen war, um die Schranke zu öffnen, blickte er stolz zu seinem Fahrzeug zurück. An der Windschutzscheibe prangte groß das Schild *Jagdschutz* und öffnete ihm damit die Wege des Teutoburger Waldes. Es war eine Lust, mit solchen Privilegien zu leben, das Jägerherz lachte ihm im Leibe.

Allerdings gab es immer wieder kleine Wermutstropfen. Einen davon bemerkte er, als er zu Boden sah. Wieder diese Schweine schimpfte er innerlich, als er die Spuren eines Motorrads im weichen Boden sah. Er hasste die Fahrer dieser Maschinen, derer man selten habhaft werden konnte. Die mit zugeklappten oder bewusst verschmutzten Nummernschildern durch den Wald bretterten und das Wild in Unruhe versetzten. Was hätte er dafür gegeben, so einen Typen einmal zu erwischen.

Aber sie waren beweglicher und auch viel schneller als er mit seinem Geländewagen.

Freimuth ging zurück zum Fahrzeug und passierte die Schranke. Dann schloss er sie wieder ab, denn wer weiß, wer sich da sonst noch erdreistete, in *seinem* Wald herumzufahren.

Arminius sah ihm aufmerksam durch das Rückfenster zu. Der lippische Waidmann setzte sich wieder hinters Steuer und fuhr den Waldweg entlang. Linker Hand lag das *feindliche* Nachbarrevier eines Sägewerksbesitzers. Dem würde er eine lange Nase machen und den starken Bock an der Grenze wegschießen. Freimuth hielt sich an der nächsten Wegekreuzung links und kam dann auf einen Hauptweg.

Er musste immer noch an die Motorrad- und Quadfahrer denken und daran, wie es einen von denen in Paderborn erwischt hatte. Ein Unbekannter hatte Stacheldraht über den Weg gespannt und einen Quadfahrer so aus dem Sattel gehoben. Der Mann war schwer verletzt worden, was Freimuth aber als gerechte Strafe für dessen frevelhaftes Verhalten gegenüber der Natur ansah. Und obwohl er mit seiner Auffassung am Stammtisch immer alleine stand, hätte er selber nicht selten Lust gehabt, auch zu solchen Maßnahmen zu greifen. Seiner Meinung nach hatten nur die Jäger und vielleicht auch noch die Förster etwas im Wald zu suchen. Sollte der Normalbürger doch durch den Stadtpark laufen. Und joggen konnte man auch auf Straßen.

Nach einigen hundert Metern erreichte er einen Abzweig und ließ den kleinen Geländewagen stehen. Er bereitete sich für seinen Ansitz vor und ließ dann Arminius aus dem Wagen. Mit leisen Schritten pirschte er den Waldweg entlang, an dessen Ende man bereits den Hochsitz sehen konnte.

Von hier aus wollte er dem Bock die Kugel antragen.

Er kletterte schnaufend auf den Hochsitz mit dem idyllischen Namen Fuchskuhle und machte es sich dort bequem.

Arminius hatte er zuvor unter dem Hochsitz abgelegt. Oben öffnete er die Klappen vor den Fenstern und gönnte sich einen Blick mit dem Fernglas. Vor ihm lag eine Waldwiese, rechts und links Dickungen. Es müsste schon mit dem Teufel zugehen, wenn der Bock heute Abend nicht auf dieser Wiese erscheinen würde.

Otto Freimuth legte seine Waffe zurecht und zündete sich eine Zigarre an. Der Wind blies den Rauch in passender Richtung davon, weg von der Wiese und den Dickungen. Alle Voraussetzungen für eine erfolgreiche Bockjagd schienen gegeben.

Eine Stunde später hatte er zwar zwei weibliche Rehe und einen ganz jungen Bock vorgehabt, doch der ältere Bock hatte sich noch nicht blicken lassen.

Von links hörte Freimuth plötzlich ein Geräusch. Etwas weiter entfernt von ihm hatte es laut geknackt. Waren das Sauen? Aber Sekundenbruchteile später hörte er, dass ein Fahrzeug gestartet wurde und auf dem Weg links oberhalb des Hochsitzes entlangfuhr.

Einen kurzen Moment später hielt der Wagen wieder an.

Wilde Müllkipper, schoss es Freimuth sofort durch den Kopf. Es konnte niemand anderes sein. Und das war eine Sorte Menschen, die für Freimuth neben den motorisierten Rowdys mindestens auf der gleichen Stufe, wenn nicht sogar noch darunter standen.

Er sah seine Chance gekommen, im heimischen Wald wieder mal für Ordnung zu sorgen. Endlich würde er so eine »Umweltsau« auf frischer Tat ertappen. Schnell raffte er seine Sachen zusammen und schloss leise die Fensterläden. Mit der Waffe auf dem Rücken und Arminius an der Leine pirschte er sich vorsichtig zu dem abgestellten Fahrzeug hinauf. Als er näher kam, bemerkte er, dass es sich um einen Kleinlastwagen mit grauer Plane handelte.

„Auch noch Müll im großen Stil abladen“, grummelte er vor sich hin und schlich näher.

Als er den Waldweg erreichte, sah er zwei Männer, die sich mit einer Holzkiste abmühten. Neben dem Wagen auf dem Boden standen noch weitere. Freimuth war nun, als Retter des heimatlichen Wild- und Waldbestandes, ganz in seinem Element. Arminius leinte er leise an einen Baum. Energisch fasste er den Gewehrriemen seines Drilling fester.

Hier würde er jetzt für Ordnung sorgen.

Er schlich am Wagen entlang und hörte die Stimmen der beiden Männer, die sich an Kisten zu schaffen machten.

Auch noch Ausländer!, dachte Freimuth und trat beherzt einen Schritt vor.

„Halt! Jagdschutz!“ Dabei hielt er den Drilling mit der Mündung in ihre Richtung. Erschrocken sahen ihn zwei dunkelhaarige Männer an.

Bestimmt Araber oder so was, kam es Freimuth in den Sinn. Aber egal, Hauptsache er hatte endlich mal jemanden erwischt.

Die beiden Männer standen wie erstarrt. Otto Freimuth wunderte sich, dass sie weder Anstalten machten zu reden, noch zu fliehen. Auf den Gedanken, dass sie ihn angreifen könnten kam er erst gar nicht.

Komisch, war sein letzter Gedanke.

Aus nächster Entfernung traf ihn eine Kugel des Kalibers 38 Special in den Rücken und zerschlug sein Rückgrat. Die zweite Kugel erwischte von hinten sein Herz, als er bereits in die Knie ging. Er war tot noch bevor sein Körper auf dem Waldboden aufschlug.

Der Schütze zielte nochmals genau und schoss ihm dann aus nächster Nähe noch einmal in den Hinterkopf. Dann wandte er sich um und erschoss auch den winselnden Jagdhund. Er nahm das Gewehr des Ermordeten an sich und half dann seinen beiden Komplizen beim Verladen der restlichen Kisten.

Mit seinem Verdacht auf wildes Müllkippen war Waidmann Freimuth allerdings auf dem Holzweg gewesen. Die Männer luden nämlich nichts ab, sondern auf. Und das, was sie jetzt aufluden, hatte hier vorher sorgsam versteckt gelagert.

Als der beladene Kleinlastwagen den Waldweg hinunterrumpelte, sah ihm ein Rehbock nach, dessen eine seiner Gehörnstangen nicht nur drei, sondern sogar vier Enden aufwies. Dass sein Leben heute mit dem, was er dort sah, geschont blieb, konnte er nicht wissen.

Drei

Bruno Bennemeier hatte die Redaktion seiner Zeitung verlassen und schlenderte durch die Detmolder Innenstadt. Die spätsommerliche Sonne hatte die Menschen hinaus auf die Straße und hinein in die Cafés und Eisdielen gelockt. Bennemeier bog in die Lange Straße ein. Die Kommunal- und Landratswahlen waren vorbei, doch das eine oder andere Wahlplakat hing noch an den Laternen. Bennemeier formulierte gerade im Geist noch eine Schlagzeile, verwarf sie aber im gleichen Moment wieder.

Er betrat den kleinen Hinterhof, in dem sich das Geschäft von *Rudolphs Rostbratwurst* befand und gönnte sich eine der über die Grenzen Detmolds hinaus bekannten »Filets im Darm«. Gesättigt stellte er seinen Teller ab und schlenderte zurück auf Detmolds Flaniermeile. Die Stühle vor *Strates Brauhaus* in der Langen Straße waren gut besetzt und Bennemeier ließ den Blick schweifen, ob er nicht einen Bekannten entdeckte. Hier saß man gern, konnte sehen und gesehen werden.

An einem freien Tisch nahm er Platz und bestellte sich ein großes Landbier. Auf einem der Stühle lag eine abgegriffene Boulevardzeitung. *FÖRSTERMORD IM TEUTOBURGER WALD* verkündete die Überschrift in großen Lettern. Auch seine Zeitung hatte darüber berichtet, doch weniger reißerisch.

Spaziergänger hatten die Leiche eines Jägers und dessen ebenfalls erschossenen Hund in einem Waldstück gefunden. Die Waffe des Jägers hatte man offenbar entwendet. Darauf hatte auch das leere Futteral in seinem Wagen hingedeutet, den man an anderer Stelle fand.

Die Polizei tappte noch im Dunklen. Außer Reifenspuren und einem Loch im Waldboden hatte man am Fundort der Leiche, der nach Einschätzung der Polizei auch der Tatort war, nichts gefunden.

Zufällig blickte Bennemeier von seiner Lektüre hoch und entdeckte einen leger gekleideten Mann um die Fünfzig, der aus der Bruchstraße geschlendert kam. Der Journalist erkannte ihn sofort. Der zirka einen Meter achtzig große Mann mit den leicht angegrauten Schläfen hatte vor einiger Zeit in Detmold und Umgebung für Aufsehen gesorgt. Er war in einen Fall verwickelt gewesen, über den die Presse nie ganz genau informiert worden war.

Man munkelte von geheimen Unterlagen und sogar davon, dass der Bundesnachrichtendienst in die Sache involviert gewesen sei. Spekuliert wurde viel, doch wissen tat man wenig.

Obwohl Bennemeier schon lange im Geschäft war, hatte er weder aus den Behörden, noch aus seinen Informanten etwas herausbekommen. Doch nicht nur der Fall blieb im Dunklen, selbst über diesen Mann schien niemand Genaueres zu wissen.

Unklar blieb zum Beispiel, woher er eigentlich kam. Ebenso wenig hatte Bennemeier jemanden finden können, der wusste, welcher Arbeit dieser Mensch nachging. Niemand kannte seine Vergangenheit. Nicht nur hier in Lippe, sondern auch darüber hinaus interessierte die Leute doch vor allem eines: Hatte der Typ Geld? Und wenn ja, woher?

Da gab es einige, die sich hundertprozentig sicher waren, dass der Mann im Lotto gewonnen habe und zwar eine erhebliche Summe. Andere wiederum wollten mit ebenfalls hundertprozentiger Sicherheit wissen, dass eine große Erbschaft dahinter stecke, die ihn aller finanziellen Sorgen enthoben habe. Wiederum andere wollten mit hundertprozentiger Sicherheit wissen, dass er sein Vermögen mit Aktien gemacht habe. Zählte man alle diese Prozentzahlen zusammen, dann konnte man zumindest eines mit dreihundertprozentiger Sicherheit sagen: Niemand wusste etwas Genaues. Irgendwann war der Mann hier in Lippe aufgetaucht und schien bereits nach kurzer Zeit Hinz und Kunz zu kennen.

Etwas später war dem gewieften Journalisten aufgefallen, dass er während eines Interviews sogar vergessen hatte, ihn nach seinem Vornamen zu fragen. Und es blieb auch nur bei dem Versuch eines Interviews, da er nichts Wissenswertes herausfinden konnte.

Als der Mann auf Höhe des *Strate Brauhauses* angekommen war, stand der Journalist auf und machte einen Schritt auf ihn zu.

„Hallo, Herr Koslowski! Darf ich Sie auf ein Bierchen einladen?"

Koslowski stutzte kurz, dann schien er den Einladenden zu erkennen. „Herr Bennemeier, nicht wahr?" Koslowski überlegte eine weitere Sekunde. „Von der Presse, wenn ich mich recht erinnere, oder?"

„Beides richtig. Sie haben ein gutes Gedächtnis." Bennemeier machte eine einladende Geste zu seinem Tisch und winkte der Bedienung.

Die junge Dame kam und zückte den Notizblock.

„Also ich würde sagen noch zwei Landbiere, wenn es recht ist, Herr Koslowski?"

Der Eingeladene winkte ab.

„Für mich bitte ein Wasser", lächelte er der Bedienung zu.

„Also ein Landbier und ein Wasser", wiederholte sie freundlich und wandte sich dann den Gästen am Nachbartisch zu.

Bennemeier lächelte. „Kein Bier vor vier, ich verstehe."

Koslowski schüttelte den Kopf.

„Nein, das ist es nicht, bei dem Wetter wäre es genau das Richtige." Er zog einen Bierdeckel zu sich heran und begann damit zu spielen. „Ich muss mal eine Pause machen", meinte er und legte den Deckel auf den Haufen zurück.

Wenn es etwas gab, das Koslowskis Herz erfreute, dann war es gutes Essen und Trinken. Dies sah man ihm zu seinem

Leidwesen auch ein wenig an und als er letzte Woche seinen Hausarzt Dr. Erhardt besucht hatte, bestand dieser auf einem Bluttest zur Bestimmung der Werte. Als braver Patient war Koslowski am nächsten Morgen nüchtern in die Praxis marschiert und hatte sich Blut abnehmen lassen. Sicherlich alles halb so wild, so seine Vermutung.

Doch die Besprechung seiner Werte am nächsten Tag fiel unerfreulich aus. Sein Arzt hatte ihm deutlich gemacht, dass zwei seiner Blutwerte ausgesprochen hoch ausgefallen waren.

Koslowski wusste sofort, um welche es sich dabei handelte. Einer hatte mit zu üppigen Mahlzeiten und der noch höhere mit seinen Trinkgewohnheiten zu tun. Diese Ergebnisse waren nach Dr. Erhardts maßgeblicher Meinung alarmierend hoch.

Er hatte ein sofortiges und striktes Alkoholverbot ausgesprochen und zu mehr sportlichen Aktivitäten geraten. Koslowskis skeptische Miene ließ ihn besorgt nachfragen, ob sein Patient mit dem Verzicht auf Alkohol Schwierigkeiten hätte.

Hielt der ihn etwa für einen Alkoholiker?, argwöhnte Koslowski bei sich. Lässig hatte er abgewunken und versichert, dass das für ihn überhaupt kein Problem darstellte.

Aber gerade an Tagen wie heute vermisste er doch das eine oder andere kalte Bierchen. Eifersüchtig sah er auf das beschlagene Glas Detmolder Landbier, welches die Bedienung dem Journalisten hinstellte. Hatte sein Arzt wohlmöglich recht gehabt. Konnte er tatsächlich schlecht auf Alkohol verzichten? Dazu fiel ihm ein Berliner Kneipenspruch ein: *Kein Alkohol ist auch keine Lösung!*

Der Journalist trank langsam und genüsslich sein Bier und wandte sich dann wieder seinem Gesprächspartner zu. „Haben Sie auch über diese Mordgeschichte gelesen?“, fragte er und deutete dabei auf die Zeitung.

„Eine seltsame Sache“, bemerkte Koslowski. „Warum erschießt jemand einen Hund? Der hätte doch sowieso nichts sagen können.“

„Eine interessante Frage, die Sie da aufwerfen!“, meinte der Zeitungsmann und sah Koslowski nachdenklich an.

„Die Polizei tappt wohl auch noch im Dunkeln. Bis auf die Reifenabdrücke eines kleinen Lastwagens oder eines Lieferwagens fanden sich keine brauchbaren Spuren.“

Koslowski nickte und legte den Arm über die Lehne des Nachbarstuhles.

„Wer weiß, was dahinter steckt? Und was macht ein kleiner Transporter, oder was auch immer es war, da oben im Wald?“

Der Journalist zückte seinen Kugelschreiber und notierte sich Koslowskis Anmerkungen eifrig auf einem Bierdeckel. „Sie hätten Journalist werden sollen“, meinte er. „Sie haben ein Talent dafür, die richtigen Fragen zu stellen.“ Bierdeckel und Kugelschreiber verschwanden in der Tasche des Zeitungsmannes.

„Oder sind Sie gar aus unserer Branche?“, beugte er sich verschwörerisch lächelnd vor.

Koslowski grinste lediglich.

„Na ja, auf jeden Fall wird es interessant werden zu sehen, ob sich die Mordkommission dieselben Fragen gestellt hat.“ Der Journalist erhob sich und winkte der Bedienung.

„Ich hoffe, dass Sie in ihrem Blatt bald über die Aufklärung des Falles berichten können“, wünschte ihm Koslowski.

Der Journalist zahlte die Getränke und reichte seinem Gesprächspartner die Hand.

„Ich hoffe es auch, denn in der letzten Zeit passieren hier einfach zu viele Verbrechen.“

„Aber sie füllen die Zeitungen“, gab Koslowski zu bedenken.

Der Journalist verabschiedete sich lächelnd und reihte sich wieder in den Strom der Fußgänger auf der Langen Straße ein.

Koslowski sah derweil zwei hübschen, jungen Frauen nach und genoss den Anblick ihrer schlanken Beine, die kein langer Rock verdeckte. Das genaue Gegenteil davon ließ sich im selben Moment schnaufend neben ihm auf den Stuhl fallen. Koslowski musste den Kopf nicht drehen, um zu wissen, wer sich da eben so schwerfällig niedergelassen hatte.

Derart geräuschvoll setzte sich hier in Lippe nur einer hin. Bernhard Hilgenstöhler. Seines Zeichens Geschäfts- und Lebemann, wie er sich selbst gerne beschrieb.

In Wirklichkeit übergewichtig und meistens pleite, wie es Koslowski gerne ausdrückte.

„Junge, Junge, Koslowski, das ist ein Wetter, was? Da schwitze ich hier so durch die Stadt, und wen sehen meine himmelblauen Augen? Meinen guten Freund Koslowski!“

Hilgenstöhler wischte sich mit einem Taschentuch, so groß und kariert wie ein Bauernbettlaken, den Schweiß von der Stirn.

„Erstens“, konterte Koslowski, „hast du braune Augen und keine himmelblauen. Zweitens: Sag bitte in der Öffentlichkeit nicht *mein Freund* zu mir, man könnte uns hier nämlich hören. Denk bitte daran, dass meine lippische Daseinsberechtigung noch nicht so gefestigt ist, dass ich es mir leisten könnte, dass man dieses Gerücht hört und auch noch glaubt.“

Hilgenstöhler wieherte lauthals los und sah sich nach der Kellnerin um.

„Schöne Maid, wir hätten gerne noch zwei *Detmolder*, aber für mich bitte ein Großes!“, rief er augenzwinkernd der Bedienung zu.

Die sah ihn zunächst teilnahmslos und dann Koslowski fragend an.

„In Ordnung, für mich also noch ein Wasser!“, korrigierte dieser.

Hilgenstöhler rückte den Stuhl zurecht und quetschte seine fleischigen Oberschenkel unter den Tisch.

„Wasser? Was ist denn mit dir los?“, wollte er wissen.

„Ach Bernhard, das ist eine lange Geschichte und so viel Zeit haben wir nicht!“, wehrte Koslowski die neugierige Frage ab.

Dabei trank er den Rest seines Wassers aus und betrachtete sein Gegenüber genauer. Der war wie üblich äußerst »exquisit« gekleidet. Zu einer braunen Cordhose trug er ein rotweiß kariertes Baumwollhemd und darüber eine schwarze Lederweste. Die weißen Tennissocken rundeten das Bild ab. Koslowski schüttelte schmunzelnd den Kopf. „Sag mal Bernhard, woher bekommst du eigentlich immer diese Klamotten?“

Hilgenstöhler sah vollkommen verständnislos an sich herab. „Wieso? Ist mit meinem Outfit etwas nicht in Ordnung?“, wollte er wissen.

„Du siehst aus, als ob du in einen Altkleidercontainer eingebrochen wärst.“

„Koslowski, du hast keine Ahnung, was man so trägt.“ Er beugte sich leicht vor. „Immer nur schwarze Klamotten, die schlagen einem doch irgendwann aufs Gemüt.“

Das Gespräch wurde von der Kellnerin unterbrochen, noch bevor Koslowski näher auf die Bemerkung mit der schwarzen Kleidung eingehen konnte. Sie stellte das volle Tablett auf dem Tisch ab.

„Junge Frau“, zog Hilgenstöhler sie ins Gespräch, „ich würde Sie gerne darum bitten, ein, sagen wir mal, weibliches Urteil über meine Bekleidung abzugeben.“

Die Kellnerin sah erst Hilgenstöhler, dann Koslowski an und blickte sich anschließend misstrauisch um. „Ist das hier versteckte Kamera?“, wollte sie wissen und Koslowski musste an sich halten, um nicht laut loszulachen.

„Auch kein Geschmack, die Dame“, ließ sich Bernhard Hilgenstöhler beleidigt vernehmen und schüttete das Bier in sich hinein. Die Kellnerin sah Koslowski nur verständnislos an und flüchtete zurück in Richtung Brauhaus.

„Sag mal, Bernhard, was machst Du eigentlich gerade so?“, wollte Koslowski jetzt von Hilgenstöhler wissen.

Sein Gegenüber stellte das Bierglas ab und wischte sich genießerisch den Schaum vom Mund. Dann ließ er sich zurück in seinen Stuhl sinken und blickte in die Ferne. „Weißt du, ich habe eine neue Stelle als Geschäftsführer angetreten.“

Koslowski schüttelte schmunzelnd den Kopf. „Du und Geschäftsführer? In welchem Betrieb denn?“

Hilgenstöhler kramte in der Tasche seiner Lederweste und angelte eine Visitenkarte hervor. Mit plötzlich sehr traurig wirkender Miene schob er sie Koslowski über den Tisch.

Bestattungen Holzmann las Koslowski, darunter den Namen Hilgenstöhler und dann den Titel *Geschäftsführer.*

„Du als Geschäftsführer einer Bestattungsfirma?“, fragte er erstaunt.

Hilgenstöhler versuchte für eine Sekunde, den Entrüsteten zu spielen.

„Ich finde, ein guter Geschäftsmann kommt in jedem Metier klar“, gab er seine kaufmännische Weisheit an Koslowski weiter. „Daher auch mein farbenfrohes Outfit und nicht immer nur Schwarz. Das ist ja quasi Berufskleidung.“

Koslowski schüttelte den Kopf. Hilgenstöhler hatte schon alles Mögliche versucht und war damit jedes Mal auf die Schnauze gefallen. Die letzte Transaktion hatte sogar vor Gericht geendet. „Was ist eigentlich aus der Sache mit den Wasserschildkröten geworden?“, fragte er neugierig.

Hilgenstöhler brummte. „Der Richter war ein vollkommen humorloser Mensch. Er hatte keinen Sinn dafür, dass sich die fünftausend Wasserschildkröten nicht verkaufen ließen und ich so mit der Zahlung in Verzug kam. Er meinte, ich hätte betrogen und es gab ein Jahr auf Bewährung."

Koslowski verschluckte sich fast an seinem Wasser.

„Auf die Schnapsidee, mit so was zu handeln, kannst auch nur du kommen!"

Hilgenstöhler faltet die Hände vor dem ansehnlichen Bauch.

Dann blickte er Koslowski ernst und nachdenklich an.

„Ich hatte doch gedacht, so vor Weihnachten wäre damit ein gutes Geschäft zu machen gewesen. Aber anscheinend haben die lippischen Kinder keinen Sinn mehr für die Natur."

„Für die Natur sicher noch, aber eher für die Einheimische als für die des Amazonas," vermutete Koslowski.

Der erfolglose Geschäftsmann stöhnte auf. „Alle hatten sich gegen mich verschworen. Als die Zoogeschäfte absprangen, blieb ich darauf sitzen. Und die Chinarestaurants wollten auch keine."

Verschwörerisch beugte sich Hilgenstöhler vor: „Stimmt es eigentlich, dass man an der Zahl der Goldfische im Aquarium eines Chinarestaurants erkennen kann, von welcher Triade es abgezockt wird?"

Koslowski zuckte mit den Schultern.

„Keine Ahnung! Asiatische Mafia ist nun nicht gerade mein Spezialgebiet. Aber mit deinen Wasserschildkröten hättest du vermutlich die ganze chinesische Unterwelt durcheinandergebracht. "

Hilgenstöhler zog den Stuhl so weit an den Tisch heran, wie es sein Bauchumfang zuließ. „Koslowski, kannst du mir einen kleinen Gefallen tun?", wollte er wissen.

„Wenn es darum geht, dir Geld zu pumpen, ist die Antwort die gleiche wie immer: Nein!"

Hilgenstöhler schob sein Bier zur Seite und beugte sich über den Tisch.

„Nein, nein, es geht um ganz was anderes. Ich kann in Hamburg dreitausendfünfhundert Paar Sportschuhe für einen Spottpreis bekommen, muss sie aber selber abholen."

Koslowski glaubte seinen Ohren nicht zu trauen.

„Aber die Sache ist die", fuhr Hilgenstöhler fort, „ich muss mich regelmäßig auf der Polizeiwache an der Bielefelder Straße melden, und zwar jeden zweiten Tag."

Koslowski dämmerte es langsam.

„Und deshalb kannst du nicht nach Hamburg, richtig?"

„Richtig!", bestätigte Hilgenstöhler. „Daher meine Bitte, ob du da nicht morgen hinfahren und dich an meiner Stelle melden könntest?"

Mit flehendem Gesichtsausdruck sah er ihn an.

Koslowski schüttelte den Kopf.

„Bernhard, du bist und bleibst ein kompletter Idiot. Da bist du soeben dem Knast entgangen und setzt schon wieder deine Bewährung aufs Spiel. Mensch, die kennen dich doch alle auf der Wache und du glaubst, ich marschiere da rein, gebe mich für dich aus und die kaufen mir das ab?"

Koslowski trank sein Wasser aus.

„Manchmal bist du wirklich sehr naiv. Und was willst du mit dreitausendfünfhundert Paar Sportschuhen in einem Bestattungsgeschäft?"

„Ach", seufzte Hilgenstöhler beleidigt, „das wäre doch nur so eine Art Zubrot gewesen. Im Moment sterben einfach zu wenig Leute und der Laden läuft nicht so richtig rund."

Koslowski stand kommentarlos auf und legte das Geld für die Getränke auf den Tisch.

„Ich glaube, ich muss werbetechnisch stärker in die Offensive gehen", kratzte sich der Geschäftsführer des Bestattungsunternehmens nachdenklich am Kinn.

„Bernhard, ich habe auch eine Bitte", sagte Koslowksi. „Wenn ich mal sterben sollte, dann komm bitte nicht selber, sondern schicke einen deiner Kollegen."

Hilgenstöhler blickte ihn verwundert an.

„Ich wette, du würdest es sogar schaffen, meine Leiche zu verlegen,“ seufzte Koslowski, ließ den verdutzten Geschäftsmann vor seinem halbvollen Glas sitzen und schlenderte die Lange Straße in Richtung Rosental davon.

Vier

Rechnete man die Dienstjahre von Polizeihauptkommissar Volker Lämpel und Oberkommissar Matthias Werdau zusammen, kam man auf die stolze Zahl von fünfundsechzig Jahren. Die beiden Streifenpolizisten der Detmolder Wache saßen morgens gegen halb vier in ihrem Streifenwagen und warteten müde auf das Ende ihrer scheinbar endlosen Nachtschicht. Sie hatten ihren grünsilbernen Passat etwas zurückversetzt in der Parkplatzeinfahrt des Freilichtmuseums abgestellt und beobachteten den äußerst spärlichen Verkehr auf der Paderborner Straße. Bis auf Zeitungsboten und einige ganz frühe Arbeitnehmer lag die Straße verlassen da.

Da in den Fahrzeugen absolutes Rauchverbot herrschte, stieg Volker Lämpel aus, um seinem Laster zu frönen. Er lehnte sich an die Fahrertür und genoss eine Zigarette. Sein Kollege Werdau hatte den Sitz etwas zurückgedreht und die Arme hinter dem Kopf verschränkt. Er musste daran zurückdenken, wie er vor 32 Jahren zur Polizei gekommen war und seine ersten Streifenfahrten noch auf einem uralten VW Käfer mit Halbautomatik gemacht hatte. Welch eine Wohltat für den mittlerweile maroden Rücken, heute in so modernen Fahrzeugen sitzen zu können. Doch auch wenn der Rücken noch halbwegs mitspielte, so waren es doch die ständigen Wechseldienste, die besonders älteren Streifenbeamten zu schaffen machten. Beiden war schmerzlich bewusst, dass sie schon bald zur Mehrheit der Beamten in Ostwestfalen-Lippe gehören würden, die über fünfzig Jahre alt waren. Und die Aussichten, vom Wagen herunter und in einen weniger anstrengenden Dienst wechseln zu können, waren eher schlecht.

Glücklicherweise war Lippe immer noch ein überwiegend ruhiges polizeiliches Pflaster und der Einsatzstress noch nicht so hoch wie zum Bespiel in den Ruhrgebietsmetropolen. Lämpel blickte gerade gelangweilt auf ein Werbeplakat für die diesjährige Ausstellung im Freilichtmuseum, als plötzlich in der Nähe ein Motor laut aufheulte. Lange Diensterfahrung ließ beide Beamte auf der Stelle hellwach sein. Zwei Dinge geschahen fast gleichzeitig. Lämpel warf die halb gerauchte Zigarette weg und Werdau drehte seinen Sitz hoch. Als ein unbeleuchteter Kleinlastwagen mit grauer Plane aus Richtung Heiligenkirchen in ihrem Blickfeld auftauchte, saß der Streifenwagenfahrer schon wieder hinter seinem Steuer und startete den Motor. Lämpel ließ den Sicherheitsgurt einrasten und lenkte gleichzeitig den Streifenwagen in Richtung Fahrbahn.

„Wie findest du denn diesen Raser?", wollte sein Partner wissen.

„Gut", antwortete Lämpel und fügte die Einschränkung hinzu: „Wenn wir ihn kriegen."

Auf der Paderborner Straße trat Lämpel das Gaspedal durch und der Passat machte einen Satz nach vorne. Der LKW war ohne Licht schwer zu erkennen, aber den würde man bald haben. Da waren sich die beiden Polizisten sicher.

„Besoffen?", fragte Lämpel beiläufig.

„Oder geklaut!", antwortete sein langjähriger Kollege.

Der Streifenwagen holte schnell auf und in Höhe des *Neuen Kruges* waren sie bereits nah hinter dem LKW. Werdau schaltetet die *Stopp-Polizei*-Beleuchtung auf dem Dach ein und Lämpel fuhr seitlich versetzt hinter dem Kleinlaster, der immer noch unbeleuchtet und mit hoher Geschwindigkeit auf die Detmolder Innenstadt zuraste.

Als der Fahrer keine Reaktion zeigte, setzen die Beamten zunächst das Blaulicht ein, dann schalteten sie das Horn dazu.

Auch davon unbeeindruckt donnerte der Wagen vor dem Streifenwagen her. Im selben Moment, als Lämpel zum Überholen ansetzte, griff Werdau zum Funkgerät und informierte die Einsatzleitstelle davon, dass sie ein Fahrzeug verfolgten.

Der Fahrer des Kleinlasters sah den Streifenwagen hinter sich ausscheren und lenkte sein Fahrzeug ebenfalls sehr abrupt nach links. Dadurch wurde Lämpel genötigt, stark abzubremsen und auszuweichen. Nur mit Mühe konnte er verhindern, dass der Streifenwagen gegen den Bordstein knallte.

Nach der nächtlichen Stille herrschte im Funk plötzlich rege Betriebsamkeit. Die Leitstelle forderte laufend Standortmeldungen an und Werdau beschrieb das Fahrzeug.

„Gib mal das Kennzeichen durch!“, kam die Aufforderung über Funk. Doch Werdau konnte mit dieser Information nicht weiterhelfen. Zusätzlich zu der ausgeschalteten Kennzeichenbeleuchtung schien man auch noch das Nummernschild zugeklebt zu haben. Lediglich darüber, dass es sich um einen dunklen VW LT mit grauer Plane handelte, konnte Werdau die Kollegen informieren. Alles sehr sonderbar, nachts um halb vier in Detmold.

Er sah kurz zu seinem Partner hinüber, der ebenfalls die Achseln zuckte und sich seinerseits darauf konzentrierte, nach der nächsten Überholmöglichkeit zu suchen.

„Da kommst du nicht vorbei!“, schrie Werdau über den Lärm des Martinshornes hinweg, als der LKW, nun in Schlangenlinien fahrend, die gesamte Breite der Neustadt blockierte.

„Wir kommen gerade vom Klinikum und sind bereits in Höhe der Sparkasse!“, hörte Werdau eine weitere Streifenwagenbesatzung über Funk.

„Höhe Musikhochschule“, gab Werdau die nächste Standortmeldung durch.

Aus den Augenwinkeln sah Lämpel Blaulichter auf der Paulinenstraße aufblitzen.

„Achtung! Wir machen die Neustadt zu und stellen den Wagen quer“, hörten sie ihre Kollegen über Funk.

Werdau überkam ein komisches Gefühl. Er hätte nicht sagen können, woher es kam. Vermutlich die langjährige Berufserfahrung.

„Passt bloß auf, ich glaube der hält drauf!"

Der Kleinlaster raste nun die Neustadt hinunter, und Lämpel bremste ab, da er nicht auffahren wollte, wenn der LKW aufgrund der Straßensperre abrupt bremsen musste. Doch das tat der Fahrer nicht, sondern verringerte nur leicht seine Geschwindigkeit und knallte dann mit der ganzen Wucht seines Gewichtes in den vorderen rechten Kotflügel des quergestellten Streifenwagens.

Dieser wurde herumgeschleudert und der LKW rutschte durch die dabei entstandene Lücke auf die Paulinenstraße. Dort riss der Fahrer das Lenkrad herum und jagte in die Lange Straße. Lämpel und Werdau blieben weiter dran und sahen die beiden Kollegen vollkommen entgeistert am Straßenrand stehen. Glücklicherweise waren sie Werdaus Rat gefolgt und rechtzeitig aus dem Wagen gesprungen.

Lämpel hatte Mühe, den Streifenwagen in die Kurve zu ziehen und sah gerade noch das Heck des Lasters in der Fußgängerzone verschwinden. Er riss das Steuer nach links, touchierte beim Herumschleudern mit dem Heck leicht den Ampelmast und war dann ebenfalls in der Langen Straße. Der Kleinlaster raste durch die angeketteten Stuhlreihen vor einer Gaststätte und fegte das Mobiliar laut scheppernd zur Seite.

Lämpel konnte nichts anderes tun, als dranzubleiben, während Werdau weiter Standortmeldungen durchgab und über Funk hörte, dass weitere Wagen zu Hilfe eilten.

„Er hat eine Sperre durchbrochen. Äußerste Vorsicht!", warnte er die anrückenden Unterstützungskräfte. Beide Fahrzeuge passierten den Fußgängerüberweg am *Detmolder Hof* und jagten weiter in Richtung Marktplatz.

„Der will zum Rosental", vermutete Lämpel und hielt sich links.

Der Kleinlaster raste nun an dem zum Glück bereits geschlossenen Brauhaus vorbei und jagte über den Marktplatz.

„Ein Wagen zum Landestheater, der andere zur Woldemarstraße/Ecke Leopoldstraße“, schlug Lämpel vor und Werdau gab die Anregung seines Kollegen über Funk weiter.

Immer weiter ging die Jagd durch die Fußgängerzone. Werdau musste sich festhalten, als sie förmlich über die Fußgängerfurt am Rosental sprangen. Ein weiterer Streifenwagen raste parallel zu ihnen in Richtung Hasselter Platz, um ihnen dort zu Hilfe zu kommen.

Der Kleinlastwagenfahrer fuhr unbeeindruckt geradeaus und bremste auch nicht ab, als er sich der Kreuzung am Hasselter Platz näherte.

Werdau sah, wie der Fahrer in den Kreuzungsbereich hineinfuhr und er bemerkte auch den Wagen der Kollegen, der bremsend auf die Kreuzung zurutschte. Er schrie laut auf.

Lämpel machte eine Vollbremsung und beide mussten mit ansehen, wie der LKW-Fahrer absichtlich nach rechts lenkte und den bremsenden Streifenwagen rammte. Der Passat wurde gegen einen Ampelmast geschleudert und blieb mit dampfendem Kühler stehen.

Lämpel und Werdau hielten kurz den Atem an, doch die Jagd war noch nicht zu Ende. Der Fahrer des LKW fuhr vollkommen unbeeindruckt weiter und jagte nun die Richthofenstraße hinauf.

„Na warte!“, frohlockte Lämpel, „bergauf kriegen wir dich!“

Werdau gab den Unfall über Funk durch und meldete weiterhin laufend ihren Standort. Mehr war nicht drin, da die nächsten Polizeifahrzeuge noch weiter entfernt waren. Es würde noch eine Weile dauern, bis sie zu ihnen stoßen konnten.

Der Kleinlaster hielt sich dicht am rechten Fahrbahnrand, doch Lämpel fiel nicht auf den Trick herein, ihn links zu überholen, um dann ebenfalls von der Straße gefegt zu werden. Einen Augenblick später sah er seine Vermutung bestätigt, denn der LKW zog nach links und jagte auf die Siegfriedstraße zu.

„Jetzt könnte es klappen“, stieß Lämpel hervor und blieb weiter rechts. Aus dieser Position wollte er gerade zum Überholen ansetzen, als ihn sein Partner plötzlich am Arm packte.

„Die werfen was aus dem Fenster!“, schrie er warnend und auch Lämpel sah, dass jemand auf der Beifahrerseite aus einem Karton Gegenstände auf die Fahrbahn schüttete. Reflexartig stieg Hauptkommissar Lämpel mit aller Kraft auf das Bremspedal.

Doch auch der kürzeste Bremsweg hätte nichts genutzt. Das Polizeifahrzeug fuhr über einen Haufen von spitzen Metallsternen, die sich in alle vier Reifen bohrten und dafür sorgten, dass der Wagen nach etlichen Metern mit platten Reifen stehen blieb.

Wutschäumend mussten die beiden Streifenpolizisten mit ansehen, wie ihnen der Kleinlaster nun auf der Siegfriedstraße entkam. Unterstützungsfahrzeuge waren zwar unterwegs, doch Werdau musste über Funk eingestehen, dass sie den Wagen nun aus den Augen verloren hatten.

Lämpel stieg aus und trat wütend gegen den platten Vorderreifen des Streifenfahrzeuges.

„Verdammte Sauerei!“, schimpfte er.

Werdau öffnete ebenfalls die Tür und besah sich den Schaden. „Mensch, da haben wir noch ganz schön Schwein gehabt“, mutmaßte er, „ich glaube, die gehen über Leichen.“

Dann liefen beide zur Kreuzung am Hasselter Platz zurück, um nach ihren Kollegen zu sehen. Glücklicherweise hatten auch sie den Zusammenstoß, bis auf einen leichten Schock und eine Beule am Kopf des Beifahrers relativ unbeschadet überstanden.

„Was war bloß mit dem LKW los?“, fragte Lämpel fassungslos und mit ztternden Knien in die Runde. „Entweder war er geklaut oder der Fahrer besoffen“, vermutete der Kollege des verunfallten Streifenwagens.

Werdau blickte hinauf zu ihrem Auto.

„Es gibt ja noch andere Möglichkeiten.“ Er ließ sich auf der Haube des Polizeiautos nieder. „Könnte ja sein, dass gegen den Fahrer ein Haftbefehl besteht und er deshalb abgehauen ist.“

Lämpel zündete sich mit leicht zittrigen Fingern eine Zigarette an.

„Oder die hatten was geladen, was wir nicht sehen sollten.“

Über Funk hörten sie, wie die Leitstelle die ankommenden Fahrzeuge in die entsprechenden Fahndungsräume einteilte.

Zu unserem Pech kommt nun auch noch der verdammte Papierkram hinzu“, murmelte Werdau wütend vor sich hin. Er wusste bereits schon jetzt, wie der letzte Satz seines Berichtes lauten würde: *Die sofort eingeleitete Nahbereichsfahndung verlief negativ.*

Fünf

Koslowski fuhr mit seinem alten, aber vor Kurzem erst bestens restaurierten Landrover von der Detmolder Innenstadt kommend in Richtung Hiddesen. Die Hauptkreuzung überquerte er in Richtung Hermannsdenkmal und hatte mal wieder einen der zahlreichen Reisebusse vor sich, die nun fast jeden Tag zum Denkmal hinauffuhren. Es bestand reges Interesse an den Ereignissen des Jahres neun nach Christus, und das »Varusjahr« hatte den Besucherstrom noch wesentlich vergrößert.

Er parkte seinen Wagen auf der Straße vor dem Haus, in dem er wohnte, und steuerte auf den Eingang zu. Während er noch mit seinem Schlüssel beschäftigt war, bemerkte er eine Frau, die auf den Stufen vor der Tür saß. Als er näher kam, erhob sie sich.

Koslowski verlangsamte seinen Schritt und betrachtete die Frau genauer.

Ihr Alter schätzte er auf Mitte fünfzig. Sie trug einen bunten Rock und einfache, flache Schuhe. Eine bunte Bluse und eine lange, weiße Weste komplettierten seinen Eindruck, dass Kleidung für sie anscheinend nicht das Wichtigste auf der Welt war. Durch ihre leicht füllige Figur und eine etwas wirre Haarpracht vermittelte sie einen liebenswerten, fast mütterlichen Eindruck.

„Herr Koslowski?“, fragte sie, als er vor ihr stand.

„Was kann ich für Sie tun?“, wollte er wissen.

Die Frau schob den runtergerutschten Träger ihrer Umhängetasche wieder weiter zurück auf ihre Schulter.

Sie hat irgendwas von einer Lehrerin, dachte Koslowski für sich.

„Mein Name ist Ingrid Barkenkamp. Ich bin Lehrerin“, begann die Dame. „Man hat mir gesagt, dass Sie mir eventuell weiterhelfen könnten.“

Er sah sie lächelnd an.

„Von wem haben Sie denn diese Information?“

„Nun, das ist so. Ich kenne hier jemanden bei der Polizei, und der hat mir Ihren Namen genannt.“ Die rundliche Dame drehte nervös an ihrer Armbanduhr, bei der es sich, wie Koslowski bemerkte, um eine große Herrenarmbanduhr handelte.

„Hat denn der mitteilsame *Freund und Helfer* auch einen Namen?“, wollte Koslowski wissen.

Die Lehrerin sah zu ihm auf, da er mittlerweile die letzten Stufen zu seiner Haustür hinaufgestiegen war. Er überragte sie jetzt um einen Kopf.

„Ach so, ja, es handelt sich um Herrn Eugelink, der ist bei der Kripo in Detmold.“

Koslowski nickte. „Der Name Eugelink ist mir wohlbekannt.“

Er überlegte kurz und fragte: „Ist das eine längere Geschichte, die Sie mir da erzählen wollen?“

Nervös blickte die kleine, rundliche Dame auf die Uhr.

„Nun ja, ich müsste da schon etwas ausholen.“

Koslowski trat einen Schritt zurück und wies auf die Straße.

„Wenn es Ihnen nichts ausmacht, mit einem fremden Mann etwas zu trinken, dann lassen sie uns in meine Stammkneipe gehen. Dort können wir auch ungestört reden.“

Die Dame nickte leicht errötend. „Gibt es denn niemanden, der Sie zu Hause erwartet?“, fragte sie besorgt. „Eine Frau oder Freundin?“

Koslowski winkte ab. „Nein, da machen Sie sich mal keine Sorgen.“

Wehmütig dachte er an Svenja Untermüller, mit der er vor nicht allzu langer Zeit viele schöne Tage verbracht hatte. Doch vor wenigen Monaten war die nette und hübsche Polizeibeamtin zu einer UN-Mission in den Kosovo versetzt worden. Sie hatte sich bereits vor ihrem Kennenlernen dafür beworben.

Nach einiger Zeit ihres Zusammenlebens hatten die beiden aber auch feststellen müssen, dass ihre Auffassungen, die sie in puncto Lebenseinstellung hatten, doch weiter auseinander lagen, als sie sich anfänglich hatten zugestehen wollen.

Dann war Svenja zu der Mission aufgebrochen, was beiden nochmals viel Zeit zum Überlegen geben würde. Für mindestens ein Jahr saß Koslowski also alleine zu Hause.

Koslowski schüttelte die düsteren Gedanken ab und wandte sich wieder der Lehrerin Ingrid Barkenkamp zu, die nun überhaupt nicht sein Typ war. „Lassen Sie uns einfach rübergehen, dann bin ich in der Kneipe wenigstens nicht alleine“, witzelte er.

Sie lächelte ihn an. „Sehr gerne, aber ich möchte Ihnen nicht so viele Umstände machen.“

Koslowksi winkte ab. „Irgendwie habe ich so ein komisches Gefühl, dass das die geringsten Umstände sind, die da auf mich zukommen könnten.“

Sie sah ihn skeptisch und gleichzeitig fragend an.

„Ach, wissen Sie“, erläuterte ihr Koslowski, „vor einiger Zeit hat mich schon mal jemand um Hilfe gebeten, und es hätte mich fast das Leben gekostet.“

Die rundliche Lehrerin erschrak.

Koslowksi fasste sie beruhigend am Arm und schob sie in Richtung Straße.

„Nur kann ich ja deshalb nicht jeden Menschen wegschicken, der meine Hilfe sucht, und so schnell wird sich so eine Geschichte schon nicht wiederholen.“

Einige Minuten später saßen beide in Koslowskis Stammkneipe, dem *Bistro Knispel,* an der Hauptkreuzung in Hiddesen. Volkmar Strunte, der Betreiber, trat zu ihnen an den Tisch.

„Gnädige Frau! Guten Tag der Herr! Pils für Herrn Koslowski?“, vermutete der Wirt.

Sein Gast lehnte dankend ab. Ein Wasser täte es auch.

„Ach ja, die Leber!“, kommentierte der Wirt grinsend. „Was darf ich der Dame bringen?“ Diese sah sich hilfesuchend um.

„Wie wäre es mit einem Wein oder etwas anderem?“, bot der Gastwirt an und rieb sich geschäftig die Hände.

„Vermutlich bietest du ihr gleich noch deinen fliegenden Hirsch an“, vermutete Koslowski und lehnte sich entspannt zurück. „Wie wäre es mit einer Tasse Kaffee für den Anfang?“, fragte er dabei die unentschlossene Dame.

„Oh ja, das wäre nett, haben Sie denn hier so was?“, sah sie Strunte etwas unsicher an.

„Na, wenn nicht, kann er sich ja beim dänischen Bäcker nebenan eine leihen!“, feixte Koslowksi.

Strunte stemmte die Hände in die Hüften. „Madame, wir sind ein gastronomischer Vorzeigebetrieb und führen daher selbstverständlich auch Kaffee!“

Mit einem Grinsen schob er ab in Richtung Theke.

Ab 18.00 Uhr hatte das Bistro zwar geöffnet, aber es war bis auf zwei Stammgäste noch leer. Zudem hatte Koslowski einen Tisch auf der Empore gewählt. Hier konnten sie ungestört reden.

„Was haben Sie denn auf dem Herzen?“, wollte er wissen, nachdem Strunte sich an die Arbeit gemacht hatte.

Die Lehrerin stellte ihre Umhängetasche auf den Stuhl neben sich und kramte ein Klassenfoto heraus.

Mit den Worten »Es geht um eine der Personen auf diesem Bild« schob sie es Koslowski zu. Er sah eine Gruppe von zirka zwanzig jungen Frauen, die sich für den Fotografen aufgestellt hatten.

Alle lächelten und kniffen leicht die Augen zu, da sie in die Sonne blickten. Koslowski ging die beiden Reihen der Mädchen durch.

Die vordere Reihe kniete vor der hinteren. Auffällig waren zwei Frauen, die als Einzige der Gruppe ein Kopftuch trugen, das ihr gesamtes Gesicht umrahmte.

Die Lehrerin folgte Koslowskis Blick und nickte zustimmend. „Es geht genau um eines dieser beiden Mädchen."

Koslowski beugte sich vor und stützte die Unterarme auf den Tisch.

Seine Gesprächspartnerin holte jetzt weiter aus. „Ich bin Lehrerin an einer berufsbildenden Schule hier in Detmold und gebe Unterricht in Deutsch und Englisch. Die Frauen auf dem Bild sind Schülerinnen bei uns. Sie sind alle so zwischen achtzehn und zweiundzwanzig Jahren alt. Da sie keinen Schulabschluss haben, sollen sie bei uns eine Ausbildung erhalten, mit der sie später eine Arbeitsstelle bekommen können."

Gedankenverloren ruhte ihr Blick einen Moment auf dem Foto.

Dann schüttelte sie sich kurz und erzählte weiter. „Die beiden Frauen mit den Kopftüchern sind Türkinnen. Sie wohnen in Lage und kommen von dort zu unserer Schule."

Zwischenzeitlich erschien Strunte mit Wasser und Kaffee. Als erfahrener Wirt stellte er beides wortlos vor seine Gäste. Er hatte gemerkt, dass sie mit einem Problem beschäftigt waren und wollte nicht stören.

Koslowski nahm einen Schluck Wasser und schob Glas und Deckel zur Seite.

Die Lehrerin rührte in ihrer Kaffeetasse und sah ihm dann in die Augen.

„Ich habe solche Angst!", sagte sie plötzlich und Koslowski spürte, dass es ihr damit sehr ernst war.

„Was ist denn passiert?", hakte er nach.

Den Löffel auf die Untertasse legend, antwortete sie. „Die beiden Frauen kommen aus strenggläubigen Familien. Früher war das nach ihrer eigenen Aussage nicht so, aber seit einiger Zeit verlangen die Familien und ihre Ehemänner, dass sie den Kopfschleier tragen.

Sie dürfen kaum noch das Haus verlassen und nur untereinander verkehren."

Seufzend fuhr sie fort. „Ipek, das ist die Linke der beiden auf dem Bild“, sagte sie und zeigte mit dem Finger darauf, „ist eine junge Frau, die erst vor einiger Zeit aus der Türkei hierher kam. Sie wurde in der Türkei verheiratet und lebt seitdem mit ihrem Mann bei ihren Schwiegereltern in Lage.“

Koslowski hörte aufmerksam zu. Langsam füllte sich das Bistro mit Gästen.

Die Lehrerin trank einen Schluck Kaffee und redete dann ohne Aufforderung weiter. „Ipek hat das Problem vieler junger Musliminnen aus konservativen Familien. Zum einen würden sie sich gerne der westlichen Lebensart annähern und so leben wie die Deutschen und viele ihrer türkischen Freundinnen hier. Also Discobesuche, shoppen gehen, Musik hören und alles das machen, was junge Frauen in diesem Alter gerne tun.“

Koslowski stützte das Kinn in die rechte Hand. Als der Wirt um die Ecke sah, deutet er auf sein leeres Glas.

„Ipek leidet darunter, zwischen zwei Weltanschauungen leben zu müssen“, fuhr die Lehrerin fort. „Zu Hause die strenggläubige muslimische Welt ihres Schwiegervaters und der Familie. Eine Welt, in der die Ehre der Frau ein hohes Gut darstellt. Auf der anderen Seite die verlockende westliche Welt mit all ihren angenehmen Dingen. Das geht vielen jungen Frauen und Mädchen so. Sie müssen einen Spagat machen zwischen der Familie und der Lebenswirklichkeit und daran zerbrechen sie oft.“

Koslowski hatte still zugehört und bemerkt, wie sehr die rundliche Dame offensichtlich die Situation der jungen Frau nachvollziehen konnte.

„Was ist nun aber das akute Problem?“, wollte er wissen. „Was Sie mir gerade geschildert haben, scheint ein allgemeines türkisches oder muslimisches Problem zu sein.“

Sie nippte an ihrem Kaffee und behielt die Tasse in den Händen.

„Vor einigen Tagen kam Ipek zum Unterricht und sah sehr bedrückt und niedergeschlagen aus. Als ich sie während der Pause ansprach, brach sie in Tränen aus.“

Koslowski nahm das neue, von Strunte gebrachte Glas in Empfang.

„Sie hatte vom Frauenarzt erfahren, dass sie unfruchtbar ist. Dabei hatten sie und ihr Mann sich so sehr Kinder gewünscht. Ihr größter Wunsch war es, einen Sohn zu bekommen. Er sollte Ali heißen, wie sein Großvater. In der Familie war man schon länger enttäuscht, dass es nicht klappte mit einem Nachkommen. Angeblich hatte ihr Schwiegervater sich schon abfällig über sie geäußert. Von wegen keine vollwertige Frau und so.“

Koslowski drehte sich auf seinem Stuhl und legte den Arm auf die Rückenlehne. „Ein schwerer Schlag für so eine junge Frau, nicht wahr?“, fragte er.

Die Lehrerin seufzte.

„Vor allem für eine türkische Ehefrau. Sie macht sich schwere Vorwürfe, dass sie versagt hat und ist seit diesem Tag sehr depressiv. Dabei kann sie doch gar nichts dafür, dass sie keine Kinder bekommen kann.“

Koslowski versuchte sich vorzustellen, was in so einem Menschen vor sich ging. Kurz musste er sich schütteln.

„Gestern Morgen kam Ipek nicht zur Schule. Fatima, das ist die andere junge Frau auf dem Bild, erzählte, dass sie die ganze Nacht weggeblieben sei und gestern gar nicht nach Hause kam. Ihr Schwiegervater schäumt vor Wut und die ganze Familie sucht sie.“

Koslowski trank erneut von seinem Wasser und sah die Lehrerin dabei an.

„In welchem Verhältnis stehen denn die beiden Frauen zueinander?“, wollte er wissen.

„Ach, sie wohnen zufällig beide in Lage und ihre Familien kennen sich.“ Sie überlegte kurz. „Ja und sie kommen natürlich jeden Tag gemeinsam mit dem Bus zur Schule.“

„Und jetzt weiß niemand, warum Ipek weg ist und vor allem wo sie ist, oder?“, vermutete Koslowski.

Ingrid Barkenkamp ließ den Kopf hängen. „Nein, niemand hat eine Ahnung.“

Sie schob die Kaffeetasse von sich.

„Ich war auch schon in Detmold auf der Wache. Der Beamte, ein Herr Kardinal mit einem ausgefallenen und sehr gepflegten Bart, war wirklich nett und einfühlsam. Aber er hat mir erklärt, dass die Polizei leider nichts machen kann. Ipek ist zwanzig Jahre alt und damit volljährig!“

Nervös strich sie sich übers Haar.

„Da hat der Polizeibeamte recht“, bestätigte Koslowski die Aussage. „Das hier ist ein freies Land und wer volljährig ist, kann über sein Leben selbst bestimmen. Und da es keinen Hinweis auf ein Verbrechen oder dringende Anzeichen für einen Selbstmord gibt, hat die Polizei keine Handhabe.“

Erwachsene Menschen konnten in Deutschland gehen, wohin sie wollten und manch einer war erst dreißig Jahre später vom »Zigaretten holen« zurückgekommen.

„Als ich auf der Wache war, kam zufällig Herr Eugelink herein. Ihm habe ich aus Verzweiflung alles noch mal geschildert. Auch er meinte, dass er nichts machen könne. Aber er hat mir Ihren Namen genannt. Sie könnten mir vielleicht weiterhelfen.“

Koslowski nickte verstehend. „Der gute Walfried. Aber ich glaube, er überschätzt meine Möglichkeiten. Das ist die Suche nach einer Nadel im Heuhaufen.“

Die Lehrerin sah Koslowski flehend an. „Ich weiß, dass etwas Schreckliches passieren wird. Ich weiß es einfach.“

Mit zitternden Händen stellte sie die Tasse ab und blickte auf die Tischplatte.

Koslowski überlegte kurz, dann legte er ihr die Hand auf die Schulter.

„Ich kann Ihnen nichts, aber auch rein gar nichts versprechen, aber ich will sehen, was ich tun kann.“

Ein dankbares Lächeln erschien im Gesicht der Frau, während Koslowski Tränen in ihren Augen schimmern sah.

„Gibt es irgendeinen Hinweis, wo sie sich aufhalten könnte?“, wollte er wissen.

Sie kramte in ihrer Tasche und brachte einen Zettel mit einer Adresse zum Vorschein.

Diesen schob sie Koslowski über den Tisch. „Das ist die Anschrift eines entfernten Verwandten. Er wohnt in der Nähe von Paderborn.“

Koslowski las die Adresse und sah die Frau fragend an.

„Ja ja, Sie können ihn natürlich behalten“, sagte sie.

Koslowski steckte den Zettel in seine Hemdtasche.

Wieder überlegte die Lehrerin einen Moment und Koslowski wartete geduldig.

Sie schien sich plötzlich an noch etwas erinnern zu können. „Fatima erzählte, dass Ipek sich mit der Bemerkung von ihr verabschiedet habe, dass es in dieser Situation nur einen Ausweg gäbe.“

Koslowski kratzte sich am Nacken. „Das klingt allerdings sehr ernst.“

Ingrid Barkenkamp nickte. „Aber für die Polizei reicht diese Aussage nicht.“

Was Koslowski verstehen konnte, denn es war tatsächlich nur ein sehr vager Hinweis. Und nur aufgrund eines solchen Hinweises würde niemand den gesamten Fahndungsapparat in Gang setzen.

Ingrid Barkenkamp erhob sich, und sie tauschten ihre Telefonnummern aus.

Koslowski versprach, sich sofort zu melden, sobald er etwas herausbekommen würde.

Als sie zahlen wollte, winkte Koslowski ab. Sie bedankte sich und verließ die Gaststätte. Koslowski sah sie mit hängenden Schultern an der Ampel stehen und hatte Mitleid mit ihr. Ihr schien die Sache sehr nahe zu gehen. Da sollte mal jemand schimpfen, dass unsere Lehrer gefühllos seien, dachte er.

Koslowski trottete an die Theke.

„Noch ein Wasser?“, wollte der Kneipier wissen. „Dann bekommst du auch ein Handtuch und Seife dazu!“

Koslowski schüttelte wortlos den Kopf. Den Scherz seines Freundes hatte er gar nicht richtig wahrgenommen. Er sah an Strunte vorbei. „Ich glaube, das müssen wir erst mal verschieben, denn ich habe den Eindruck, das hier ist eine Sache, die heftig auf den Nägeln brennt.“ Gedankenverloren verließ er das Lokal.

Den Deckel seines Stammgastes ließ Volkmar Strunte in die Mülltonne wandern. So nachdenklich hatte er ihn schon lange nicht mehr gesehen.

Sechs

Koslowski war kaum wieder zu Hause angekommen, als ihn eine innere Unruhe überkam. Auf keinen Fall konnte er jetzt hier stillsitzen und nachdenken. Er kramte den Zettel aus der Hemdtasche und schaltete seinen PC ein. Kurze Zeit später hatte er eine Telefonnummer zu dem Namen auf dem Zettel gefunden.

Es klingelte dreimal, bevor jemand abnahm.

„Abdullah Yilmaz“, meldete sich eine männliche Stimme. Um sich langwierige Erklärungen zu sparen, stellte Koslowski sich einfach als Ipeks Lehrer vor. Der Mann am Telefon war ein entfernter Neffe von Ipeks Schwiegervater, wie er selber erklärte.

Ja, Ipek sei heute Morgen bei ihm gewesen, doch sie habe ihm nicht gesagt, was sie von ihm wolle. Nur, dass sie Hilfe bräuchte. Er habe den Eindruck gehabt, dass sie vollkommen durcheinander war. Er habe nicht gewusst, wie er ihr helfen sollte. Als er dann ihren Mann anrufen wollte, sei sie plötzlich weggelaufen. Nun suche die ganze Familie sie in der Nähe seiner Wohnung in Borchen. Koslowski wunderte sich kurz, dass Yilmaz sich nicht an der Suche beteiligte, erschrak aber, als er hörte, dass sie beim Verlassen der Wohnung damit gedroht habe, sich umzubringen. Jetzt wurde die Sache wirklich brenzlig.

Koslowski verabschiedete sich und legte auf. Er musste sofort handeln. Sekunden später wählte er eine Nummer bei der Detmolder Polizei.

„Walfried Eugelink“, meldete sich eine Stimme am anderen Ende der Leitung.

„Walfried, ich brauche deine beziehungsweise eure Hilfe.“

Walfried Eugelink, seines Zeichens stellvertretender Kommissariatsleiter in Detmold, horchte auf. „Was gibt es?“, wollte er wissen.

„Es geht um das türkische Mädchen. Erinnerst du dich? Die Lehrerin, die bei dir war? Sie war vorhin bei mir."

Eugelink überlegte kurz. „Die ich dir geschickt habe, nicht wahr?"

Koslowski ging darüber hinweg.

„Die junge Frau war in Borchen bei einem Verwandten", erklärte er dem Kripobeamten.

„Na fein, dann können die Eltern sie doch da abholen", schlug dieser vor.

„War, Eugelink! Sie war bei einem Verwandten. Als der ihren Mann angerufen wollte, lief sie weg und will sich jetzt das Leben nehmen."

„Scheiße!", hörte Koslowski am anderen Ende der Leitung. „Gib mir mal die Adresse, ich jage sofort die Paderborner Kollegen dahin. Da ist jetzt eine Großfahndung angesagt."

Koslowski teilte ihm alle Fakten mit. „Ich mache mich auch auf den Weg dahin", erklärte er.

„Die Kollegen sind doch schneller da als du", gab der Kripobeamte zu bedenken.

Koslowski kratzte sich kurz am Kinn. „Sag mal, Walfried, ist diese Adresse nicht in Nordborchen, in der Nähe der A 33?"

Eugelink überlegte kurz. „Schon möglich!" Nach einer Sekunde korrigierte er sich. „Ja, du hast recht, das ist in der Nähe der A 33, man kann sogar die Autobahnbrücke sehen. Da ganz in der Nähe hatte ich mal mit den Paderborner Kollegen eine Hausdurchsuchung."

„Die sollen sich beeilen", mahnte Koslowski, doch da hatte der Kripobeamte bereits aufgelegt und wählte vermutlich schon die Nummer seiner Paderborner Kollegen.

Koslowski verfluchte gerade seinen langsamen, alten Landrover, als sein Blick auf ein Foto an der Wand fiel. Da-

Der Fahrer nahm die nächste Ausfahrt und folgte den Landstraßen bis unter die Brücke. Schon von Weitem sah man mehrere Blaulichter von Polizeifahrzeugen.

Unter der Brücke lag ein Körper, den man mit einer weißen Rettungsdecke abgedeckt hatte. Koslowski hörte von Weitem das Martinshorn eines Rettungswagens. Diese Hilfe würde zu spät kommen.

Die vier Beamten der Polizeiwagen, die unter der Brücke eingetroffen waren, begrüßten ihre Kollegen von der Autobahnpolizei.

Man forderte Koslowski zunächst auf, im Wagen sitzen zu bleiben. Er sah ausdruckslos durch die regennassen Scheiben auf den abgedeckten Körper und dachte darüber nach, wie vollkommen sinnlos es war, sich das Leben zu nehmen, bloß weil man keine Kinder bekommen konnte.

Wie stark musste der Druck auf Ipek gewesen sein?

Dann nahm Koslowski eine weitere Person wahr, die etwas abseits stand und ihn im Wagen fixierte.

Augenscheinlich war der Mann kein Deutscher. Bevor Koslowski sich weitere Gedanken über ihn machen konnte, wurde die Tür des Streifenwagens geöffnet und man bat ihn auszusteigen.

Einer der Beamten fragte, ob er Koslowski heiße und ob er einen gewissen Herrn Hugenberg kenne.

Als Koslowski beides bejahte, erklärte ihm der Beamte, dass sich Hugenberg von einem Paderborner Flugplatz aus telefonisch bei der Polizei gemeldet habe.

Er habe angegeben, dass er mit Koslowski zur Brücke geflogen sei und dass es dort möglicherweise zu einem Selbstmord kommen könne, wenn Koslowski es nicht schaffe, die Frau davon abzuhalten.

Koslowski bestätigte diese Aussage und erläuterte, wie er von Ingrid Barkenkamp um Hilfe gebeten worden war und wie er von Ipeks Absicht Kenntnis bekommen hatte.

Mit hängenden Schultern erzählte er dann, dass er noch versucht habe, sie davon abzuhalten, doch mit ansehen musste, wie sie ihren Plan in die Tat umsetzte.

Alle Anwesenden blickten betreten zu Boden.

Nach einigen Augenblicken löste sich einer der Beamten aus der Gruppe und ging zu der etwas abseits stehenden Person. Er sprach mit dem Mann und erklärte ihm das Geschehen, so wie Koslowski es geschildert hatte.

Der Mann hörte zunächst teilnahmslos zu, dann sah er hinüber und Koslowski ihm direkt in die Augen.

„Wer sagt Ihnen, dass dieser Mann nicht ein Mörder ist und die Frau von der Brücke gestoßen hat?“

Sein Blick wurde hart, und Hass glitzerte in seinen Augen.

Alle beruhigenden Aussagen des Beamten und auch der Hinweis, dass Koslowski sich sogar einen Hubschrauber besorgt habe, um den Selbstmord zu verhindern, hinterließen bei dem Mann offenbar keinen Eindruck.

Als er sich immer weiter in Rage redete und dabei Koslowski immer näher kam, wandte sich der Beamte an die Kollegen von der Autobahnpolizei.

„Seid so gut und fahrt den Mann hier weg. Ich glaube, das hier eskaliert sonst.“

Koslowski stieg ein und blickte noch einmal aus dem Heckfenster des Streifenwagens. Der Mann kniete jetzt neben Ipeks Leiche und schaute dem langsam wegfahrenden Wagen hinterher.

Sieben

4 Tage später

War die Trauer um einen geliebten Menschen im christlichen Glauben eine eher stille und introvertierte Sache, so trauerten die Muslime mit der ganzen Familie, mit Bekannten und Freunden. Alle kamen, wollten den Hinterbliebenen alltägliche Arbeiten abnehmen und sie in der Trauer nicht allein lassen.

Im Hause der Familie Dursun hatten sich unzählige Menschen versammelt. Die Männer saßen im Wohnzimmer des Hauses im Lagenser Stadtteil Müssen, die Frauen hatten sich in die Küche zurückgezogen.

Ipeks Schwiegervater, Ali Dursun, ließ den Kopf hängen und atmete tief durch.

„Warum hat sie das gemacht?“, murmelte er, ohne auf eine Antwort zu hoffen. Alle Anwesenden schwiegen.

Sein Sohn Ahmet stand am Fenster und sah hinaus. Auch er hatte noch nicht verarbeitet, dass seine Frau, die er vor vier Jahren aus der Türkei nach Deutschland geholt hatte, nun nicht mehr lebte. Bei dem Gedanken, wie sie von der Brücke stürzte, lief ihm ein kalter Schauer über den Rücken.

„Allah ist groß, wer weiß schon, was er mit uns Menschen vorhat?“ gab Hakan Karatoglu vorsichtig zu bedenken.

Karatoglu war zwar der Vorsitzende der GTM, der *Glaubensgemeinschaft der türkischen Muslime* hier in Lage, aber die Familie Dursun gehörte zur *Liga islamischer Gläubiger aller Nationen*, der ILAN, einem Moscheeverein im benachbarten Detmold. Dort hatte er in einer alten Kaserne in Herberhausen einen Gebetsraum eingerichtet. Da sie zahlenmäßig über viel mehr Mitglieder verfügte, hatte die GTM solche Einrichtungen sowohl in Lage wie auch in Detmold.

Doch es gab keine Einschränkungen, wenn Mitglieder von ILAN zur GTM wechseln wollten oder umgekehrt.

Hier in der Diaspora kannte fast jeder jeden und wo die Gläubigen beteten, das war Allah sowieso egal. Und so kam es, dass Hakan Karatoglu weniger in seiner Eigenschaft als Vorsitzender des GTM-Moscheevereins Lage gekommen war, sondern als Freund Ali Dursuns, mit dem er seit vielen Jahren in der hiesigen Zuckerfabrik arbeitete und dessen Familie er daher ebenfalls gut kannte.

Die Nachricht von Ipeks Selbstmord hatte ihn wie ein Faustschlag getroffen und er war sofort zum Haus seines Freundes geeilt.

Der Vorsitzende der ILAN, Erdal Kösem, war ebenfalls anwesend. Auch seine Mitglieder mussten mit diesem Schock fertig werden und er wollte ebenfalls seinen Brüdern und Schwestern zur Seite stehen.

Der letzte eintreffende Besucher war Abdullah Yilmaz. Er blickte zuerst auf den am Fenster stehenden Witwer, dann auf den Schwiegervater der Verstorbenen. Das Gespräch drehte sich ausschließlich um Ipeks gewaltsamen Tod. Keiner konnte verstehen, warum sie in den Tod gesprungen war.

„Allahs Wille mag groß sein, aber wer sagt, dass sie freiwillig gesprungen ist?“, entgegnete er auf Hakan Karatoglus Satz, den er beim Eintreten noch soeben gehört hatte.

Sein Satz knallte in die Stille wie ein Peitschenhieb. Alle sahen auf, der Ehemann am Fenster drehte sich um, in seinen Augen schimmerten Tränen. Ali Dursun richtete sich im Sessel auf.

„Was sagst du da?“

Yilmaz setzte sich in einen freien Sessel und sah ihm in die Augen.

„Ich war unter der Brücke und habe sie dort liegen gesehen. Ihr Kopftuch war weg. Angeblich hat man es später etliche hundert Meter weiter gefunden.“

Alle waren sprachlos.

„Warum“, so fuhr Yilmaz fort, „sollte sie ihr Kopftuch abgenommen haben?“

Ali Dursun sah auf seinen Sohn, der wiederum fassungslos zuhörte, was der Neffe seines Vaters erzählte.

„Ich glaube, dass eine gute Muslima, wie es deine Frau gewesen ist“, richtete er nun das Wort direkt an Ahmet Dursun, „niemals freiwillig ihren Kopfschleier abgelegt hätte.“ Einige der Anwesenden nickten zustimmend.

Dann erzählte er, was die Polizei ihm gesagt hatte. „Daher weiß ich, dass der Mann, dieser Koslowski, ganz nah bei ihr auf der Brücke war.“

Ahmet Dursun wurde noch hellhöriger. „Was willst du damit sagen?“, wollte er wissen.

Yilmaz rutschte nervös auf dem Sessel herum. „Überleg mal, warum sollte er ebenfalls auf der Brücke gewesen sein?“, wollte er wissen. „Vielleicht hat er etwas mit dem Tod deiner Frau zu tun?“ vermutete Yilmaz. „Mich hat er am Telefon angelogen und behauptet er sei einer von Ipeks Lehrern.“

Ali Dursun mischte sich ein. „Warum sollte er sie getötet haben?“

Als Abdullah Yilmaz schwieg, ergriff der Vorsitzende der ILAN das Wort. „Dafür kann es viele Gründe geben, denkt nur an all die Ungläubigen, die uns hassen und sich nichts sehnlicher wünschen als uns und unseren reinen Glauben zu vernichten!“

Hakan Karatoglu gingen die Nackenhaare hoch. Jetzt kam wieder die alte Leier der ILAN, dass alle Welt die Muslime verfolgte und sie ständig in Lebensgefahr schwebten. Für seinen Geschmack war die ILAN viel zu radikal in ihren Ansichten. Sicher hatte es Anschläge gegen Türken und Muslime gegeben, aber deswegen waren doch nicht alle Menschen hier in Deutschland schlecht. Er selbst hatte etliche Freunde und Kollegen hier, mit denen er friedlich zusammen wohnte und arbeitete. Hier in Ostwestfalen ließ es sich doch ganz gut leben, und ganz tief in seinem Innersten hatte er sich auch schon irgendwie damit abgefunden, dass er nicht mehr in sein türkisches Dorf zurückkehren würde, außer um in heimischer Erde bestattet zu werden.

Seine Kinder lebten hier und waren hier zur Schule gegangen. Sie hatten deutsche Freunde und alles, was sie sich wünschen konnten. Er bezweifelte stark, dass sie ihm in die Türkei folgen würden, um dort zu leben. Ihr Zuhause war hier in Lage.

Er hörte Erdal Kösem immer noch über die Unterdrückung der Muslime sprechen und wartete auf eine Gesprächspause, um sich einzumischen.

„Erdal“, fragte er, „die Polizei war doch auch da und alle sprechen von einem Selbstmord.“

Kösem sah ihn einen Moment lang sprachlos an. „Die Polizei hat diesen Koslowski womöglich geschützt, weil er einer von ihnen ist. Wer weiß, ob er nicht mit denen unter einer Decke steckt?“

Abdullah Yilmaz mischte sich wieder in das Gespräch ein. „Du könntest recht haben, Erdal“, stimmte er dem Vorsitzenden der ILAN zu. „Warum hat ihn die Polizei denn sofort weggebracht, als ich mich vernünftig und ruhig mit ihm unterhalten wollte?“

Alle dachten kurz nach, bis ein anderer Nachbar die Vermutung äußerte, dass man wohl verhindern wollte, dass er sich verplapperte.

Einstimmiges Nicken begleitete diese Aussage.

Wieder ergriff Kösem das Wort. „Was bedeutet diesen Ungläubigen schon das Leben einer jungen türkischen Frau?“ Während er diese Worte aussprach, ging er zu dem jungen Ehemann und nahm ihn in den Arm.

„Erdal, ich bitte dich!“, forderte Hakan Karatoglu den Vereinsvorsitzenden der ILAN auf, „Du willst doch nicht wirklich unterstellen, dass die deutsche Polizei an einem Mordkomplott gegen Ahmets Frau beteiligt ist, oder? Und wie kam der Mann auf die Bücke? Doch mit einem Hubschrauber, wie die Polizei Abdullah gesagt hat.“ Hakan

Karatoglu konnte dieses tiefe Misstrauen nicht nachvollziehen. „Ihr kennt ihn nicht und verurteilt ihn!“

Ali Dursun stand auf, als er sah, dass sein Sohn kurz davor war zusammenzubrechen.

Erdal Kösem stützte ihn und ein Nachbar machte auf der Couch Platz, damit er sich hinsetzen konnte.

„Bitte geht jetzt, das ist alles zu viel für meinen Sohn“, bat Ali Dursun die Anwesenden. Leise verließen alle den Raum.

Nur Erdal Kösem drehte sich in der Tür noch einmal um. „Ahmet, wenn du Hilfe brauchst, melde dich bei mir. Ich stehe dir in deinem Kampf bei, egal gegen wen du ihn führst.“

Acht

Wieder einige Tage später

So ein Anrufbeantworter war schon eine tolle Sache, man war fast immer erreichbar und hatte das Gefühl, nie etwas zu verpassen.

Aber auch der beste Anrufbeantworter nutzte nichts, wenn der Anrufer nicht auf das Band sprach oder seine Rufnummer unterdrückte. Diese Feststellung musste Koslowski machen, als er nach Hause kam. Der Automat blinkte und zeigte an, dass fünf Anrufe eingegangen waren. Doch auf den ersten drei Bandaufzeichnungen hörte man jeweils lediglich das Auflegen des Hörers. Anscheinend hatte der oder die Anruferin nicht den Mut gehabt, auf das Band zu sprechen. Dass sich jemand dreimal verwählte, hielt Koslowski für relativ unwahrscheinlich.

Der nächste Anrufer war ein gewisser Hakan Karatoglu. Anscheinend ein türkischer Mitbürger. Das festzustellen, war nicht sonderlich schwer, denn als Koslowski das Band ablaufen ließ, hörte er den folgenden Text: „Meine Name Karatoglu, Hakan. Anrufe wegen schlimme Sache. Sie besser anrufen mich, geht um schlechte Menschen. Ich denke, Sie bald große Problem. Bitte mich anrufen."

Dann folgte eine Nummer, an der Koslowski erkannte, dass der Anrufer aus Lage stammte.

Er notierte die Rufnummer, ließ das Gerät weiterlaufen und hörte alsbald die Stimme der Lehrerin Ingrid Barkenkamp.

Seltsamerweise verspürte auch sie Sorge um Koslowskis Sicherheit, denn sie bat ihn dringend um einen Rückruf. Alle Welt schien sich um ihn zu sorgen.

Koslowski entschloss sich, die Sache nicht auf die lange Bank zu schieben und wählte als Erstes die Nummer der Lehrerin.

Sie war sofort am Apparat, wollte am Telefon aber nichts Näheres sagen.

Er könne aber gerne bei ihr vorbeikommen. Und das auch sofort, wenn es ihm passen würde, denn sie habe Zeit, und es wäre wirklich sehr wichtig. Dann gab sie ihm ihre Adresse.

Koslowski war zwar verblüfft, versprach aber, sie innerhalb der nächsten Stunde aufzusuchen.

Dann wählte Koslowski die Nummer von Hakan Karatoglu in Lage.

Auch hier hatte er Glück, und der Teilnehmer war sofort am Telefon. Koslowski stellte sich vor und berief sich auf die Nachricht auf seinem Anrufbeantworter.

Der Mann war anscheinend froh, dass Koslowski sich sofort gemeldet hatte. „Sie heute noch kommen?", fragte er sofort.

Koslowski fragte nach, worum es überhaupt ging.

Doch der Türke wich aus. „Sie kommen, weil gefährlich für Sie. Besser selber sagen!", wehrte er ab.

Dieser überlegte kurz. Doch seine Neugier siegte. „Also in etwa eineinhalb Stunden könnte ich da sein", informierte er den in Lage wohnenden Türken.

Dieser wiegelte ab. „Besser heute Abend kommen, wenn dunkel."

Für Koslowski wurde die Sache jetzt immer mysteriöser.

Der Anrufer gab ihm seine Adresse und wollte nochmal wissen, ob Koslowski auch wirklich kommen würde. Dieser versprach es und legte dann auf.

Ein paar seltsame Aussagen, fand Koslowski. Aber bald würde er mehr wissen.

Bevor er sich auf den Weg machte, musste er noch irgendwo etwas essen. Daher machte Koslowski noch einen kurzen Abstecher zum *Plantagen Grill* und bestellte sich dort ein halbes Hähnchen mit Pommes Frites.

Gerade als er seinen Teller über die Theke geschoben bekam, betrat Bernhard Hilgenstöhler, in schwarzem Anzug mit weißem Hemd und schwarzer Krawatte, den Imbiss.

Koslowski seufzte auf. Der hatte ihm gerade noch gefehlt.

Hilgenstöhler war außer sich vor Freude seinen Freund Koslowski wiederzusehen. „Was machst du denn hier?“, fragte er neugierig und inspizierte dabei Koslowskis Teller.

„Ich bin gerade dabei, mein Abitur nachzuholen, wie du siehst!“

Hilgenstöhler lachte wiehernd. „Ein guter Scherz.“, prustete er, und zur Bedienung gewandt, „Gnädige Frau, so eine Spezialität des Hauses nehme ich auch.“ Dann wandte er sich wieder Koslowski zu, der sich an einen Stehtisch zurückgezogen hatte.

„Na, was machen deine dreitausendfünfhundert Paar Sportschuhe?“, wollte dieser wissen, während er sich über sein Hähnchen hermachte.

Hilgenstöhler winkte ab. „Ist geplatzt, das Geschäft. Ich konnte ja nicht weg.“ Er sah sich um und zog einen Hocker heran. „Ach, wer weiß, wofür es gut war“, orakelte er.

Da er den Mund voll hatte, konnte Koslowski nur nicken.

„Was zu trinken? Ich gebe einen aus“, bot sich Hilgenstöhler an.

Koslowski nickte. „Ich nehme eine Cola“, deutete er auf den Kühlschrank.

Hilgenstöhler nahm für sich zusätzlich noch eine Flasche Bier aus der Kühlung. „Immer noch kein Alkohol?“, wollte er wissen. „Junge, da muss die Leber ja völlig im Eimer sein, wenn du zu solchen Maßnahmen greifst!“

Koslowski seufzte. Warum hielt ihn eigentlich jeder für einen Alkoholiker?

Hilgenstöhler öffnete die Flaschen und stellte die Cola vor Koslowski, während er einen langen Zug aus der eisgekühlten Bierflasche nahm und anschließend genießerisch seufzte. Koslowski sah ihn ein wenig neidisch an.

War er wirklich schon süchtig nach dem Zeug? Er trank einen Schluck Cola. Wenigstens war die kalt.

Während seine Speisen zubereitet wurden, kletterte Hilgenstöhler auf den Hocker. „Kannst du mir mal einen Rat geben, Koslowski? Du kennst dich doch in vielen Sachen aus."

Der Gefragte zuckte, auf beiden Backen kauend, lediglich mit den Achseln.

Hilgenstöhler kramte in seiner schwarzen Anzugjacke und holte einen Zettel hervor. „Also ich habe mir Gedanken gemacht, wie wir in unserem Geschäft mal offensiv Werbung machen könnten."

Koslowski kaute unbeirrt und unbeeindruckt weiter. „Und wie soll ich dir dabei helfen?", nuschelte er mit vollem Mund.

„Ich dachte, wir könnten an unserem Leichenwagen Werbung anbringen. Oder wie wäre es mit einem Internetauftritt?"

Koslowski schüttelte resigniert den Kopf.

Doch Hilgenstöhler träumte bereits weiter.

„Was meinst du, ob Radio Lippe auch Werbung für Bestattungsunternehmen machen würde?"

Koslowski verschluckte sich fast an seinem Essen und hustete. Schnell trank er einen Schluck Cola und Hilgenstöhler klopfte ihm hilfsbereit auf den Rücken.

„An was für einen Text hattest du denn dabei gedacht?", fragte Koslowski neugierig nach. Hilgenstöhler blühte auf. Jetzt kam auch sein hervorgekramter Zettel zum Einsatz. „Ich habe da mal ein paar gute Sprüche aufgeschrieben. Wie findest du den? *Praktisch denken, Särge schenken.*"

Koslowski sah den Geschäftsführer fassungslos an.

Dieser jedoch redete unbeirrt weiter.

„Oder wie wäre der? *Bestattungen Holzmann – Bei uns liegen Sie richtig!*"

Koslowski ließ das Besteck fallen. „Bernhard, das ist doch wohl nicht dein Ernst, oder?“, fragte er nun doch leicht irritiert.

Hilgenstöhler sah ihn verständnislos an.

„Wäre der Spruch nicht was für unseren Firmenwagen?“, fragte er und deutete nach draußen, wo ein schwarzer VW-Transporter vor der Imbissstube parkte. „Platz dafür wäre ja auf beiden Seiten.“

Koslowski wischte sich den Mund ab und legte die Serviette zum Besteck auf den leeren Teller.

„Ich glaube, du hast nicht mehr alle Latten am Zaun, Bernhard. Bestattungen sind doch ein seriöses Geschäft. Und ich vermute mal, die Sprüche hast du dir doch nicht selber ausgedacht, oder?“

Hilgenstöhler sah ihn verstört an. „Na ja, man schnappt so das eine oder andere auf.“

Koslowski, mit dem Essen fertig, ging hinüber zur Theke und zahlte seine Zeche.

„Also, was denkst du jetzt darüber?“, wollte Hilgenstöhler wissen.

Koslowski steckte sein Wechselgeld ein und drehte sich an der Tür noch mal um. „Was ich darüber denke? Du solltest mal zum Schlabrendorff-Weg fahren und deine Ideen da vorstellen.“

Hilgenstöhler sah ihn verwundert an.

„Wieso, ist da eine Werbeagentur?“, wollte er wissen.

„Nein, da oben ist das GPZ. Das Gemeindepsychiatrische Zentrum, die sind auf solche Fälle wie dich spezialisiert“, lachte er und war auch schon draußen.

Zurück ließ er eine lachende Bedienung und einen völlig konsternierten Bernhard Hilgenstöhler.

Neun

Vorsichtig schob Koslowski das große Kissen auf dem Sofa zur Seite und lehnte sich zurück. Aufmerksam betrachtete er dabei seine Umgebung. Genauso hatte er sich die Wohnung einer Lehrerin vorgestellt. Sie passte bereits vom ersten Eindruck an sehr gut zu Ingrid Barkenkamp. Überall lagen Zeitschriften und es stapelten sich Unmengen von Büchern. Der Schreibtisch am Fenster war so mit Papieren übersät, dass man kaum die Computertastatur erkennen konnte. Die Möbelstücke waren zusammengewürfelt und keines passte farblich zum anderen. Aber das konnte natürlich auch Absicht der Wohnungsinhaberin sein. Schränke gab es gar nicht, dafür Unmengen von Bücherregalen. Man konnte sich des Eindruckes nicht erwehren, dass man sich in der Wohnung eines „Bücherwurms" befand.

Ingrid Barkenkamp kam gerade mit einem Tablett herein und sah Koslowskis Blick durch das Zimmer schweifen. „Ach ja", sagte sie, mit einem bedauerndem Achselzucken, „Bücher sind nun mal eine große Schwäche von mir. Ich lese alles, was ich in die Finger bekomme. Von Fachliteratur bis hin zu den Lokal-Krimis aus Lippe." Sie schob einige Unterlagen auf dem Tisch zur Seite und stellte das Tablett ab. „Nehmen Sie Milch oder Zucker?"

„Milch, bitte!" Koslowski fing einen Stapel Papier auf, der vom Tisch zu rutschen drohte.

Die Lehrerin nahm ihm alles ab und legte es auf den größten Stapel am Boden. „Ich glaube, hier blickt außer mir keiner mehr durch." Sie sah sich kopfschüttelnd um.

„Nur das Genie beherrscht das Chaos," lachte Koslowski.

Ingrid Barkenkamp stimmte ihm zu und ging zurück in die Küche, um Milch zu holen.

Koslowski betrachtete derweil ein Aquarell, das ein verfallenes Bauernhaus in einer Landschaft darstellte, welche gut die Bretagne sein konnte. Er war gespannt, welche Neuigkeiten sie für ihn haben könnte.

Die Lehrerin erschien mit einem Milchkännchen und setzte sich auf den Rand eines Sessels. „Bitte bedienen Sie sich!“, forderte sie ihren Besucher auf, der vorsichtig nach einer Kaffeetasse langte. „Ach, Gott“, fiel es ihr dann plötzlich ein, „oder hätten Sie lieber was Stärkeres als Kaffee gehabt? Vielleicht ein Glas Wein oder einen Cognac?“

Koslowski verneinte dankend. „Der Kaffee ist schon in Ordnung“, wehrte er ab. „Im Moment darf ich sowieso keinen Alkohol trinken“, erklärte er mit sehnsüchtigem Blick, denn so ein schöner Cognac hätte ihm jetzt gut zu Gesicht gestanden.

„Ich verstehe“, versicherte die Lehrerin. „Die Leber, nicht wahr?“

Koslowski wehrte ab. „Nichts Dramatisches, ich muss nur eine Zeitlang mal mit dem Alkohol aussetzen.“

Frau Barkenkamp nickte. „Das geht manch einem meiner Kolleginnen und Kollegen genauso. Ich dagegen trinke ja nie etwas, nicht mal an Silvester.“ Sie war sichtlich stolz auf ihre Enthaltsamkeit. „Den Cognac habe ich nur für Besuch hier stehen, bei mir würde er hundert Jahre alt.“

Bei dem Gedanken an hundert Jahre alten Cognac lief Koslowski das Wasser im Munde zusammen. Er schluckte, bevor er zum Thema kam. „Weswegen haben Sie mich denn nun angerufen?“

Ingrid Barkenkamp beugte sich verschwörerisch vor. „Man will Ihnen ans Leder, und ich glaube, ich bin auch schuld daran“, seufzte sie. „Die Familie Dursun glaubt, dass Sie etwas mit Ipeks Tod auf der Brücke zu tun haben.“

Koslowski hatte so etwas in der Richtung geahnt. Er erinnerte sich an den hasserfüllten Blick des Mannes unter der Brücke Er stellte die Kaffeetasse vorsichtig auf den Tisch zurück. Das war ein starkes Stück. Da flog er mit einem Helikopter los, um die junge Frau noch zu retten, und nun drehte man es plötzlich so, als ob er sie von der Brücke gestoßen hätte.

Die Lehrerin schlürfte weiter ihren Kaffee. „Bei der Trauerfeier ist wohl so was gesprochen worden und Sie sollten sich vor Ipeks Mann Ahmet hüten. Er hat ihnen Rache geschworen.“

Koslowski war völlig konsterniert. „Ich habe doch gar nichts gemacht. Ich wollte doch nur helfen!“

Die Lehrerin Barkenkamp schüttelte den Kopf. „Das wissen sie, und das weiß ich. Aber es interessiert Ahmet Dursun nicht. Er scheint sich wohl in diesen fixen Gedanken verrannt zu haben.“

Der Bedrohte wurde neugierig. „Woher wissen Sie das denn alles?“

Ingrid Barkenkamp sah ihn nachdenklich an. „Ich habe heute Besuch von Fatima Karatoglu gehabt. Sie hat es mir erzählt. Ihrerseits hatte sie es von ihrem Vater. In der Familie ist wohl darüber gesprochen worden.“

Koslowski horchte auf. „Karatoglu?“, fragte er nach. „Ein Mann mit diesem Namen hat mich heute auch angerufen und will sich nachher noch mit mir treffen.“

Die Lehrerin nickte. „Das ist Fatimas Vater,“ bestätigte sie. „Sie hat mir auch erzählt, dass sie bei Ihnen angerufen hat. Doch sie traute sich nicht auf Ihren Anrufbeantworter zu sprechen.

Ingrid Barkenkamp wusste aber noch mehr über die Familie Karatoglu zu berichten. Dass der Vater der Vorsitzende des Moscheevereins GTM in Lage war. Und dass er sehr bemüht war, seinen Kindern hier in Deutschland ein besseres Leben zu ermöglichen. Ihrer Meinung nach hatte er als einer der wenigen Migranten erkannt, wie wichtig es war, dass seine Kinder die deutsche Sprache lernten. Er setzte sich dafür ein, dass sich die Mitglieder der GTM in die deutsche Gesellschaft integrierten und war bemüht, einen Dialog in Gang zu bringen. Er hatte auch Kontakte zu anderen Moscheevereinen, wie zum Beispiel zur ILAN, der Islamischen Liga aller Nationen, die seinen integrativen Bemühungen aber äußerst kritisch und skeptisch gegenüberstanden.

Koslowski bemerkte, dass die Lehrerin sichtlich besorgt war.

„Sie wissen doch, diese Südländer sind eher emotional als kognitiv veranlagt. Bei ihnen geht alles immer so gefühlsmäßig zu. Ich glaube, dass Sie besser um Polizeischutz bitten sollten."

Koslowski winkte müde ab. „Sie wissen gar nicht, welche Voraussetzungen für Polizeischutz vorliegen müssen. Nur aufgrund eines Gerüchtes wird da nichts passieren und rund um die Uhr geht es sowieso nicht. Sie haben doch sicher auch gelesen, wie schlecht es um die personelle Situation der Polizei in unserem Lande bestellt ist, oder?"

Ingrid Barkenkamp nickte zustimmend und meinte dann nachdenklich: „Fatima konnte sich auch nicht erklären, warum man so auf ihre Person fixiert ist."

Das war bei Koslowski etwas anderes, er konnte sich gut vorstellen, wer ihn da beschuldigt haben könnte. Der düstere Blick von Abdullah Yilmaz nach dem Unglück hatte sich ihm ins Gedächtnis gebrannt. „Ich werde wohl auf mich selber aufpassen müssen", vermutete Koslowski. Dann erhob er sich und dankte für den Kaffee. „Vielleicht bekomme ich bei diesem Karatoglu noch ein paar Informationen mehr", hoffte er.

Ingrid Barkenkamp brachte ihren Gast zur Wohnungstür. „Bitte geben Sie auf sich acht", bat sie. „Ich habe ein richtig schlechtes Gewissen, dass ich Sie da reingezogen habe."

Sie seufzte und Koslowski nahm sie seitlich in den Arm. „Mir wird schon nichts passieren, ich bin ein Sonntagskind." Er drückte sie kurz und verließ dann das Haus.

Das Wetter hatte sich weiter verschlechtert und Koslowski fuhr über Pivitsheide nach Lage hinüber. Dunkle Wolken zogen aus westlicher Richtung heran.

Es würde bestimmt bald wieder anfangen zu regnen, dachte Koslowski und konzentrierte sich auf die Straße.

Der dunkle Wagen hatte gegenüber dem Parkplatz des *Hiddeser Hofes* an der Hindenburgstraße in Hiddesen gestanden. Als Koslowskis auffälliger Landrover auf dem Weg zum Imbiss dort vorbeigefahren war, hatte sich der Fahrer in den fließenden Verkehr eingefädelt und war ihm über Pivitsheide bis in den Ortsteil Klüt gefolgt. Geduldig hatte er in der Nähe des *Plantagen Grills* gewartet, bis Koslowski wieder in sein Fahrzeug stieg und weiterfuhr. In Klüt, an der Wohnung von Ingrid Barkenkamp, hatte er Koslowski allerdings auf der Mittelstraße fahren lassen müssen, da er bei dem wenigen Verkehr dort sofort aufgefallen wäre. Daher hielt er in der Nähe des Restaurants *Bei Ivo* an und stieg aus. Er beobachtete, wie Koslowski seinen Wagen in der Mitte der Straße am Fahrbahnrand parkte und das dortige Haus betrat.

Als Koslowski nach einer Weile das Haus wieder verließ, duckte sich sein Verfolger geistesgegenwärtig hinter seinem Wagen. Und als Koslowski an ihm vorbeifuhr, nahm er die Verfolgung sofort wieder auf.

Zehn

Koslowski passierte gerade den Ortseingang von Lage, als er das Gefühl hatte, dass mit seinem Wagen etwas nicht in Ordnung sei. Das Fahrverhalten war zwar völlig normal, aber ein seltsamer Geruch hatte sich breit gemacht. In Gedanken begann Koslowski schon mit einem Teilecheck, von der Auspuffanlage bis zum Motor, als ihm klar wurde, dass der Geruch gar nicht von seinem Fahrzeug stammte, sondern von der Zuckerfabrik erzeugt wurde. Die Zuckerrübenkampagne hatte bereits angefangen und der Schornstein der Zuckerfabrik würde von nun an wochenlang Tag und Nacht rauchen. In dieser Zeit karrten zahllose Traktoren und LKW aus allen Teilen Lippes die geernteten Zuckerrüben heran.

Am ersten Kreisverkehr an der Pivitsheider Straße bog Koslowski rechts ab. Das Schulzentrum Werreanger rechts liegen lassend, kam er zum sogenannten Marktkauf-Kreisel und musste an den älteren Polizisten denken, der morgens oft hier stand und die Schulkinder beim Überqueren der Straße beaufsichtigte. Von der Lagenser Bevölkerung war er oft liebevoll als „Herr der Ringe“ bezeichnet worden war. *Ob der mittlerweile wohl auch schon in Pension war?*, überlegte Koslowski.

Er passierte den Sedanplatz und bog hinter dem Bahnhof links ein. Kurz darauf hatte er in der Paulinenstraße sein Ziel erreicht. Vor dem Haus mit der Nummer, die ihm Hakan Karatoglu angegeben hatte, fand er glücklicherweise sofort einen freien Parkplatz.

Koslowski stieg aus und ging zum Hauseingang.

Ein südländischer Mann, den Koslowski auf Mitte bis Ende fünfzig schätzte, hatte ihm die Tür geöffnet. „Du Koslowski?“, fragte er neugierig seinen Besucher.

Als Koslowski nickte, bat er ihn herein. Der Flur stand voller Schuhe und er wurde von seinem Gastgeber auch prompt gebeten, sich seines Schuhwerkes zu entledigen.

Noch während er sie auszog, hielt ihm Karatoglu ein Paar graue Pantoffeln hin.

Koslowski schlüpfte hinein und folgte dem Türken in das Wohnzimmer. Zwei kleinere Jungen saßen auf dem Sofa und sahen fern. Koslowski hätte das Sendersymbol am oberen Bildschirmrand nicht sehen müssen, um zu wissen, dass die Satellitenschüssel auf Türk SAT eingestellt war. Der Streit, den zwei lustige Puppen heftig und in türkischer Sprache führten, hätte bereits ausgereicht.

Karatoglu sagte einige Worte auf Türkisch und griff gleichzeitig nach der Fernbedienung. Die beiden Jungen standen auf, musterten Koslowski neugierig und verließen dann missmutig den Raum. Der ungebetene Besucher war schuld, dass sie nun nicht erfuhren, welche der beiden Puppen den Streit für sich entscheiden würde.

Karatoglu schaltete den Fernseher ab und sah dabei Koslowski entschuldigend an. „Kinder, weißt du?“

Dieser nickte verständnisvoll und nahm dann nach Aufforderung auf dem Sofa Platz.

„Ein Tee?“, fragte Karatoglu und Koslowski nickte.

Karatoglu verließ kurz den Raum. Koslowski sah sich neugierig um. Er war das erste Mal in der Wohnung einer türkischen Familie. Alles sah genauso aus wie bei einer deutschen Familie. Nur dass hier keine Rosina-Wachtmeister-Katzen die Wände schmückten, sondern Bilder der Kaaba in Mekka. Außerdem das eine oder andere Bild mit arabischen Schriftzeichen.

Koslowski stand auf, um sich das Bild der Kaaba näher anzusehen. Den schwarzen Würfel hatte er schon öfter in der Zeitung gesehen, wenn von der jährlichen Pilgerfahrt berichtete wurde. In diesem Jahr stand sie allerdings unter dem Damoklesschwert der Schweinegrippe. Er ging gerade näher heran, als Karatoglu wieder den Raum betrat.

„Mekka“, sagte er und deutete auf das Bild. Koslowski nickte.

„Ich auch schon da gewesen. Jetzt ich auch Hadschi!“, erklärte Karatoglu stolz.

Koslowski sah ihn verständnislos an.

Karatoglu deutete auf das Bild und die weißen Punkte rund um den Würfel.

„Alles Hadschi!“, sagte er. Dann erläuterte er Koslowski die Zusammenhänge. Das Leben der Muslime sei von den fünf Säulen des Islam geprägt. Neben dem Glaubensbekenntnis, der *Schahada*, gebe es die Almosenpflicht, das *Zakat*. *Salat*, die täglichen fünf rituellen Gebete gehörten ebenso dazu wie das *Saun*, das Fasten im Monat Ramadan. Die letzte der fünf Pflichten sei, so Karatoglu weiter, die *Hadsch*, die Wallfahrt nach Mekka, die jeder Muslim mindestens einmal im Leben gemacht haben sollte. Hakan Karatoglu hatte daran teilgenommen und war stolz darauf, sich nun Hadschi nennen zu dürfen. Sein weißes Pilgergewand, welches er bei der Hadsch getragen hatte, würde später auch sein Leichentuch werden.

„Alles Hadschi“, wiederholte er, und nun wurde Koslowski klar, dass es sich bei den weißen Punkten rund um die Kaaba um Pilger in eben diesen weißen Gewändern handelte.

Die Wohnzimmertür öffnete sich und eine Frau mit einem Kopftuch, die ein Tablett trug, betrat den Raum. Vom Alter her konnte sie Karatoglus Ehefrau sein und als solche stellte er sie dann auch vor. Lächelnd stellte sie das Tablett auf dem Wohnzimmertisch ab und verließ schweigend den Raum.

Karatoglu drückte Koslowski ein Glas Tee in die Hand. Dieser bediente sich am Zucker und rührte ihn mit dem Löffel in das heiße Getränk.

„Guter Tee!“, lobte Karatoglu das heiße Gebräu. „Menschen immer trinken zu viel Alkohol.“ Er blickte Koslowski eindringlich an. „Du auch trinken Alkohol?“, wollte er wissen.

Koslowski war froh, dass er endlich mal mit seinem Alkoholverbot punkten konnte. „Nein, mein Arzt hat es mir verboten!“

Karatoglu freute sich sichtlich. „Guter Arzt, besser nix trinken, dann nicht früh sterben.“ Karatoglu hielt sein Teeglas hoch. „Besser Tee trinken. Für Muslime Alkohol trinken verboten von Koran“, erläuterte er.

Nachdem Koslowski den Tee gekostet und entsprechend gelobt hatte, kam er auf den Grund seines Erscheinens zurück. „Sie haben mich angerufen.“

Karatoglu bekam einen traurigen Gesichtsausdruck. „Schlimme Sache, weißt du? Familie von Ipek sehr böse.“ Er schilderte Koslowski die Unterredung im Hause Dursun und machte deutlich, dass er Koslowski persönlich eher als Freund denn als einen Feind betrachtete. „Aber Menschen traurig und wütend. Können nix verstehen Wille Allahs. Immer suchen Schuld woanders.“

Koslowski nickte verstehend.

Karatoglu fuhr fort. „Ehemann sehr böse auf dich. Ich große Angst, dass machen große Dummheit. Du in Gefahr. Blutrache, weißt du?“

Er sah Koslowski fragend an. Dieser nickte, während ihm langsam der Sinn dieser Worte deutlich wurde.

„Wieso warnen Sie mich?“, wollte er von Karatoglu wissen.

„Menschen alle gut, nix viel böse Menschen. Du auch nix schlecht, meine Tochter sagen. Sie gehört von Lehrerin.“ Koslowski musste an die Anrufversuche von Karatoglus Tochter denken.

„Allah nix wollen solche Rache. Auch nix Dschihad, wie alle immer sagen.“

Koslowski kannte diesen Ausdruck nur aus dem Krieg im Nahen Osten. Nun sollte also auch er in einen solchen Glaubenskrieg verstrickt sein?

Karatoglu hatte ihm Tee nachgeschenkt.

„Woher kommt dieser Hass auf mich?“, wollte Koslowski wissen.

Der Türke lehnte sich zurück und sah einen Moment lang in die Ferne. „Weißt du, vielleicht Ipek nix glücklich mit Familie oder Mann. Vielleicht sehr traurig oder krank. Nur Allah weiß.“

Er schlürfte von seinem Tee und stellte die Tasse dann vorsichtig ab. „Ahmet traurig und wütend. Aber manche Leute immer Schuld suchen bei andere Menschen. Nix bei sich selber.“

Koslowski verstand nur zu gut, was Karatoglu meinte. Diese Denkweise war kein Vorrecht von Muslimen. Es lag in der Natur des Menschen, sich die Dinge so zurechtzurücken, wie sie einem am angenehmsten waren.

Koslowski sah Karatoglu an, wie dieser angestrengt überlegte.

Nach einer Weile des Schweigens, in dem nur das Ticken der Wanduhr zu hören war, seufzte Karatoglu hörbar auf. „Ich lange überlegen. Aber vielleicht, du musst wissen. Ahmet viel angefeuert von andere Menschen. Manche Menschen immer Hass auf andere. Wir von Verein GTM immer wollen Frieden und leben gut mit alle Menschen.“ Er beugte sich verschwörerisch vor und senkte seine Stimme. „Andere Verein nix gut. Immer wollen Streit mit anderen Menschen, die nix Muslim sind. Aber wir Freunde sein und denken, dass alle Menschen gleich vor Allah.“

Koslowski wurde neugierig. „Wer sind denn diese anderen Leute?“, wollte er wissen.

Karatoglu wand sich vor der Antwort. „Andere Menschen, zum Bespiel Erdal Kösem“, erklärte der Vorsitzende der GTM mit sichtbarem Unbehagen. „Er viel erzählen, wie gut ILAN macht Integration in Deutschland. Aber er nix wollen Integration.“

Koslowski notierte sich im Geiste diesen Namen. Erdal Kösem. Über den würde er sich mal genauer erkundigen.

„Er immer viel sprechen so, aber denken anders“, erläuterte Karatoglu. „Er gefährlich. Du nix sagen, dass ich erzählt“, bat ihn der Türke.

Koslowski beruhigte ihn. „Von mir erfährt niemand etwas.“

Karatoglu hatte sein Teeglas geleert. „Du besser aufpassen. Ahmet Dursun auch nix ungefährlich, und Kösem auch.“

Koslowski stand auf und bedankte sich sowohl für den Tee, als auch für die Warnungen und Hinweise, die er von Hakan Karatoglu erhalten hatte.

Sein Gastgeber geleitete ihn zur Tür und nahm beim Abschied Koslowskis Hand in seine beiden Hände.

„Du aufpassen. Und nix Alkohol. Hören was Doktor sagen.“

Koslowski versprach beides zu tun, hinterließ seine Visitenkarte und verabschiedete sich.

Elf

Koslowski kehrte zu seinem Wagen zurück und setzte sich wieder hinter das Steuer. Karatoglu hatte ihm eine Menge erzählt. Das musste er erst mal sacken lassen. Er stieg wieder aus, schloss den Wagen ab und ging von der Paulinenstraße in Richtung Sedanplatz. Ein kurzer Fußmarsch würde ihm sicher helfen, seine Gedanken zu ordnen und so entschloss er sich, am Sedanplatz vorbei in die Innenstadt zu gehen. Die Abendluft würde ihm dabei hoffentlich den Kopf freiblasen.

Als er den Sedanplatz erreichte, hörte er, wie hinter ihm eine Autotür geöffnet und wieder zugeschlagen wurde. Auf Höhe der Kunstakademie hörte er dann Schritte hinter sich, die schnell näher kamen. Anscheinend lief jemand hinter ihm her. Ein sechster Sinn signalisierte ihm Gefahr, und er drehte sich blitzschnell um. In diesem Moment sah er einen Gegenstand auf sich zusausen und nur indem er sich geistesgegenwärtig zur Seite warf, konnte er ihm um Haaresbreite entgehen.

Der Angreifer stürzte durch die Wucht seines Schlages ins Leere und Koslowski rannte hinüber auf den Sedanplatz. Vielleicht konnte er sich hier verstecken.

Wer zum Teufel war das?, fragte er sich. Er kannte doch keinen Menschen in Lage.

Er erreichte den Sedanplatz mit seinen alten Bäumen. Von dem Angreifer war momentan nichts mehr zu sehen.

Koslowski blieb stehen, atmete tief durch und lauschte. Ausgerechnet heute war hier niemand. Er überlegte kurz, ob er die Polizei anrufen sollte und suchte nach seinem Handy. Genau in diesem Moment tauchte der Angreifer wieder auf.

Auch er hatte Koslowski wohl für einen Moment aus den Augen verloren und musste sich erst umsehen.

Die Blicke der Männer trafen sich für den Bruchteil einer Sekunde. Koslowski erkannte einen südländischen Mann. Vermutlich ein Türke.

Erneut begann er zu rennen, überquerte den Sedanplatz und hetzte über die Straße.

Als er in Richtung Bahnhof laufen wollte, erkannte er, dass der Angreifer seine Absicht erraten hatte und ihm den Weg abzuschneiden versuchte.

Koslowski änderte die Richtung und lief auf die Einfahrt und den Hof des Regionalforstamtes zu. Er musste nur über den Parkplatz laufen und um die Ecke biegen, dann würde er über die hintere Ausfahrt die Friedrich-Ebert-Straße erreichen.

Sollte sich Karatoglus Warnung so schnell bewahrheiten? War der Angreifer Ahmet Dursun? Koslowski rannte in den Hof

Sein Verfolger hatte aufgeholt und war ihm auf den Fersen.

Er musste schnellstens die andere Ausfahrt erreichen und wieder zurück auf die Straße. Möglicherweise kam ja ein Taxi zum Standplatz am Bahnhof zurück, hoffte Koslowski schnaufend. Er jagte über den leeren Hof und hörte die Schritte seines Verfolgers hinter sich auf dem Betonboden. Als er um die Ecke des Gebäudes bog, war sein Entsetzen fast so groß wie seine Atemnot. Das sonst immer offen stehende Tor an der Ausfahrt war zu! Gut sichtbar hielt eine Edelstahlkette die Torflügel zusammen und war mit einem Vorhängeschloss gesichert. Sackgasse!

Koslowski rannte noch bis zum Tor, doch ganz eindeutig würde er es nicht schaffen noch rechtzeitig darüber zu klettern. Dazu war ihm sein Verfolger bereits zu nah auf den Fesen. Koslowski kam am Tor an und wirbelte herum.

Der Angreifer hatte die Situation ebenfalls blitzschnell erfasst und näherte sich nun langsamer. Ebenfalls schwer atmend kam er auf ihn zu.

In der linken Hand hielt er eine Stahlrute, in der rechten ein Messer. Das also war der Gegenstand gewesen, den Koslowski beim ersten Angriff gesehen hatte.

So bedroht trat er einen letzten Schritt zurück und spürte die kalten Stäbe des Tores in seinem Rücken.

Koslowski sah den Mann an und war sich jetzt sicher, wer der Angreifer war. „Ahmet Dursun?“

„Genau!“, bekam er zur Antwort. „Ahmet Dursun, der Mann, dessen Frau du getötet hast.“ Dabei bewegte er das Messer so in der Hand, dass Koslowski die Klinge aufblitzen sah.

„Das ist doch Unsinn. Ich habe versucht sie zu retten!“, beschwor ihn Koslowski.

Dursun schlich sich näher heran. „Du warst auf der Brücke und du hast sie heruntergestoßen!“ schrie er Koslowski an.

Irgendwer musste hier doch mal vorbeikommen, dachte dieser flehentlich. „Warum sollte ich sie umbringen? Ich kannte sie doch überhaupt nicht“, versuchte er das Gespräch aufrechtzuhalten und einen neuerlichen Angriff weiter hinauszuzögern.

Doch Dursun kam unaufhaltsam näher. „Du Ungläubiger hast sie getötet. Ich weiß es!“, schrie er und im selben Moment erfolgte der neue Angriff.

Koslowski sah die Stahlrute auf sich zusausen und warf sich nach rechts. Scheppernd schlug die Kugel am Ende der Stahlrute gegen die Stäbe des Eisentores. Dann erfolgte der Angriff mit dem Messer.

Wieder reagierte Koslowski schnell, doch diesmal nicht schnell genug.

Er wollte dem Messerstich ausweichen, indem er sich nun nach links warf, aber diesmal fand der Angriff ein Ziel.

Und beinahe wäre Dursuns Plan aufgegangen. Seine Attacke mit links sollte Koslowski in eine Position bringen, in der er ihm das Messer in die Eingeweide jagen konnte. Durch dessen schnelle Reaktion traf das Messer jedoch nur Koslowskis linken Arm und nicht dessen Brustkorb oder Bauch.

Die Klinge durchtrennte Jacke und Hemd und fuhr wie Feuer in Koslowskis Fleisch. Instinktiv griff er an die Wunde und presste die Hand darauf.

Dursun erkannte, dass Koslowski dadurch in eine noch schlechtere Verteidigungsposition geraten war. Der nächste Angriff würde tödlich sein.

Er wollte gerade erneut zustechen, als sich ein paar reißende Zähne unmittelbar neben Koslowski durch das Gitter des Tores zwängten. Sowohl Dursun als auch Koslowski blieb fast das Herz stehen, als sie das geifernde Gebiss eines Schäferhundes sahen, der seinen Kopf durch die Stäbe des Tores gezwängt hatte und nun fürchterlich anfing zu bellen.

Dursun wendete auf dem Absatz und flüchtete um die Hausecke.

Koslowski hingegen sah vorsichtig zum Kopf des heftig bellenden Hundes hinunter.

Am anderen Ende der Leine hing ein älterer Mann, der zwei Dinge gleichzeitig tat. Zum einen versuchte er, den Hund aus den Stäben zu ziehen und zum anderen wollte er lautstark wissen, was hier eigentlich los sei. Koslowski drehte sich um und blickte Herr und Hund immer noch total erschrocken an. Er machte vorsichtig drei Schritte rückwärts. „Alles in Ordnung", versuchte er den Mann zu beruhigen, der seinerseits versuchte, seinen Hund zu beruhigen.

„Ein privater Streit", erklärte Koslowski und ging nun langsam ebenfalls in Richtung Hausecke. Schon jetzt schmerzte sein Arm bereits höllisch.

„Ich rufe die Polizei!", drohte jetzt der Hundebesitzer, als er seinen Hund wieder in der Gewalt hatte.

„Nicht nötig", wehrte Koslowski ab und sah vorsichtig um die Ecke. Von Ahmet Dursun war nichts mehr zu sehen „Bleiben Sie stehen!", forderte ihn der Hundebesitzer auf.

Doch Koslowski verspürte wenig Lust, sich jetzt noch mit dem Mann auseinanderzusetzen und verschwand ebenfalls um die Ecke.

So schnell es sein lädierter Arm zuließ, lief er zurück in Richtung Sedanplatz.

Hinter dem Gebäude hörte er am Gebell des Schäferhundes den Hundebesitzer näher kommen.

Dursun hätte er entkommen können, bei einem Schäferhund würde er keine Chance haben.

Er erreichte den Sedanplatz, stoppte und sah sich kurz um.

Wenn er sich beeilte, dann würde er verschwunden sein, bevor der Mann um die Ecke bog und ihm weitere lästige Fragen stellte.

Koslowski begann wieder zu laufen und bog vom Sedanplatz nach links in die Schillerstraße ein. Einen Moment später wäre er fast überfahren worden, hätte der Fahrer eines schwarzen Transporters nicht geistesgegenwärtig eine Vollbremsung hingelegt.

Durch die Scheibe erkannte er das verdutzte Gesicht von Bernhard Hilgenstöhler.

Für einen Moment waren beide vollkommen perplex und es war Koslowski, der sich als Erster wieder fing. Er lief zur Beifahrerseite und öffnete sie.

Doch da saß bereits der Tod. Zumindest erschien es Koslowski so, als er Bernhard Hilgenstöhlers Beifahrer sah. Der Mann sah tatsächlich aus wie der Tod auf Raten. Leichenblass, undefinierbar alt und mit einem Schädel, den nur Haut und Augen von einem Totenkopf unterschieden. Koslowski gruselte es direkt vor Hilgenstöhlers Mitarbeiter. Der wiederum sah Koslowski verständnislos an.

„Bernhard, du musst mir helfen. Ich muss hier sofort weg“, bat ihn Koslowski über den Beifahrer hinweg.

Hilgenstöhler bekam sich nach dem ersten Schreck wieder in den Griff.

Die Wunde an Koslowskis Arm nahm er ebenso wahr, wie dessen gehetzten Gesichtsausdruck. „Was ist dir denn passiert?“, wollte er wissen.

Doch Koslowski sah ihn nur flehentlich an. „Später Bernhard, später. Bring mich erstmal von hier weg!“

Hilgenstöhler sah sich kurz um. „Dann mal los. Hinten rein!“, sagte er. „Die Tür ist offen.“

Koslowski griff an den Türhebel und die Seitentür des Transporters glitt auf.

Doch beim Anblick des Sarges, der im Leichenwagen stand, zuckte er erschrocken zurück. Wollte er jedoch jedem weiteren Ärger aus dem Weg gehen, dann musste er seine Abneigung gegen dieses Transportmittel überwinden. Es war immer noch ungeklärt, wo sich Ahmet Dursun gerade herumtrieb.

Und auf einen weiteren Stich in den Arm oder andere Körperteile war Koslowski überhaupt nicht scharf. Er kletterte also in den Wagen, klemmte sich neben den Sarg und zog die Tür hinter sich zu. „Abfahrt!“, kommandierte er und Hilgenstöhler fuhr los.

„Bernhard, du musst mich ins Klinikum bringen. Ich glaube der Arm muss genäht werden.“

Hilgenstöhler gab Gas. „Was ist denn passiert?“, wollte er erneut wissen. „Sollte man nicht lieber die Polizei benachrichtigen?“

Koslowski lehnte ab. „Das erkläre ich dir alles später, Bernhard. Jetzt muss ich mich erst mal um meinen Arm kümmern.“ Er machte es sich neben dem Sarg so bequem wie möglich.

Gevatter Tod auf dem Beifahrersitz folgte der Unterhaltung stumm und mit versteinerter Miene. So, als ob jeden Tag ein blutender Mann vor einen Leichenwagen spränge, um sich dann ins Klinikum fahren zu lassen.

„Bernhard, aber noch eine Frage“, bat Koslowski.

Hilgenstöhler drehte sich halb um. „Was denn?“

Koslowski klopfte mit der flachen Hand auf den Sargdeckel.

„Ist der leer?“, wollte er wissen.

Hilgenstöhler sah wieder nach vorne. „Leider!“, sagte er seufzend. „Ich sagte ja schon, im Moment stirbt in Lippe kaum jemand. Das Geschäft geht so schlecht, dass wir schon einen Teil unserer Sargkollektion verkaufen müssen. Dieser ist eigentlich für einen Kollegen hier in Lage bestimmt gewesen, doch in der Firma war niemand mehr anzutreffen.“

Koslowski atmete durch.

Zwölf

Lisa Brandes sah gähnend auf die große Wanduhr.

Das war nun schon ihre fünfte Nachtschicht in Folge, seit die Schweinegrippe zugeschlagen hatte. Und zwar nicht nur in der Bevölkerung, sondern auch in den Reihen des Personals des Klinikums Lippe, welche sich dadurch spürbar gelichtet hatten.

Gerade hatte die examinierte Krankenschwester, die wegen ihrer geringen Körpergröße von allen nur *Kiki* gerufen wurde, die Reste der ärztlichen Versorgung eines gebrochenen Daumens entfernt und im Behandlungsraum wieder für Ordnung und Sauberkeit gesorgt. Nun saß sie am Tresen der Notfallambulanz und blätterte lustlos in einer älteren Illustrierten.

Die Nachtschicht an sich war recht ruhig gewesen. Keine schweren Autounfälle, nur ein paar Schnittwunden und dieser gebrochene Daumen. Das bedeutete zwar weniger Arbeit, doch dafür ging die Zeit sehr viel langsamer um. Kiki Brandes gähnte erneut und beschloss, für einen Moment die Füße hochzulegen.

Mit vierzig war man auch nicht mehr die Jüngste.

Sie mochte ihren Beruf sehr und hatte sich daher nie gescheut, Nachtdienste oder Sonderschichten zu übernehmen. Vielleicht war das der Grund dafür, warum sie immer noch unverheiratet und zur Zeit auch alleinstehend war. Angeblich wurden Frauen ja nur Krankenschwester, um sich einen Doktor zu angeln, behaupteten die ganz Schlauen, doch Kiki hatte von jeher privat einen großen Bogen um die Herren Ärzte gemacht.

Müde legte sie die Beine auf einen Karton mit Verbandsmaterial, den sie eigentlich noch hatte einräumen wollen, doch jetzt als willkommene Fußstütze missbrauchte.

So richtig wollte die ersehnte Entspannung jedoch nicht eintreten und die Krankenschwester entschloss sich, vor der Tür frische Luft zu schnappen. Sie überquerte den Flur vor der Ambulanz und steuerte auf die automatische Eingangstür zu, vor der normalerweise die Rettungswagen hielten. Kaum hatten sich die beiden Schiebetüren geöffnet, als Kiki Brandes einen Schreck bekam.

Sie war einiges gewohnt, doch dass plötzlich ein Leichenwagen des Bestattungsunternehmens Holzmann an der Tür der Ambulanz vorfuhr, war schon sonderbar. Umso mehr, als sich die Seitentür des VW Transporters öffnete und ein Mann ausstieg, der neben einem Sarg gekniet hatte. Und als ob das nicht schon genug gewesen wäre, hatte der Mann seinen Arm mit dem Rest des Ärmels umwickelt, welcher bereits stark mit Blut durchtränkt war. Unwillkürlich wich Kiki Brandes einen Schritt zurück.

Der Fahrer des Leichenwagens ließ die Beifahrerscheibe herunter. „Und du bist sicher, dass du alleine klarkommst, Koslowski?“, fragte Bernhard Hilgenstöhler.

Dieser drehte sich um. „Hundertprozentig! Ist ja nur ein kleiner Kratzer. Und noch was, Bernhard. Heute Abend war ich zum ersten Mal heilfroh, dass ich dich getroffen habe.“

Hilgenstöhler grinste bei dem Kompliment und startete den Wagen.

Mit den Worten „Wenn du mich brauchst, weißt du ja wo du mich findest“, wendete er den Leichenwagen recht sportlich und brauste dann davon.

Koslowski drehte sich um und wollte gerade den Vorraum betreten, als er fast die immer noch sprachlos dastehende Krankenschwester umrannte.

„Immer langsam mit den jungen Pferden“, ermahnte sie ihn.

Koslowski sah sie nur von der Seite an und ging dann weiter. Da das Blut aus seiner Stichwunde bereits auf den Boden tropfte, betrat Koslowski kurz die Toilette riss einige Papierhandtücher aus dem Spender und drückte sie zusätzlich auf den Arm.

Dann kehrte er in den Vorraum zurück und schellte an der Ambulanz.

Einen Moment später stand er erneut Kiki Brandes gegenüber. Sie diesmal hinter dem Tresen und er davor.

Ich könnte auch Pech heißen, dachte er.

„Was kann ich für Sie tun?“, fragte Kiki Brandes mit provokanter Miene.

Eigentlich sagte man ihr nach, dass sie sehr nett sei, doch sie konnte sich auch extrem zickig anstellen, wenn sie es für nötig hielt.

Koslowski schüttelte den Kopf. Was wollte er wohl mit einer blutenden Wunde am Arm am Schalter einer Notfallambulanz? „Zwei Cheeseburger, eine große Cola und einmal Pommes, bitte!“, knurrte er säuerlich.

Kiki Brandes ließ sich dadurch nicht aus der Ruhe bringen. „Ketchup oder Majonäse zu den Pommes?“, fragte sie den nun seinerseits sprachlosen Koslowski.

Als dieser nicht sofort antwortete, verlangte sie fünf Euro vierzig und forderte ihn auf, bis zum nächsten Schalter vorzufahren. Dann schloss sie die Scheibe und verließ die Anmeldung. Koslowski stand davor wie der sprichwörtliche Ochse vorm Berge.

Doch nur Augenblicke später öffneten sich die Schiebetüren der Notfallambulanz und Kiki Brandes forderte ihn auf reinzukommen.

„Raum drei!“, sagte sie kalt und schob ihn in Richtung eines Behandlungsraumes. „Setzen Sie sich auf den Tisch“, forderte sie ihn auf und begann einen Moment später, seine Wunde freizulegen.

Koslowski war noch immer perplex und ließ daher widerspruchlos alles mit sich machen.

Als sie die Messerwunde sah, spitzte Kiki Brandes die Lippen und pfiff leise.

Dann tupfte sie die Wunde vorsichtig ab und reinigte die Stelle um den Schnitt. „Das sieht gar nicht gut aus“, kommentierte sie den Anblick.

„Im Gegensatz zu Ihnen“, erwiderte Koslowski, der langsam seine Sprache wiederfand. „Aber es wird schon nicht so schlimm sein. Verband drum und fertig“, empfahl er. „Klugscheißer mag eigentlich keiner, oder?“, wollte die Krankenschwester von ihrem Patienten wissen. „Was wollen Sie denn noch hier, wenn Sie sowieso alles besser wissen.“ Sie hielt ihm ein Päckchen Verbandmaterial hin. „Wenn Sie wollen, können Sie sich auch alleine versorgen, dann muss ich wenigstens keinen unserer Ärzte wecken.“ Mit säuerlicher Miene drückte sie ihm den Verbandsmull auf die Wunde. „Tun Sie mir bitte zwei Gefallen. Halten Sie das hier fest und zusätzlich noch ihre Klappe.“ Mit diesen Worten verließ sie den Raum.

Sie konnte sich selber nicht erklären, warum sie plötzlich so sauer war.

Das Verhalten dieses Kerls reizte sie irgendwie. Sie rief das Bereitschaftszimmer des diensthabenden Arztes an und schilderte die Verletzung. „Ich vermute, das muss genäht werden“, meinte sie.

Der Arzt versprach, umgehend in seine Hosen zu steigen und zur Ambulanz zu kommen. Eine ruhige Nacht, in der er mal hätte durchschlafen können, wäre auch zu schön gewesen. Aber er war gerne Arzt und beeilte sich deshalb, zur Ambulanz zu kommen.

Als der als Krankenschwester verkleidete Drache in den Raum zurückkehrte, saß Koslowski immer noch brav auf dem Behandlungstisch.

Okay, er war nicht besonders gut drauf und mit seinem Kreislauf stand es sicher momentan auch nicht zum Besten. Aber gerade hatte Ahmet Dursun versucht, ihn abzustechen und er war noch soeben davongekommen. Allerdings nicht mit heiler Haut, wie die Wunde an seinem Arm dokumentierte.

Mürrisch sah er die Schwester an. Eigentlich ein hübsches Weib, dachte er, aber viel zu launisch.

Kiki Brandes setzte sich an den Rechner, der im Behandlungsraum stand.

„Name?“, fragte sie missmutig.

„Koslowski!“, kam es mindestens ebenso, wenn nicht noch missmutiger zurück.

„Geburtsdatum?“

Koslowski nannte sein Geburtsdatum und wollte gerade seinen Vornamen nennen, als er unterbrochen wurde.

„Danke. Ich habe Sie schon gefunden. Vor einiger Zeit waren Sie schon mal bei uns. Wegen der Behandlung einer Schusswunde. Heute sieht es eher nach einem Messer aus. Wie ist die entstanden?“ wollte die kleine Krankenschwester wissen.

Blöde Kuh, dachte Koslowski, hütete sich aber davor, diesen Gedanken auszusprechen.

„Ich habe mich beim Rasieren geschnitten“, frotzelte er und erntete dafür einen weiteren strafenden Blick.

„Wie schön, dass wir endlich auch mal die Dorfkomiker aus Hiddesen behandeln dürfen“, erwiderte sie mit schneidender Stimme und verließ erneut den Raum.

In diesem Moment betrat Gerald Asamoah im weißen Kittel das Behandlungszimmer. Zumindest sah er dem ehemaligen Fußballnationalspieler sehr ähnlich. „Felix Ugwunze“, stellte er sich vor. „Ich bin der diensthabende Arzt.“

Koslowski bemerkte die blendend weißen Zähne in dem tiefschwarzen Gesicht des Afrikaners, der ihn freundlich anstrahlte.

„Wie ist es denn zu der Verletzung gekommen?“, wollte der Doktor wissen, während er sich die Wunde ansah.

Koslowski erzählte kurz von dem Messerangriff.

Als Doktor Ugwunze Näheres wissen wollte, verschwieg er bewusst, dass er den Angreifer kannte. „Sie müssen eine Anzeige machen“, riet der Arzt.

Doch Koslowski winkte ab. „Der ist schon über alle Berge“, sagte er. „Und es bringt doch eh nichts.“

Der Doktor untersuchte die Wunde und nickte dann. „Da hat Kiki recht, das müssen wir nähen.“

Koslowski sah interessiert auf die auseinanderklaffenden Hautteile.

„Welche Kiki?“, fragte er neugierig.

„Na, die Schwester, die Sie aufgenommen hat.“

Koslowski verzog das Gesicht. „Ach die!“

Der Doktor drückte den Verbandsmull wieder auf die Wunde und forderte seinen Patienten auf, ihn festzuhalten, bis er alles vorbereitet habe.

Dann studierte er Koslowskis Krankenblatt auf dem Computerbildschirm. „Mir scheint, Sie ziehen Schwierigkeiten an“, vermutete er, als er den Eintrag über die Behandlung der Schusswunde gelesen hatte.

„Tja, so langsam glaube ich das auch“, gestand Koslowski.

Der Doktor drehte sich um und zog dann einen Strahler zu sich heran. „Ach, da bist du ja, Kiki“, freute er sich, als die Krankenschwester den Raum betrat.

Dann begannen die beiden, das Nähen der Wunde vorzubereiten. Koslowski musste sich hinlegen und den Arm auf einer Ablage positionieren. Den Einstich der Betäubungsspritze merkte er kaum. Als die Betäubung wirkte, begann der Doktor mit der Säuberung der Wunde.

„Jetzt nähe ich sie zu. Sie dürfte dann fast ohne Narbe verheilen.“

Koslowski nickte zustimmend. „Auf eine Narbe mehr oder weniger kommt es bei mir auch nicht mehr an.“

Während der Doktor die Wunde mit mehreren Stichen fachgerecht schloss, hatte Koslowski Zeit, sich die Krankenschwester mit dem Spitznamen Kiki genauer anzusehen. Eigentlich eine attraktive Frau, gestand er sich ein. Er schätzte sie auf einen Meter sechzig. Sie hatte eine schlanke, fast knabenhafte Figur, wirkte dabei aber sehr sportlich. Dieser Eindruck wurde von ihren kurzen, schwarzen Haaren noch verstärkt.

Wären sie sich in einer anderen Situation begegnet, hätte er sicher versucht, mit ihr zu flirten. Aber so, wie sie ihn hier behandelte, konnte sie ihm gestohlen bleiben. Im Moment konzentrierte sie sich so darauf, dem Arzt zu assistieren, dass sich auf ihrer Stirn eine senkrechte Falte gebildet hatte. Das machte ihr hübsches Gesicht mit den dunkelbraunen Augen aber nur noch attraktiver. Koslowski war noch ganz in seine Betrachtungen vertieft, als der Doktor bereits verkündete, dass er mit dem Nähen fertig sei.

Die Wunde wurde verbunden und Koslowski erhielt noch Verhaltensregeln für den Umgang mit ihr, als sich der Pieper des Doktors bemerkbar machte und ihn ans nächste Telefon rief.

Er verabschiedete sich und machte sich dann auf den Weg. Doch vorher gab er Koslowski noch einen Rat. „Kommen Sie das nächste Mal besser mit einem Schnupfen zu uns, Wunden haben Sie schon genug.“ Dann war er lachend im Flur verschwunden

Koslowski setzte sich auf und angelte nach seiner Jacke, die er auf einen Stuhl gelegt hatte. Mühsam hängte er sie sich um.

Lisa Brandes steckte gerade den Bericht des Arztes in einen Umschlag. „Also denken Sie daran, was Dr. Ugwunze gesagt hat. Keine neuen Wunden mehr! Zumindest so lange, bis die hier verheilt ist.“

Koslowski nahm ihr forsch den Umschlag aus der Hand.

„Und wenn es doch eine neue geben sollte, dann laufe ich damit lieber bis zum Klinikum nach Lemgo“, versprach er brummig.

„Das wäre auch besser, sonst nähe ich sie beim nächsten Mal selber zu“, grinste die Schwester boshaft. „Und es wäre mir eine besondere Freude, wenn die Wunde an Ihrem Mund wäre.“ Koslowski ging bis zur Tür und drehte sich nochmals um. „Eines hat die Jahrhunderte in der Medizin jedenfalls überdauert.“

Als Lisa Brandes ihn verständnislos ansah, fuhr er fort.

„Kräuterhexen gibt es immer noch!“

Als die Flasche mit dem Desinfektionsmittel gegen den Türrahmen knallte und zerplatzte, war er schon im Flur.

Dreizehn

Wie ein gehetztes Tier war Ahmet Dursun durch die Straßen von Lage gelaufen und hatte zeitweise komplett die Orientierung verloren. Obwohl er sich hier auskannte, hatte ihn der Ablauf des Geschehens vollkommen aus dem Konzept gebracht. In seiner Vorstellung hatte Koslowski schon tot auf dem Boden gelegen. Doch dieser Ungläubige hatte sich gewehrt und dabei auch noch unglaubliches Glück gehabt. Und zu allem Überfluss war dann auch noch dieser alte Sack mit seinem Köter aufgetaucht.

Dursun fühlte sich zu gleichen Teilen wütend und verängstigt. Dieser Koslowski hatte ihn erkannt und würde jetzt sicher sofort zu den Bullen rennen und ihn anzeigen. In jedem näherkommenden Wagen vermutete Dursun ein Polizeiauto und drückte sich daher jedes Mal in einen Hauseingang. Er wagte sich auch nicht zu seinem eigenen Auto zurück, das noch immer in der Nähe von Karatoglus Wohnung stand.

Wohin sollte er sich jetzt wenden?

Nach Hause konnte er nicht, da würden sie garantiert zuerst nach ihm suchen. Wohin also?

Ahmet Dursun zermarterte sich den Schädel, als ihm plötzlich ein Gedanke kam. Er erinnerte sich an den Satz von Erdal Kösem, als dieser zur Trauerfeier im Hause Dursun war.

„Ahmet, wenn du Hilfe brauchst, melde dich bei mir. Ich stehe dir in deinem Kampf bei, egal gegen wen du ihn führst."

Im selben Moment wusste er, wohin er sich wenden konnte. Er nahm seinen ganzen Mut zusammen und schlich vorsichtig zurück zu Karatoglus Haus. Aus sicherer Entfernung beobachtete er die beiden abgestellten Wagen und das Haus. Als er sicher war, dass keines der drei Objekte von der Polizei beobachtet wurde, schlich er zu seinem Auto und fuhr auf direktem Weg in Richtung Detmold.

Erdal Kösem hatte bereits im Bett gelegen, als sein Handy klingelte. Er langte zum Nachtisch und nahm den Anruf entgegen.

Als er Ahmet Dursuns gehetzte Stimme hörte, war ihm sofort klar, dass dieser Probleme hatte und deshalb verabredeten sie sich am Haus des ILAN Moscheevereins – und nicht bei Kösem.

Dursun hatte erzählt, dass er Koslowski hatte umbringen wollen und die Sache schief gelaufen war. Daraufhin hatte Kösem das Gespräch schnell beendet, sich angezogen und war zum alten Kasernengebäude gefahren. Hier wartete er auf Dursuns Erscheinen.

Dieser kam kurz nach ihm zu Fuß an. Seinen Wagen hatte er getreu Kösems Anweisung auf dem Parkplatz eines nahegelegenen Supermarktes stehen gelassen. Kösem nahm den gehetzt wirkenden Dursun am Arm und verschwand mit ihm ins Haus.

Der Moscheeverein hatte in dem alten Gebäude jede Menge Räume angemietet. Den größten Raum nahm der Gebetsraum mit der *Mihrab*, der nach Mekka ausgerichteten Gebetsnische, ein. Daneben gab es Räume für rituelle Waschungen, Unterrichtsräume, Büros des Vereinsvorstandes und eine Bibliothek.

Diese Räume waren für alle Vereinsmitglieder zugänglich. Doch für die beiden Räume, die sich hinter zwei schweren Eisentüren im Keller des Gebäudes befanden, hatte nur Erdal Kösem einen Schlüssel. Offiziell gehörten sie noch den Besitzern des Kasernengebäudes und es seien alte Akten darin gelagert, behauptete er einfach und niemand stellte das je in Frage. In Wirklichkeit handelte es sich um zwei Räume, die er als Notunterkunft und Fluchträume geplant hatte. Dementsprechend waren sie auch ausgestattet. Neben einem Fernseher mit Kopfhörer und einem Kühlschrank in einem der Zimmer, verfügten beide Räume über je ein Bett, sowie Tisch und Stuhl. In jedem Raum war eine chemische Toilette aufgestellt und ein Wassertank über dem Waschbecken sorgte für eine autarke Wasserversorgung.

Eine versteckte Antennenleitung nach draußen garantierte einen einwandfreien Handyempfang, und unter den Betten befanden sich zwei Kisten, die jeweils eine Pistole der Marke *Makarov PMM* und zwei mit je zwölf Schuss gefüllte Magazine enthielten. Komplettiert wurden beide Kisten mit einer Handgranate, die, wie die Pistolen, ebenfalls russischer Herkunft war. Die Kisten waren jedoch fest verschlossen und am Boden angeschraubt.

Kösem hatte sich diese Räume bereits bei der Anmietung des Gebäudes gesichert und schnell erkannt, dass man sich selber oder einen anderen Flüchtigen hier eine Zeitlang gut verstecken konnte.

Noch bevor er vor dem Haus auf Dursun gewartet hatte, war Kösem in einen der Räume hinunter gegangen und hatte eine Ausgabe des Korans auf den Tisch gelegt. Ganz „zufällig" aufgeschlagen an einer Stelle, die zum Kampf gegen die Ungläubigen aufrief. An die Wand hängte er das islamische Glaubensbekenntnis und rieb sich zufrieden die Hände, als er den so präparierten Raum wieder verließ.

Als die beiden Männer den Raum betraten und Kösem die schalldichte Tür geschlossen hatte, umarmten sie sich.

„Danke, dass du mir hilfst", flüsterte Dursun, der sich nun endlich etwas beruhigte.

Kösem hielt ihn an den Schultern. „Ich habe dir doch jede Hilfe zugesagt", wehrte er ab.

„Ja, ich weiß", antwortete Ahmet Dursun und ließ sich auf das Bett sinken, „deshalb habe ich dich ja auch mitten in der Nacht angerufen."

Kösem zog den Stuhl heran und ließ sich ihm gegenüber darauf nieder. „Ahmet, was Du erlebt hast, ist das Schlimmste, das ein gläubiger Mann erleben kann. Ich fühle mit dir den Schmerz, den Ipeks Tod in deinem Leben hinterlassen haben muss."

Dursun schluchzte auf und nickte mit Tränen in den Augen. „Und dieser Koslowski muss dafür büßen, was er ihr angetan hat“, presste er hervor.

Kösem wartete einen Moment, bevor er antwortete. „Ja, es scheint so gut wie festzustehen, dass er an deinem Unglück einen nicht unerheblichen Anteil hat.“

Dursuns Kopf ruckte hoch. „Einen Anteil? Er hat sie ermordet!“

Kösem versuchte, ihn wieder zu beruhigen. „Ahmet, das Schicksal hatte dir die Chance gegeben, Rache an diesem Koslowski zu nehmen, doch du hast diese Chance vertan.“ Dursun hatte ihm auf dem Weg in den Keller bereits von dem misslungenen Anschlag erzählt. Dursun sackte in sich zusammen. Kösem setzte sofort nach. „Ich glaube, dass du keine zweite Chance mehr bekommen wirst, diesen Koslowski auszuschalten und deine Frau zu rächen. Aber da sind noch andere Dinge, die mir aufgefallen sind.“

Dursun hockte mit hängenden Schultern auf dem Feldbett.

„Hast du in der Zeitung irgendetwas über den Tod deiner Frau gelesen?“, wollte er von dem Witwer wissen. Dass die Zeitungen in der Regel nicht über Selbstmörder berichteten, um niemanden zur Nachahmung anzuregen, unterschlug er bewusst.

Dursun schaute ihn mit geröteten Augen an und schüttelte verneinend den Kopf.

„Ich versichere dir, keiner dieser Ungläubigen hat sich für den Mord an deiner Frau interessiert.“ Dursuns Gesichtszüge verhärteten sich bei Kösems Aussage.

„Ahmet, du musst nun deinen Kampf und deine Rache gegen eine größere Zahl dieser Ungläubigen führen. Nur so kannst du den Tod deiner Frau noch angemessen rächen.“ Dursun sah Kösem fragend an.

„Mein Leben ist durch den Tod meiner Frau sowieso sinnlos geworden. Was kann ich denn da noch tun?“

Kösem ahnte, dass er den richtigen Samen gepflanzt hatte. „Ahmet, du könntest deinem restlichen Leben noch einen Sinn geben, wenn du eine Aufgabe im heiligen Krieg, dem Dschihad, übernehmen würdest.“ Kösem wies auf den Koran, der auf dem Tisch lag. „Ich schlage vor, du bleibst zunächst mal hier und ruhst dich aus. Ich kümmere mich um alles Weitere.“

Vorsichtig nahm Ahmet Dursun den Koran vom Tisch und Kösem sah mit Freuden, wie sein Blick sofort auf die entsprechende Stelle fiel.

„Lies den Koran und bete. Das wird dich beruhigen. Ich komme bald wieder zurück. Ab und zu wird dich auch noch ein Freund von mir besuchen kommen.“

Die Anspannung der letzten Stunden schien ganz langsam von Ahmet Dursun abzufallen. Er kniete vor Erdal Kösem nieder und küsste ihm die Hand.

Doch dieser wehrte die Geste ab und zog den jungen Mann hoch. „Lass gut sein, Ahmet, wir werden gemeinsam unseren Feldzug gegen die Ungläubigen führen.“

Dursun setzte sich wieder aufs Bett und nahm erneut den Koran in die Hand. Erdal Kösem verließ den Raum und zog leise die Tür ins Schloss.

Vierzehn

Koslowski musste sich eingestehen, dass er von anderen Religionen ebenso wenig Ahnung hatte wie von der Abseitsregel im Fußball. Fragte man ihn nach seinem eigenen Glauben, so antwortete er meist mit einem Zitat des spanisch-mexikanischen Filmregisseurs Luis Buñuel: *Ich bin Atheist, Gott sei Dank!*

Bislang hatte für ihn auch noch nie die Notwendigkeit bestanden, sich mit anderen Religionen auseinanderzusetzen.

Doch eines war Koslowski mittlerweile klar geworden: Ohne einige grundlegende Kenntnisse über den Islam und die Muslime würde er in der jetzigen Situation nicht weiterkommen. Zum Verständnis der handelnden Personen erschienen ihm diese Grundkenntnisse unerlässlich.

Koslowski überlegte einige Zeit, wer ihm da am besten weiterhelfen könnte, bis ihm Peter Winnjes einfiel, ein Mitarbeiter beim Jugendamt der Stadt Lage. Koslowski hatte ihn bei einer *Nacht der leisen Töne* in Lage kennen gelernt, und seitdem traf man sich unregelmäßig, ab und zu auch mal zufällig, wenn Koslowski einen Bummel durch Lage machte.

Als er Peter Winnjes‘ Nummer im Rathaus wählte, hatte er Glück, denn der Sachbearbeiter war ausnahmsweise mal im Büro. Die meiste Zeit verbrachte er bei Präventionsprogrammen in den Lagenser Schulen.

Nach dem sie sich begrüßt und kurz auf den jeweilig neuesten Stand ihrer beider Lebensläufe gebracht hatten, kam Koslowski sofort auf den Punkt. „Peter, ich suche jemanden, der mir ein paar Informationen über den Islam und die Muslime geben kann.“

Winnjes überlegte kurz, ohne erst mal nach dem Grund für diesen Wunsch zu fragen. „Ich glaube, wenn du viel erfahren und wirklich authentische Erlebnisse hören möchtest, gibt es nur einen, der dir da weiterhelfen könnte.“

„Wer ist das und wo finde ich ihn?“, wollte Koslowski wissen.

Winnjes lachte kurz auf. „Den ersten Teil der Frage kann ich dir relativ schnell beantworten, mit dem zweiten wird es schon etwas schwieriger. Also, der Mann heißt Siegfried Hallhausen, aber wir nannten ihn nur ‚Türken-Siggi‘. Er war früher Streetworker in Horn und zuletzt hier bei uns in Lage. Dabei hatte er sich besonders um die jungen Türken gekümmert und gezielt in diesem Bereich gearbeitet.“

Koslowski machte sich während des Gespräches einige Notizen. „Hallhausen?“, fragte er sicherheitshalber noch mal nach.

„Genau, Siegfried Hallhausen, mit zweimal *Ludwig*“, kam die Bestätigung.

„Und deine Aussage ‚er war Streetworker‘ bedeutet, dass er nun was anderes macht?“

„Ja. Irgendwann hatte er die Nase voll gehabt. Er sagte, dass er in eine Sinnkrise geraten sei und ihm der ganze Integrationsrummel auf die Nerven gehe. Allein der Ausdruck *Jugendliche mit Migrationshintergrund* brachte ihn zuletzt schon auf die Palme.“

Koslowski musste grinsen. „Wer hat ihn denn so verärgert?“

Winnjes rieb sich in seinem Büro das Kinn. „Mann, wenn ich ganz ehrlich bin, wusste das hier keiner so genau. Ich glaube, ihm gingen nachher alle auf den Sender. Die Migranten ebenso wie unsere integrationswütigen *Gutmenschen.* Auf jeden Fall schmiss er eines Tages alles hin und verschwand. Schade, denn er war in Bezug auf das Leben der Muslime und den Islam eine Koryphäe. Wir haben hier in Lage viel von seinem Wissen profitiert.“

Wenn Koslowski darüber nachdachte, was man auf den Straßen so alles erlebte und was manche Leute für Ansichten hatten, konnte er den Aussteiger verstehen. „Wohin ist er denn abgetaucht?“, wollte er wissen.

Peter Winnjes dachte nach, dann entschuldigte er sich kurz und Koslowski hörte ihn mit jemanden in einem anderen Büro sprechen. Einen Moment später war er wieder am Apparat. „Ich habe gerade mal mit einem Kollegen gesprochen und der meint, das letzte Lebenszeichen sei aus dem Sauerland gekommen."

„Und wo da?", setzte Koslowski nach.

„Angeblich hat ihn neulich jemand in einem Hotel in der Nähe von Winterberg getroffen. Er soll dort als Koch arbeiten, hieß es." Winnjes rief noch etwas in das Nachbarbüro und bedankte sich für die Antwort. „Das Kaff soll Elkeringhausen heißen. Da muss es ein ausgefallenes Hotel geben, das einem Holländer gehört. Der macht jede Menge Events, und es muss wohl auch ganz außergewöhnlich eingerichtet sein. Mehr weiß hier keiner. Diese Info haben wir auch bloß über fünf Ecken bekommen. Du weißt ja, wie das ist. Einer erzählt es dem anderen."

Koslowski schrieb den Ortsnamen zu seinen Notizen. „Das reicht mir, damit komme ich schon weiter", bedankte er sich. „Beim nächsten Treffen gebe ich einen aus."

„Da nicht für", wehrte sein Informant ab. „Aber sag mal, warum interessierst du dich plötzlich so für den Islam?", wollte er dann wissen.

„Weißt du Peter, ich habe mich entschlossen zu konvertieren", sagte Koslowski und lachte laut, während er auflegte.

Nach dem Telefonat setzte sich Koslowski vor seinen PC und loggte sich ins Internet ein. Schon beim ersten Versuch mit der Kombination von *Hotel* und *Elkeringhausen* erzielte er einen Treffer. Unter der Adresse *grimmeblick.de* wurde er fündig und war sich sofort sicher, dass es sich um das gesuchte Haus handeln musste.

Es schien fast so, als wäre es das einzige Hotel in dem Dorf. Also ab ins Sauerland!

Am nächsten Morgen folgte Koslowski den Anweisungen seines Navis und kurvte über die A 33 in Richtung Sauerland.

Schon bevor er die Brücke in Borchen erreichte, musste er mit mulmigem Gefühl im Magen an seine dortigen Erlebnisse und die tote junge Türkin denken. Und obwohl er die Brücke schnell passiert hatte, konnte er diese Erinnerung nur sehr langsam wieder abschütteln.

Deshalb war Koslowski froh, als er sich auf die Ortsdurchfahrt von Bad Wünnenberg konzentrieren musste und dadurch abgelenkt wurde. Er fuhr weiter Richtung Olsberg, nahm die Strecke über Scharfenberg und ließ Brilon links liegen.

Immer wieder ertappte er sich auch dabei, dass er an die kleine, freche Krankenschwester namens Kiki denken musste.

Mit etwas Abstand konnte er sich eingestehen, dass er es war, der den Grundstein zu dem Streit gelegt hatte. Vielleicht sollte er sich mal entschuldigen. Das jedoch später, jetzt wollte er erst mit Siegfried Hallhausen sprechen.

Bald hatte er auch Olsberg hinter sich gelassen und genoss die kurvenreiche Straße, die ihn entlang der noch jungen Ruhr immer weiter in das Hochsauerland führte. Kurz vor Winterberg bog er links nach Elkeringhausen ab und erreichte schon bald den Ort. Bereits bei der Anfahrt konnte er erkennen, dass das Dörfchen nicht sehr groß war, denn auf der gegenüberliegenden Seite des Tales, in das er gerade hinabfuhr, war der Ort augenscheinlich auch schon wieder zu Ende. Koslowski kurvte die Straße am örtlichen Friedhof entlang und war kurze Zeit später vor dem Landhotel *Grimmeblick* angekommen.

Vom Parkplatz aus stieg er die Stufen zum Eingang hinauf und staunte, wie viele Sachen man in einem kleinen Hotelfoyer unterbringen konnte. Wenn es im ersten Augenblick auch etwas überladen wirkte, so hatte es doch einen ganz besonderen Charme, fand Koslowski.

Da niemand an der kleinen Rezeption war, ging er weiter in Richtung Gastraum. Aus einer Seitentür kam ihm ein

Mann in farbbeschmierten Jeans und einem aus der Hose hängendem Hemd entgegen.

Koslowski vermutete, dass es sich dabei um den Hausmeister handelte. Der Mann putzte sich gerade die Hände an einem Handtuch ab und steckte es dann in den Hosenbund.

„Guten Tag. Können Sie mir vielleicht weiterhelfen?“, fragte ihn Koslowski.

Der Mann winkte ab. „Wenn Sie hier noch ein Zimmer haben wollen, keine Chance, das Hotel ist wieder mal komplett ausgebucht“, antwortete er. Dabei sprach er mit einem deutlich holländischen Akzent.

„Nein, nein“, wehrte Koslowski ab. „Ich brauche kein Zimmer, ich suche jemanden.“

Der Holländer nickte beruhigt. „Das ist gut so, denn ich schicke nur sehr ungern Gäste wieder weg!“

„Ach, dann sind Sie ...?“, begann Koslowski und wurde prompt unterbrochen.

„Ja, obwohl ich nicht so aussehe, bin ich der Chef hier“, lachte der farbverschmierte Hotelier. „Und wie Sie sehen, auch das Mädchen für alles.“ Er streckte Koslowksi die farbverschmierte Hand entgegen.

„Keine Angst, sie ist trocken“, lachte er, als Koslowski kurz zögerte. „Wen suchen sie denn?“

Koslowski sah in Richtung Gaststube. „Hier soll ein Mann namens Hallhausen arbeiten. Siegfried Hallhausen.“

Der holländische Hotelier grinste. „Ach, Sie meinen Türken-Siggi?“, lachte er.

Koslowski nickte zustimmend. „Genau den!“

„Sind Sie von der Polizei oder vom Finanzamt?“, wollte er wissen. „Anderen Besuch bekommt Siggi normalerweise nämlich nicht“, lachte er. „Nein, Spaß beiseite, er arbeitet hier bei uns als Koch. Und wir sind froh, dass wir ihn haben.“

Der Hotelier sah zur Uhr und fuhr fort: „Er kommt aber erst so in zwei Stunden, denn heute Abend haben wir unsere große magische Dinner-Show mit dem Sechs-Gänge-Menü. Da ist er der gefragteste Mann in der Küche."

Koslowski hatte die Ankündigung auf einer Reklametafel an der Rezeption gelesen.

Der Holländer sah erneut zur Uhr. „Ich muss Sie jetzt leider verlassen. Wenn Sie was trinken wollen, dann setzen Sie sich doch an die Theke." Er zeigte auf die Tür. „Oder Sie machen einen Spaziergang durch unsere schönen Wälder." Geschäftstüchtig holte er ein Faltblatt aus einem Ständer. „Besonders empfehlen kann ich Ihnen den Stollen der alten Zeche Elend, der erst vor kurzem restauriert wurde." Koslowski blätterte durch den Flyer. „Und wann könnte ich dann mit Herrn Hallhausen sprechen?", wollte er wissen.

Der Hotelier überlegte. „Die Show ist so gegen 23.00 Uhr zu Ende, dann muss er noch die Küche aufräumen." Er kratzte sich am Ohr. „So gegen 23.30 Uhr wird er wohl nach vorne an die Theke kommen."

Koslowski überlegte, dass es zusätzlich mit der Rückfahrt dann eine lange Nacht werden würde. Als er dies dem Hotelier erklärte, machte dieser ihm einen Vorschlag.

„Ich besorge Ihnen ein Zimmer bei unserem früheren Feuerwehrhauptmann Ulli und lade Sie heute Abend zu unserer Show ein."

Koslowski nahm das Angebot dankend an.

„Dann haben Sie auch kein Problem damit, wo Sie etwas zu essen herbekommen", lachte der Hotelbesitzer und begab sich zum Telefon. Kurze Zeit später war die Zimmerfrage geklärt und er verabschiedete sich. „Hier ist die Adresse. Ich muss noch einen neuen Zaubertrick vorbereiten. Bis heute Abend also."

Koslowski bedankte sich und fuhr zur angegebenen Anschrift, wo er bereits erwartet wurde. Nachdem er den Zimmerschlüssel erhalten hatte, machte er einen ausgiebigen Spaziergang und genoss die klare Bergluft des Hochsauerlandes.

Fünfzehn

Der Büroraum war etwa sechs Meter lang und ebenso breit. Eine Seite bestand komplett aus Glasscheiben. Durch sie hindurch sah man hinunter in eine große Halle, denn das Büro war am Ende eines ehemaligen Hangars in fünf Metern Höhe angebaut worden und über eine Stahltreppe zu erreichen. Die Deckenbeleuchtung der Halle war ausgeschaltet und da die Fenster von innen mit Pappe verklebt waren, wurde das Büro jetzt nur von wenigen Lampen beleuchtet.

Dort saßen vier Männer zusammen, an deren Aussehen und Hautfarbe man sofort erkennen konnte, dass es sich dabei um Zuwanderer handelte. Vor den Männern standen kleine Teegläser und man hatte sich in einer ledernen Sitzgruppe niedergelassen. Hätte sie ein Außenstehender gefragt, was sie miteinander verband, dann hätten sie geantwortet, ihr muslimischer Glaube und ihre Zugehörigkeit zur Umma, der Gemeinschaft der Gläubigen.

Eine ehrliche Antwort fiele jedoch völlig anders aus. Worte wie Macht und Reichtum wären gefallen, während Mohammed und die von ihm gestiftete Religion bloß eine nebensächliche Rolle gespielt hätten. Es handelte sich eindeutig um Kriminelle unter einem religiösen Deckmantel.

Offiziell gehörten die Männer zur ILAN, der Islamischen Liga aller Nationen, einem Moscheeverein, der sich um die Sorgen und Nöte seiner in Deutschland lebenden muslimischen Mitglieder kümmerte. Mit einem Gebetsraum und einer Teestube in einem der alten Kasernenbauten im Bereich der ehemaligen *Hobart Barracks* in Detmold-Herberhausen verfügte der Verein über eine Anlaufstelle und einen Treffpunkt für seine Gemeindemitglieder.

Doch die wahren Geschäfte, von denen selbst die treuesten Mitglieder des Vereins nichts ahnten, wurden hier im sicheren Hangar auf dem ehemaligen Flugfeld der Briten abgewickelt. Diese Geschäfte hätten deutsche Sicherheitsbehörden ungemein interessiert. Der polizeiliche Staatsschutz hatte zwar ein Auge auf die ILAN geworfen, doch bisher hatte es nie einen Ansatzpunkt für gezielte Ermittlungen gegeben.

Mit viel Mühe hielten die vier Männer diese Tarnung aufrecht und ließen sich von niemandem in die Karten blicken.

Und sie hatten ein erklärtes Ziel, das sie bereit waren mit allen Mitteln zu verfolgen, Mord nicht ausgeschlossen.

So unterschiedlich die Männer äußerlich wirkten, so unterschiedlich waren auch ihre Charaktere.

Der vierzigjährige Erdal Kösem aus der Türkei fiel besonders durch sein elegantes Aussehen und gewandtes Auftreten auf. Als Erster Vorsitzender der ILAN wurde er nie müde, in der Öffentlichkeit auf die Unterdrückung seiner Landsleute hinzuweisen. Kösem liebte es, Aufmerksamkeit zu erregen und genoss die bewundernden Blicke vieler Frauen. Mit seinem dunklen Teint, den schwarzen Haaren, dem gepflegten Schnäuzer und den dunklen Augen sah er aus wie der junge Omar Sharif und das wusste er auch. Er genoss Auftritte auf öffentlichen Veranstaltungen und ließ sich gern mit den Großen aus Politik und Sport fotografieren.

Häufig wurden Kösems Statements zu religiösen Themen von der Presse zitiert. Sorgsam pflegte er auch dadurch sein Image als gläubiger, aber durchaus westlich orientierter Mann. Nach außen hin gab er den erfolgreichen Geschäftsmann, der mit Kunstgegenständen aus seiner türkischen Heimat handelte.

In Wirklichkeit war der Träger feinster und teuerster Anzüge allerdings mehr damit beschäftigt, sein Vermögen auch oder vor allem auf illegale Weise zu vermehren. Dafür ging er auch über Leichen. Seine offiziellen geschäftlichen Transaktionen gaben einen guten Deckmantel für seine zwielichtigen Geschäfte ab. Aber immerhin erklärte der Kunsthandel halbwegs offiziell, wie er sich einen teuren Wagen und ein einmotoriges Sportflugzeug leisten konnte. Letzteres flog er seit mehreren Jahren, nach seiner bestandenen Pilotenprüfung, gerne selber.

Ihm gegenüber saß Murat Ünlü. Der untersetzte, eher kleine und im Moment stark schwitzende Mann stellte das genaue Gegenteil von Kösem dar. Er war leicht beeinflussbar und seinem Gegenüber fast hörig. Zur Zeit fungierte er als Zweiter Vorsitzender der Liga und machte das, was man ihm sagte. Ünlü war verheiratet und Vater zweier erwachsener Kinder. Seit vielen Jahren besaß er in Detmold ein Lebensmittelgeschäft, welches von seiner Frau und seiner Tochter geführt wurde. Dazu kamen noch zwei Angestellte. Das Geschäft lief gut und konnte sich aufgrund seiner frischen Waren nicht nur der Beliebtheit von Ünlüs Landsleuten erfreuen, sondern fand auch viele deutsche Kunden. Dieser Laden war Ünlüs ganzer Stolz und vermutlich hätte er ihm auch gereicht, wären da nicht zwei Dinge gewesen.

Zum einen wusste sein erster Vorsitzender Kösem davon, dass er einmal eine sexuelle Beziehung zu einem anderen Mann gehabt hatte. Dieses Wissen hatte er dazu eingesetzt, Ünlü für seine Machenschaften als Handlanger zu rekrutieren. Und zum anderen war es die Geldgier, die Ünlü sofort auf den kriminellen Zug hatte aufspringen lassen. Die Erpressung durch Erdal Kösem hatte da bloß noch den letzten Ausschlag gegeben.

Ünlüs kleiner LKW stand zurzeit unten im Hangar. Es war ein VW mit grauer Plane und abgeklebten Kennzeichen.

Der dreißigjährige Ömer Cesgin war der jüngste der vier Männer, die sich hier getroffen hatten. Cesgin war zwar Mitglied der ILAN, doch eine Funktion innerhalb des Vereines hatte er nicht inne. Für Cesgin gab es drei große Dinge in seinem Leben. Zum einen seine attraktive deutsche Freundin, eine ehemalige Prostituierte. Seinen Sport, besonders Schwimmen und Mountainbike fahren. Und natürlich Geld. Jedoch hätte niemand sagen können, in welcher Reihenfolge diese drei Dinge standen. Alles, was Cesgin anpackte, machte er vollkommen – oder überhaupt nicht. So besaß er eine komplette Ausrüstung für seinen Radsport, kleidete seine Freundin in elegante Sachen und machte an ihrer Seite deutlich, wie sehr auch er Integration bejahte und lebte.

Allerdings war es ihm in Wirklichkeit völlig egal, welche Nationalität seine Partnerin hatte. Repräsentatives Aussehen und sexuelles Geschick waren ihm viel wichtiger. Seinen Lebensunterhalt bestritt er offiziell damit, dass er für die verschiedensten Telefongesellschaften Unmengen von Verträgen abschloss und Mitarbeiter für deren Telefonläden rekrutierte. Böse Zungen sprachen auch von Rauschgiftschmuggel, doch der Letzte, der diese Vermutung geäußert hatte, war einige Tage später mit seinem Wagen verunglückt. So schwer, dass er an den Folgen verstarb. Und mit ihm waren auch die Gerüchte verstummt.

Der letzte im Bunde war Serkan Birgili. Der sechsundfünfzigjährige, ruhige und gesetzte Privatier war offiziell aus Liebe zu Deutschland hier geblieben, obwohl er in seiner Heimat Türkei viel Ackerland und in Istanbul mehrere Mehrfamilienhäuser besaß. In Wirklichkeit lebte er hier, weil ihm die türkische Polizei auf den Pelz gerückt war. Konkrete Beweise existierten nicht, doch Birgili hatte ein untrügliches Gespür dafür, wann die Luft für ihn zu dünn wurde. Als junger Gastarbeiter war er nach Deutschland gekommen und hatte früh angefangen, neben seinem Beruf als Heizungsmonteur auch mit allem möglichen Fahrzeugen zu handeln. Je teurer, desto besser. Bald war diese Einnahmequelle lukrativer geworden als sein Handwerksberuf. Für wohlhabende Kunden in der Türkei und den arabischen Staaten besorgte er fast alles, wonach deren automobiles Herz verlangte und so manch ein Kraftfahrzeugsachbearbeiter der Kriminalpolizei wäre froh gewesen, hätte er einen Blick in Birgilis geheime Bücher werfen können.

Er war bereits längere Zeit Witwer. Seine Frau, von der man sagte, dass sie ein eifersüchtiges und zänkisches Weib gewesen sei, war vor mehreren Jahren bei einem Badeurlaub in Belek an der türkischen Riviera ertrunken. Da der Tod einem tragischen Unfall geschuldet war, hatte ihr Ehemann aus der Lebensversicherung eine ansehnliche Summe ausgezahlt bekommen.

Auch hier würde niemand wagen, etwas anderes auch nur anzudeuten. Birgili galt als eiskalt.

Kösem erhob sich und trat an die Glasscheiben, um in den Hangar hinunterzusehen. Neben Ünlüs LKW stand bereits ein Kompressor mit einer angeschlossenen Farbsprühpistole. Auf der anderen Seite lagen unter einer unscheinbaren Plane einige Kisten gestapelt und waren auf diese Weise neugierigen Blicken entzogen. Kösem drehte sich um und sah seine drei Spießgesellen an. „In letzter Zeit sind einige Sachen passiert, die leicht hätten ins Auge gehen können.“ Er trat zurück an die Sitzgruppe und fixierte Murat Ünlü.

Dieser zog ein Taschentuch aus der Hosentasche und wischte sich den Schweiß von der Stirn. „Ich konnte doch nicht ahnen, dass zu diesem Zeitpunkt die Bullen noch am Freilichtmuseum stehen“, versuchte er sich zu rechtfertigen.

Kösem lächelte höhnisch. „Du musst mit allem rechnen. Stell dir vor, sie hätten es geschafft, den LKW zu stoppen und zu kontrollieren.“

Ünlü erbleichte bei dieser Vorstellung.

Ömer Cesgin schaltete sich in das Gespräch ein. „Falke, es ist ja alles noch mal gut gegangen“, versuchte er Kösem mit seinem Spitznamen zu beruhigen.

Kösem tigerte wieder auf und ab. „Wenn wir unsere Geschäfte in aller Ruhe machen wollen, dann müssen wir zusehen, dass uns niemand ins Handwerk pfuscht. Der Tod dieser Dursun hat schon für zu viel Wirbel gesorgt.“

Birgili nickte zustimmend.

„Aber man kann vielleicht auch daraus noch einen gewissen Nutzen ziehen“, gab Kösem zu bedenken.

Die drei anderen sahen ihn überrascht an.

Murat Ünlü, der Lebensmittelhändler, wischte sich erneut den Schweiß von der Stirn, ihm wurden diese Treffen allmählich zu gefährlich. Selbstverständlich hatte ihn zuerst der große Gewinn bei ihren Geschäften gereizt, doch mit zunehmender Dauer fühlte er sich immer mulmiger. Nun wollte Kösem auch noch eine Tote für sich arbeiten lassen!

Dieser blieb vor den großen Scheiben stehen und blickte in die Halle hinunter. Während er den anderen den Rücken zuwandte, sprach er weiter. „Ich habe mich über diesen Koslowski erkundigt, auf dessen Tod Ahmet Dursun so versessen ist. Und ich habe etwas ziemlich Unerfreuliches erfahren."

Die anderen blickten zu Kösem hinüber.

„Dieser Koslowski ist ein Schnüffler."

Ünlü wurde bleich. „Du meinst ein Detektiv?", fragte er ängstlich.

Kösem schüttelte den Kopf. „Viel schlimmer. Er ist ein Typ, der seine Nase ständig in Sachen steckt, die ihn nichts angehen. Und mein Informant sagt, dass er darin eine besondere Ausdauer hat."

Cesgin kratzte sich am Kinn. „Aber was hat das mit uns zu tun?"

Kösem kam langsam wieder zur Sitzgruppe zurück. „Er wird sich mit dem Todesfall von Ipek Dursun beschäftigen. Und das äußerst gründlich. Dafür ist er bekannt." Alle drei sahen ihn erwartungsvoll an. Und er sprach sofort weiter. „Dabei wird er sicherlich auf die Verbindung von Abdullah Yilmaz in Borchen mit uns hier in Detmold kommen."

Birgili verstand sofort. Denn schließlich war Yilmaz am Unglücksort gewesen. Da brauchte Koslowski nur zwei und zwei zusammenzählen. Damit musste man jetzt fertig werden. Und das bedeutete, Abdullah Yilmaz musste von der Bildfläche verschwinden, bis sich alles wieder beruhigt hatte. Kösem hatte schon überlegt, ob es nicht sogar besser wäre, wenn Yilmaz für einige Zeit in der Türkei untertauchen würde. Birgili steckte sich eine Zigarette an und inhalierte tief. „Du meinst also, dieser Koslowski wird überall herumschnüffeln?"

Kösem grinste böse. „Nachdem dieser Schwachkopf Ahmet es nicht geschafft hat, ihn zu töten, wird er das ganz sicher."

Ünlü fühlte sich bei dem Gespräch immer unbehaglicher. Mord und Totschlag waren zu viel für ihn. Es sollte nur um Geld und Schmuggel gehen. Damit konnte er problemlos leben. Aber Mord? Er sah wieder zu Kösem hinüber.

Der überlegte kurz, bevor er weitersprach. „Dieser Koslowski wird sich mit allem befassen, was irgendwie mit dieser Sache zu tun haben könnte. Er war schon bei Karatoglu und hat sich dort über den Islam erkundigt."

Cesgin horchte auf. „Woher weißt du das, Falke?", wollte er von Kösem wissen

Kösem sah ihn aufmerksam an. „Weil ich mit Hakan Karatoglu gesprochen habe, diesem Idioten und ostanatolischen Bauerntrampel."

Murrat Ünlü fand diese Bezeichnung für einen Landsmann nicht besonders freundlich, vor allem, da er selber aus Ostanatolien stammte. Doch er hätte sich eher die Zunge abgebissen, als bei Kösem dagegen zu protestieren.

Dieser fuhr ungerührt in seinen Ausführungen fort. „Karatoglu hat mir alles erzählt. Dass Koslowski bei ihm aufgetaucht ist und sich, wie gesagt, über den Islam erkundigt hat. Aber auch, dass sie über nichts anderes sprachen. Danach hatte Koslowski das große Glück, dass Ahmet Dursun es nicht geschafft hat, ihn zu töten."

Cesgin, der sich als Jüngster in der Runde bei solchen Gesprächen respektvoll zurückhielt, fragte nun doch genauer nach. „Was ist eigentlich mit Ahmet Dursun? Sicher hat dieser Koslowski doch Anzeige erstattet, oder?"

Kösem verschränkte die Arme auf dem Rücken und wippte auf den Fußspitzen. Dieser Jungspund war ihm oftmals zu neugierig. „Ahmet Dursun ist untergetaucht. Keiner weiß, wo er sich jetzt gerade aufhält.“

Birgilis Augen zuckten bei Kösems Lüge nur unmerklich und diese Zucken wurde auch nur von Kösem bemerkt.

Birgili musste sofort an den geheimen Kellerraum des ILAN Moscheevereins denken, in dem sie Ahmet Dursun versteckt hielten.

Kösem log vollkommen professionell weiter. „Zu gegebener Zeit werden wir ihn schon wiederfinden und dann kann er uns noch sehr nützlich sein.“ Er blickte in die Runde. „Er trägt den Samen der Rache in sich und wird diese Rache irgendwann ausleben wollen. Genau dadurch ist er für uns von großem Nutzen.“

Cesgin sah bewundernd zu seinem großen Vorbild auf. Dieser Mann hatte alles im Griff, den konnte so schnell keiner stoppen.

Und er verstand nun auch, was er mit dem Nutzen von Ipek Dursuns Tod meinte. Ihr Tod würde die Triebfeder für Ahmet Dursun sein, nach Kösems Vorgaben zu handeln. Der Angriff auf Koslowski war dilettantisch und unprofessionell durchgeführt worden. Man hätte ihn viel besser organisieren müssen und auch können.

Kösem setzte sich zurück in den Sessel. Er legte die Hände auf die Armlehnen und entspannte sich. „Wir werden uns selber um alles kümmern. Ömer, du wirst diesen Koslowski im Augen behalten. Du hast ja genug Freunde, die dich dabei unterstützen können.“

Cesgin nickte verstehend. Seine Freunde aus dem Fitnessbereich waren ihm treu ergeben, da er sie öfter freihielt und ihnen ab und zu auch mal ein paar Frauen zukommen ließ. Seine Freundin hatte da immer noch die besten Kontakte.

„Zu gegebener Zeit werden wir Koslowski dann selber erledigen,“ kündigte Kösem diabolisch grinsend an.“ „Das könnte für dich sogar eine echte Bewährungsprobe werden“, lächelte er dem Jüngsten in der Runde zu.

Dieser blühte förmlich auf. Das wäre endlich eine Aufgabe, mit der er beweisen konnte, wie gut er in diese Gruppe passte.

Birgili, der den jungen Türken während dieser Unterhaltung aufmerksam beobachtet hatte, musste innerlich grinsen. Das war auch so ein Spinner, der irgendwann auf seine große Schnauze fallen würde. Da war er sich sicher.

Kösem klopfte dem jungen Mann anerkennend auf die Schulter. „Ömer, ich weiß, dass ich mich da ganz auf dich verlassen kann."

Ömer Cesgin wurde sogar im Sitzen vor Stolz noch etwas größer.

Dann wandte sich Kösem dem dicken Murat Ünlü zu. „Du wirst dafür sorgen, dass der LKW verschwindet. Und zwar nachdem ihr die Kisten in ein anderes Versteck gebracht habt. Ich werde dir noch sagen, wo sie hin sollen."

Ünlü sah sich schon in einem Hagel aus Polizeikugeln sterben, wenn er bei der erneuten Verlagerung der Kisten durch eine Streife gestoppt würde.

„Scheiß dir nicht ins Hemd, Dicker!", wiegelte Birgili ab, der bemerkte, dass Ünlü vor Angst kaum sprechen konnte. „Ich werde dafür sorgen, dass die Bullen diesmal ganz woanders sein werden. Dann hast du freie Fahrt."

Ünlü konnte sich nicht vorstellen, wie das vonstattengehen sollte.

„Sie werden nach einem dunklen LKW mit grauer Plane fahnden und nicht nach einem weißen mit der Aufschrift einer Umzugsfirma", beschwichtigte auch Ömer Cesgin den Dicken und wies auf die Spritzpistole, die neben dem LKW lag.

„Dann könnte ich ihn doch anschließend behalten, oder?", fragte der Geschäftsmann vorsichtig.

Bei diesem Satz sprang Kösem erregt aus dem Sessel. „Du Schwachkopf! Deine Scheißkiste ist eigentlich jetzt schon viel zu gefährlich geworden. Du wirst damit noch diese eine Fahrt machen und sie dann auf Nimmerwiedersehen verschwinden lassen."

Ünlü, der geiziger als ein Lipper war, versuchte noch einen letzten Anlauf. „Aber wieso muss ich denn dafür bezahlen?"

Kösem drohte zu explodieren, doch Birgili fuhr ihm in die Parade.

„Lass gut sein, Erdal. Ich werde mich darum kümmern." Er boxte dem Dicken dabei freundschaftlich gegen den Arm. „Wir werden den LKW schon ordentlich entsorgen", sagte er zu Ünlü. Und anschließend am besten auch gleich dich, fügte er im Stillen dazu.

Ünlü atmete erleichtert auf. Kösems Donnerwetter war er zum Glück entgangen, und wenn Birgili ihm zur Seite stand, dann dürfte eigentlich nichts schiefgehen, denn der war eiskalt.

Bloß, dass er seinen LKW opfern sollte und das ohne finanzielle Entschädigung, fand er ungerecht. Dass er ihn als gestohlen melden und von der Versicherung dafür Geld kassieren würde, zählte für ihn nicht, das war nach seiner Meinung sowieso vollkommen legitim.

Kösem hatte sich wieder beruhigt, fixierte Ünlü aber noch eine Zeitlang mit bohrendem Blick. Dann wandte er sich wieder den anderen zu. „Also werden wir Koslowski beobachten und uns weiterhin um unsere Geschäfte kümmern."

Alle drei nickten zustimmend. Geschäfte waren immer gut, besonders wenn es dabei viel Geld zu verdienen gab.

Ihnen war ihr Glaube vollkommen gleichgültig und für die Religiosität ihrer Landsleute hatten sie inoffiziell nur ein müdes Lächeln übrig. Ihr Gott hieß nicht Allah, sondern Geld. Die meisten ihrer Landsleute aus dem Moscheeverein hätten sie vermutlich gesteinigt, wenn sie gewusst hätten, welche Art Geschäfte die vier unter dem Deckmantel der ILAN tätigten.

Sechzehn

Nachdem er um das ganze Dorf Elkeringhausen herum und bis hinauf zu besagtem Bergwerksstollen gelaufen war, erschien Koslowski eine Stunde früher als geplant wieder im Hotel und nutzte die Zeit, sich von einem stolzen Besitzer durch das Haus führen zu lassen.

Er staunte nicht schlecht, als er die Kegelbahn im Stil eines Bergwerkstollens und das Außenschwimmbad mit dem Palmenstrand hinter dem Hotel sah. In ausreichender Zeit vor der Show war der Rundgang beendet und er bekam einen Platz an der Theke zugewiesen. Die Ehefrau des Hoteliers hatte bereits auf ihn gewartet.

Sie entschuldigte sich, dass an den Tischen kein Platz mehr frei war, doch Koslowski stellte bald fest, dass dieser Platz nicht der schlechteste war. Er war sich nicht sicher, worüber er überraschter war.

Über das gute Essen, die überraschend professionellen Zaubertricks oder darüber, dass das farbverschmierte *Mädchen für alles* vom Nachmittag auf der Bühne zusammen mit seinen Mitarbeitern eine komplette und sehenswerte Show abzog.

Nachdem die stolze Ehefrau den überraschten Thekengast darüber aufgeklärt hatte, dass ihr Mann auch für die gesamte Dekoration und die Ausstattung verantwortlich zeichnete, war sich Koslowski sicher, dass der Mann ein Tausendsassa sein musste.

Gegen 23.00 Uhr war die Show beendet. Nach fast nicht enden wollendem Beifall trollten sich die meisten Hotelgäste satt und zufrieden auf ihre Zimmer. Nur einige Standhafte blieben noch für einen Absacker an der Theke hängen.

Koslowski war schweren Herzens den ganzen Abend seinem Mineralwasser treu geblieben.

Ab und zu hatte er einen Blick in die Küche werfen können. Immer dann, wenn die Automatiktür vom Personal betätigt wurde, um Speisen zu holen. Dabei war ihm ein Mann aufgefallen, der mit schwarzweiß karierter Hose und einer blauen Schürze bekleidet, in der Küche hantierte. Er schien ungefähr fünfundvierzig bis fünfzig Jahre alt und nicht allzu groß zu sein. Auffallend waren der mächtige Bauch und die roten Wangen. Sein lockiges, blondes Haar ließ ihn dabei jedoch jugendlich wirken.

Nachdem die letzten Tische abgeräumt waren, kam der Mann aus der Küche. Er zwängte sich neben Koslowski auf einen Hocker mit Lehne und legte die Arme auf die Theke. Dann wandte er den Kopf und sah Koslowski an. „Man sagte mir, du wolltest mit mir reden?“, fragte er und winkte eine der Bedienungen heran.

„Aus diesem Grund bin ich hier“, antwortete Koslowski und stellte sich vor.

Hallhausen hielt anscheinend nichts von geschliffenen Umgangsformen und dem obligatorischen Sie. Aber das war Koslowski ganz recht.

Während Hallhausen ein Hausbier Marke *Grimmebräu* bestellte, erklärte Koslowski, wie er auf ihn gekommen war und überbrachte die Grüße von Peter Winnjes.

Hallhausen nahm genießerisch einen ordentlichen Schluck aus dem großen Bierglas. Als er erneut ansetzte, war es auch schon leer. Mit dem leeren Glas winkte er der Bedienung hinter der Theke. „Mann, das war jetzt dringend nötig.“ Er band die blaue Schürze ab und legte sie neben sich auf den Hocker. Während er zusah, wie sein nächstes Bier gezapft wurde, stellte er Koslowski eine weitere Frage. „Sag mal, nur wegen der schönen Grüße von Peter Winnjes biste aber nicht hier, oder?“ Hallhausen nahm das frisch gefüllte Glas in Empfang. „Oder machste hier etwa Urlaub?“, fragte er und trank erneut.

Koslowski wehrte ab. „Ich habe ein Problem am Hals, für dessen Lösung mir so manche Hintergrundinformationen fehlen.“

Hallhausen wurde neugierig. „Willst du etwa Kochtipps?“, lachte er.

Koslowski trank sein Wasser aus. „Nein, ich bin da in eine Sache geraten, bei der ich es mit Muslimen zu tun bekommen habe.“

Bei dem Begriff Muslime seufzte Hallhausen deutlich hörbar.

„Ich verstehe manche ihrer Handlungsweisen nicht und Peter Winnjes meint, du wärst der richtige Mann, um mich mal aufzuklären und meine Fragen zu beantworten.“

Hallhausen ließ demonstrativ den Kopf auf die Arme sinken. „Da dachte ich Idiot, ich wäre endlich fertig mit all dem Zeug und nun holt es mich sogar hier im Sauerland wieder ein.“

Koslowski wartete stumm auf die Fortsetzung.

„Mann, was war ich froh, als Türken-Siggi endlich in der Versenkung verschwunden war. Aber damit war schon wieder Schluss, als die sogenannte ‚Sauerlandgruppe‘ hier ganz in der Nähe, in Oberschlehdorn, festgenommen wurde.“ Hallhausen langte nach seinem Glas und schien sich den Frust runterspülen zu wollen. Der zaubernde Hotelier kam an ihnen vorbei und blieb kurz stehen.

„Siggi, geht doch rüber ins Foyer, ich habe euch den Kamin angezündet. Dort könnt ihr euch doch viel besser unterhalten.“

Siegfried Hallhausen nickte und kletterte vom Hocker. „Komm, gehen wir rüber, dann können die hier auch schon sauber machen und für morgen früh eindecken.“ Er stellte sein leeres Glas auf die Theke. „Lena, mach mir noch ein *Grimmebräu*. Und was willst du?“, fragte er Koslowski. „Ich würde dir einen Rotwein empfehlen. Unser Chef hat nämlich in Frankreich einen eigenen Weinberg.“

Koslowski wunderte sich in diesem Hotel über gar nichts mehr, doch dann bestellte er schweren Herzens und mit sehnsüchtigen Blick auf das Weinregal noch eine Apfelschorle.

„Haste es mit der Leber?“, wollte Türken-Siggi wissen.

Koslowski wehrte ab. „Nein, selbst auferlegte Alkoholpause“, log er und fragte sich gleichzeitig, warum ihm das ärztliche Alkoholverbot so peinlich war. Hielt er sich wirklich selber schon für einen Alkoholiker? Hallhausen schlurfte rüber ins Foyer und ließ sich dort in einen gemütlichen Sessel fallen. Den anderen zog er neben sich und legte die Füße auf einen Hocker.

„Selbst auferlegte Alkoholpause“, murmelte er, „auf was für Ideen die Leute so kommen. Na, da biste ja fast auch schon ein Muslim“, lachte er.

Koslowski verstand im ersten Moment nur Bahnhof.

Hallhausen nahm sein Bier in Empfang und wandte sich Koslowski zu.

„Na, von wegen Alkoholverbot. Du weißt doch, der Koran verbietet das Trinken von Alkohol.“ Genüsslich setzte er das Glas an und ließ das Bier durch die Kehle rinnen.

„Alkohol ist verboten, doch wer von den jungen Türken hält sich schon daran und was nutzt das Alkoholverbot, wenn sie sich mit diesen Drecksdrogen vollpumpen?“, fragte sich der Koch.

Koslowski drehte seinen Sessel noch weiter zu ihm herum. So konnte er Hallhausen bei seinen Ausführungen genauer betrachten.

„Schwierige Lage, ganz im Allgemeinen. Die Alten wollen hier zum Teil noch wie 632 nach Christus leben und die Jungen hängen zwischen allen Stühlen“, setzte Hallhausen an.

Koslowski fragte sofort dazwischen: „Warum ausgerechnet 632 nach Christus?“

Hallhausen lachte verbittert. „632 ist der Prophet Mohammed gestorben und seitdem stehen für einige Fundamentalisten die Uhren still. Er ist für die Muslime das Siegel der Propheten.“

Als er Koslowskis fragenden Blick sah, erläuterte er ihm die Lage. Weil Mohammed der letzte bekannte Prophet war, wurde er als eine Art Siegel angesehen, welches die Reihe der Propheten, zu denen die Muslime auch Jesus rechneten, abschloss. „Und heute leben einige tatsächlich noch so wie der Prophet. Sie schneiden sich in einer bestimmten Reihenfolge die Fingernägel.

Oder setzen sich hin, wenn sie ihre Hose anziehen, weil es Mohammed genauso gemacht hat.“ Hallhausen starrte ins Feuer. „Vermutlich hatte er einen Bandscheibenvorfall“, sinnierte er.

Koslowski ertrug das nun entstehende Schweigen in der Hoffnung, dass Hallhausen von sich aus wieder das Wort ergriff.

Und er täuschte sich nicht. Nach einem weiteren Schluck erwachte dieser wieder aus seinen Überlegungen.

„Weißt du, was das Problem bei den Muslimen ist?“, fragte er. Ohne auf Koslowskis Antwort zu warten, hatte er auch sofort eine Antwort darauf. „Um eine gemeinsame Auslegung des Korans zu haben, müssten die eine Art Amtskirche einrichten. Also, ich hab ja für den Papst auch nichts übrig, aber mir hat mal ein Muslim gesagt, ihnen fehle erst mal ein Papst und dann ein Luther, damit der ganze Glauben mal durchgepustet und auf den neusten Stand gebracht wird.“ Hallhausen lachte in sich hinein.

Koslowski winkte der vorbeigehenden Kellnerin und lud Hallhausen zu einem weiteren Getränk ein. Dieser wechselte nun auf eine härtere Droge und bestellte einen Whiskey mit Cola. Koslowski blieb schweren Herzens bei seiner Apfelschorle.

Als die Bedienung in die Gaststube zurückging, erlaubte sich Koslowski eine weitere Frage. „Sag mal“, blieb auch er beim Du, „warum holen die Türken sich eigentlich ihre Ehefrauen aus der Heimat und heiraten nicht welche, die schon hier leben?“

Hallhausen sah ihn grinsend an. „Weil die Alten oft meinen, die Türkinnen hier sind nicht religiös genug und schon zu sehr vom Leben hier versaut." Er schlug mit der Hand auf die Lehne. „Die Heirat wird oft von der Familie beschlossen und die Bräute werden dann in der Türkei gekauft. Der Brautpreis heißt Deutschland. Sie kommen dann hier rüber und sprechen kaum Deutsch." Türken-Siggi redete sich in Fahrt. „Fahr mal ins Ruhrgebiet oder in die Großstädte, da gibt es Wohnsiedlungen, die sind fast ausschließlich von Türken bewohnt. Du findest dort alles. Türkische Rechtsanwälte, Frauenärzte, Autowerkstätten, Lebensmittel- und Bekleidungsgeschäfte, Telefonläden und Dönerbuden. Da sind richtige Parallelgesellschaften entstanden." Dankbar nahm er den Whiskey-Cola entgegen. „An jeder Hauswand kleben die Schüsseln, die auf die Satelliten mit den türkischen Sendern ausgerichtet sind. Viele Schulklassen bestehen zu achtundneunzig Prozent aus türkischen Kindern, die restlichen zwei sind Deutsche, Marokkaner oder andere Migranten." Hallhausen trank einen Schluck und drehte das Glas in der Hand. „Stell dir also vor, die Braut kommt nun aus der Türkei und kann kein Deutsch. Braucht sie bei der Infrastruktur in den Stadtteilen ja auch nicht. Sie kauft bei ihren Landsleuten ein und ihre Nachbarschaft besteht ebenfalls nur aus türkischen Familien. Woher und wozu soll sie also die Sprache lernen?"

Koslowski nickte nachdenklich. Er konnte den Gedanken des ehemaligen Streetworkers folgen. „Und so lernen auch die Kinder zu Hause kein Deutsch, oder?", vermutete er.

„Genau!", stimmte ihm Hallhausen zu. „Denn Mama kann es ja auch nicht. Wenn du mit Lehrern oder Lehrerinnen aus diesen Ballungsräumen sprichst, wirst du hören, dass die Beherrschung der deutschen Sprache in den letzten Jahren eher schlechter als besser geworden ist."

Koslowski verstand, was damit einherging. „Dadurch fehlt ihnen die Sprachfähigkeit in der Schule, sie bekommen schlechte Zeugnisse, keinen Abschluss und so auch keine Lehrstelle. Am Ende stehen sie auf der Straße."

Hallhausen tippte mit dem Finger auf die Sessellehne. „Eine einwandfreie Prognose", bestätigte er und schüttete den Rest Whiskey-Cola in sich hinein. Langsam merkte man ihm an, dass der Alkohol seine Wirkung tat.

„Und was ist mit den jungen Männern?", wollte Koslowski wissen. „Bislang haben wir nur über die Frauen gesprochen."

Hallhausen lachte auf. „Die Jungen, die werden später mal ein noch größeres Problem."

Er ließ den Blick auf Koslowski ruhen, während er ihm die Situation erklärte. Auf den Jungen, besonders auf dem ältesten Sohn der Familie, liegt die Last, Stellvertreter des Vaters zu sein.

Die jüngeren Geschwister sehen zu ihm, dem *Abi*, dem Erstgeborenen, auf. Und diese *Abis* hängen in dieser Entwicklungsphase oft zwischen den strenggläubigen Vätern und den Verlockungen des Westens. Aber den Dreier BMW kriegen sie nur, wenn die ganze Familie dafür spart." Er bestellte den nächsten Drink. „Als Statussymbol der ganzen Familie."

Hallhausen rieb sich das Kinn. „Sie wollen lieber Playstation, Disko und Freundin statt Moschee und Gebet."

Koslowski sah so manchen jungen Türken im Geiste vor sich.

„Und damit", erklärte Hallhausen weiter, „sitzen sie zwischen den Stühlen. Sie können nicht mal in die Türkei zurück, denn dort werden sie als *Almanci* angesehen. Als sogenannte Deutschtürken, mit denen man dort nichts mehr zu tun haben will, weil sie auch dort jetzt als Fremde angesehen werden." Hallhausen wartete auf sein neues Getränk, bevor er fortfuhr. „Weißt du", wollte er von Koslowski wissen, „was man den jungen Türken oft nachsagt?"

Dieser schüttelte unwissend den Kopf.

„Sie hätten nur zwei Dinge. Zu dicke Eier und die Ehre ihrer Schwester."

Koslowski musste grinsen.

Türken-Siggi lachte hingegen lauthals auf. „Alles Scheiße, Mann. Man hätte da viel früher was unternehmen müssen. Aber im Islam hat jeder Imam seine eigene Auslegung des Korans, und dazu kommen noch diese verdammten Ehrbegriffe und so wird es da nie was Einheitliches geben." Er ließ den Kopf auf die Brust sinken.

Koslowski hatte schon Bedenken, dass er eingeschlafen war, doch Hallhausen riss den Kopf wieder hoch, stürzte den Whiskey hinunter und stand auf.

„Ich hatte die Schnauze von diesen endlosen Problemen so voll", sagte er, „dass es mich ankotzte. Als Streetworker stehst du immer genau zwischen den Parteien. Auf der einen Seite die Türken, die dir kaum trauen, auf der anderen Seite irgendwelche Gutmenschen oder Politiker, die immer noch den Traum von einer multikulturellen Gesellschaft träumen. Das Wort Integration konnte ich fast schon nicht mehr hören."

Koslowski sah Hallhausen an. „Gutmenschen?", fragte er.

„Mann, Junge, wenn du anfängst, einen leckeren Negerkuss nicht mehr als Negerkuss, sondern als schokoladenüberzogene Schaumware auf einer Waffel mit Migrationshintergrund zu bezeichnen, dann bist du auf dem besten Weg, alles nur noch durch die rosa Integrationsbrille zu sehen und die Tatsachen zu verkennen." Er sah Koslowski eindringlich an. „Und wenn du dann mal auf bestimmte Missstände hinweist, oder die Einhaltung der Regeln unserer Gesellschaft forderst, kommt meist prompt die Frage, ob du ausländerfeindlich bist."

Er stellte das leere Glas auf die grauen Steinplatten vor dem Kamin und lehnte sich an den Rauchabzug. „Manchmal glaube ich, die wollen in Wirklichkeit alle gar nichts mit

Integration zu tun haben, sondern dreschen nur hohle Phrasen." Leicht schwankend stieß er sich vom Kamin ab. „Ich habe immer gesagt, man hätte die Sache viel früher und ganz anders angehen müssen. Mit Konsequenz und deutlich gesetzten Grenzen. Aber immer, wenn die Ausländer, wer auch immer sie waren, einen Schritt auf uns Deutsche zugemacht haben, sind wir einen zurückgewichen. Egal, ob der Schritt positiv und freundlich war oder provokativ und kriminell. Die Einladungen zu ihren Feiern wurden misstrauisch und skeptisch abgelehnt. Über ihre Sitten, Bräuche und ihre Religion wollte man nichts wissen und wenn mal einer straffällig wurde, wurde er mit Samthandschuhen angefasst. Kein Wunder, wenn die Jungs den Eindruck hatten, sie könnten sich hier alles erlauben. Heute bekommt unsere Gesellschaft dafür die Quittung."

Koslowski konnte den Gedanken des ehemaligen Streetworkers gedanklich gut folgen.

Hallhausen rülpste leicht und fuhr fort. „Aber, das ist nur meine Meinung, und die interessiert sowieso keinen. Und wir von der Sozialarbeit sollten dann immer alles richten." Als Hallhausen sich zum Gehen anschickte, stand auch Koslowski auf.

„Ich vermute, ich habe dir schön den Abend versaut", grinste Hallhausen ihn an und reichte ihm die Hand.

„Nein, ich habe für mich schon eine ganze Menge erfahren", erwiderte dieser.

Beide gingen in Richtung Treppenhaus, und Hallhausen verabschiedete sich.

„Hoffe, du kommst mal wieder hier vorbei, dann koche ich dir was Schönes", sagte er und verschwand in Richtung Personalräume.

Koslowski zahlte seine Zeche, dann verließ er das Hotel und schlenderte unter einem phantastischen Sternenhimmel zurück zu seiner Pension. Von Osten zog kalte Luft heran und der Herbst stand vor der Tür.

Am nächsten Morgen saß Koslowski am Frühstücktisch seiner Pension und blickte aus dem Fenster. Gerade als er die zweite Tasse Kaffee geleert hatte, kam Hallhausen am Haus vorbei. Er führte einen Hund an der Leine und war auf dem Weg in den nahe gelegenen Wald.

Koslowski klopfte an die Scheibe und winkte dem Koch und ehemaligen Streetworker zu. Dieser stutzte einen Moment, erkannte ihn dann und machte Zeichen, dass er draußen auf ihn warten würde.

Koslowski steckte sich noch ein trockenes Brötchen in die Tasche und verließ dann das Haus. Als er vor die Haustür trat, schauderte er.

Hallhausen lachte trocken auf. „Ja, hier im Sauerland ist es immer eine Strickjacke kälter als in Lippe."

Der freilaufende Hund kam auf Koslowski zu und sprang freudig an ihm hoch. Dieser tätschelte ihm den Kopf und kraulte ihn hinter den Ohren. „Du bist ja ein ganz Braver!", lobte er das Tier.

„Ja, ganz im Gegensatz zu seinem Herrchen", kommentierte Hallhausen diese Äußerung mit einem ordentlichen Brummschädel. „Was Krupp in Essen, war ich wohl gestern wieder mal im Trinken, oder?"

Koslowski lachte und streichelte weiter den Hund.

„Ja, der ist okay", beobachtete ihn Hallhausen dabei und nickte mit schwerem Kopf, „der säuft wenigstens nur Wasser, so wie du. Habe ich gestern eigentlich viel Mist erzählt?", wollte er dann wissen.

„Ich fand, es hatte alles Hand und Fuß", erwiderte Koslowski und beobachtete den Hund, der nun im Straßengraben nach Mäusen buddelte. „Oft traut sich ja niemand die Wahrheit auszusprechen, weil er Angst haben muss, wenn er was sagt, wird er gleich als Nazi beschimpft", gab Koslowski zu bedenken.

Hallhausen kramte ein Päckchen Aspirin aus der Jackentasche und schüttete es sich in den Mund.

Koslowski fuhr fort. „Du hast mich zwar mit dem, was du da gestern gesagt hast, sehr nachdenklich gemacht, aber mein Besuch hat sich auf jeden Fall gelohnt.“

Hallhausen nickte befriedigt. Er steckte das zerknüllte Päckchen in die Tasche und rief den Hund herbei. „Schön, dass ich dir helfen konnte, aber nun muss ich los. Der Einkauf für die Küche muss noch gemacht werden.“

Koslowski bedankte sich nochmals, hatte aber noch eine Frage.

„Sag mal, könntest du mir auch was über die einzelnen Moschee- und Kulturvereine erzählen, ich meine deren Ausrichtung und politische Stellung und so?“

Hallhausen überlegte einen Moment. „Klar könnte ich dir dazu was sagen, aber da gibt es jemanden bei euch in Ostwestfalen-Lippe, der weiß viel mehr darüber. Einen ehemaligen Mitarbeiter des Staatsschutzes. Nee, eigentlich war er sogar der Chef von dem Haufen. Ich mochte den nie, aber er kennt sich in diesen Dingen sehr gut aus. Das war sein Spezialgebiet.“

Koslowski wartete auf weitere Informationen.

„Damals wohnte er in Oerlinghausen. Ob das heute noch so ist, weiß ich nicht. Auf jeden Fall war er in Bielefeld beim Staatsschutz. Man nannte ihn den *Kommodore,* wegen seiner Leidenschaft fürs Segeln. In Wirklichkeit heißt er Hermann Gottschalk. Frag den mal, der kann dir bestimmt weiterhelfen.“

„Hermann Gottschalk aus Oerlinghausen? Der müsste zu finden sein.“ Und er wusste auch schon, wen er fragen musste.

Koslowski bedankte sich für diese letzte Information, und die beiden Männer verabschiedeten sich. Hallhausen kam noch mal auf den gestrigen Abend zu sprechen.

„An das Angebot, dir beim nächsten Besuch was Schönes zu kochen, kann ich mich noch erinnern“, sagte er. „Es steht immer noch. Bis bald.“

Dann machte er sich mit seinem Hund auf den Weg in Richtung Hotel und Koslowksi auf den Rückweg ins Lipperland.

Siebzehn

So wie man Lage die Zucker- oder Blomberg die Nelkenstadt nannte, trug Oerlinghausen den Beinamen „die Bergstadt“. Eine Aussage, die Koslowski meist damit kommentierte, dass der Bielstein, auf dem der bekannte Sender Teutoburger Wald stand, mit seinen 393 Metern genau 59 Meter höher war als der Tönsberg in Oerlinghausen. Aber nichtsdestotrotz mochte er das Städtchen. Hatte er doch eine Vorliebe für Orte, in denen er durch die Begrenzung von Bergen und Hügeln nicht weiter als fünfhundert Meter sehen konnte. Und diese Berge sollten keineswegs so flach sein, dass man am Montag schon sehen konnte, wer am Mittwoch zu Besuch kommt. Das war einer der Gründe, warum er in Hiddesen lebte.

Koslowski hatte seinen Wagen in Oerlinghausen oberhalb der Jugendherberge geparkt. Ganz in der Nähe der ihm von Walfried Eugelink genannten Straße Auf dem Berge. Jetzt suchte er die entsprechende Hausnummer.

Der Kripobeamte hatte bei Koslowskis Anruf sofort gewusst, wen Hallhausen mit *Kommodore* gemeint hatte. Und als Koslowski ihm erklärte, was er von Gottschalk wissen wollte und wie er auf ihn gekommen war, hatte er sofort nach der Adresse gesucht.

So war er kurze Zeit später auf dem Weg zur angegebenen Adresse, bewaffnet mit den besten Grüßen Eugelinks an seinen alten Fachlehrer aus der Ausbildung. Ein scharfer, aber fairer Hund sei der alte Gottschalk gewesen. Und bestimmt würde er sich noch an seinen ehemaligen Schüler erinnern, hatte der Detmolder Kriminalbeamte vermutet.

Koslowski stand jetzt vor dem gesuchten Haus. Was er sah, erfreute sein Auge. Ein äußerst ansehnliches und sehr gepflegtes Anwesen, welches darauf schließen ließ, dass der Besitzer viel Wert darauf legte, in einem schönen Ambiente zu wohnen.

Durch einen gepflegten Vorgarten erreichte er über ein paar Stufen die Haustür. Dass der Bewohner einen sehr maritimen Geschmack hatte, konnte Koslowski daran feststellen, dass in die Tür statt eines Fensters ein Bullauge eingebaut war. Der Türgriff war ein Belegnagel eines alten Segelschiffes. Über der Klingel war der Name *Gottschalk* in eine Messingplatte graviert. Diese hatte man so sauber poliert, dass Koslowski sich darin spiegeln konnte.

Kaum, dass er die Klingel betätigt hatte, hörte er auch schon Schritte hinter der Tür. Da ihn der Name *Kommodore* an einen alten Kapitän und Seebären erinnerte, nahm er unwillkürlich Haltung an.

Seine Erwartung wurde allerdings enttäuscht, als eine ältere Frau mit einem Staubtuch in der Hand die Tür öffnete. Sie trug einen geblümten Kittel und hatte ihre Haare unter einem Kopftuch verborgen. Typische Hausfrauenuniform, dachte Koslowski.

Er stellte sich höflich vor und bat darum, Herrn Gottschalk sprechen zu dürfen. Bevor er den Grund seines Besuchs nennen konnte, wurde er von der Dame bereits hereingebeten. Sie schob ihn vor sich her in eine Art Wohnzimmer und bat ihn, Platz zu nehmen.

„Weil, es ist nämlich so, dass der Herr Kriminaldirektor a.D. nicht zu Hause ist“, erklärte sie Koslowski. Ihre Sprechweise wirkte, als sei sie gerade kräftig mit dem Abstauben der Hausbar beschäftigt gewesen.

„Das ist aber schade“, sagte er und wollte sich erheben.

Sanft drückte sie ihn in den Sessel zurück.

„Weil, der ist nämlich auf Rügen.“ Sie gluckste und sah verstohlen zum großen Wohnzimmerschrank hinüber. „Der kommt nämlich die nächste Zeit nicht, weil der nämlich *rund Rügen* will."

Koslowski verstand im ersten Moment nicht, was die Dame meinte. „Rund Rügen?", wiederholte er daher verständnislos.

Sie nickte auffallend heftig mit dem Kopf. „Segeln, junger Mann, rund um Rügen." Sie hatte sichtlich Spaß an Koslowskis Verwirrung. Langsam arbeitete sie sich an den Schrank heran, und noch ehe Koslowski erahnen konnte, was sie dort wollte, hatte sie schon das Barfach geöffnet und hielt eine Flasche Himbeergeist in der Hand.

„Sie tun mir doch bestimmt die Freude und trinken einen mit, oder?" lächelte sie Koslowski weinselig zu.

Dieser winkte dankend ab. „Ich muss noch fahren", entschuldigte er sich, während die *Putzfee* sich selber schon einen doppelten Doppelten eingoss. Sie schüttete den halben Inhalt des Glases sofort hinunter und schmatzte genießerisch mit den Lippen. „Wissen Sie, ich bin nämlich die Haushälterin vom Herrn Kriminaldirektor a.D. und muss hier alles überwachen." Dabei war sie näher gekommen und Koslowski roch deutlich den Himbeergeist in ihrem Atem.

„Der Herr Kriminaldirektor a.D. hat nämlich einen erlesenen Geschmack. Und Sie wollen wirklich keinen? Nicht mal einen Kleinen?", bedauerte die Dame kichernd.

Koslowski wehrte das freundliche Angebot erneut ab. „Nein danke, außerdem hat mein Arzt es mir verboten", versuchte er sich rauszureden. „Kann ich Herrn Gottschalk denn jetzt telefonisch auf Rügen erreichen?",wollte Koslowski wissen.

Die Hausdame verneinte. Er sei nur einmal am Tag, meist sehr früh morgens, telefonisch zu erreichen, nämlich dann, wenn er im Hafen liege. Aber am nächsten Tag sei er in Lauterbach, wusste die ältere Dame zu berichten.

„Haben Sie da möglicherweise auch eine Telefonnummer, unter der ich ihn erreichen kann?" Koslowski versuchte, so charmant wie möglich zu klingen.

„Aber sicher, junger Mann“, kam es ein wenig lallend aus ihrem Munde. „Wo habe ich sie nur?“, murmelte sie und kramte in ihren Kitteltaschen. Dann folgte ein Geistesblitz. Leicht schwankend erhob sie sich, schoss an Koslowski vorbei in den Flur und kehrte nach kurzer Zeit mit einem Zettel in der Hand zurück. „Wusste ich es doch, der lag nämlich neben dem Telefon.“

Koslowski blickte begehrlich auf den Zettel und streckte die Hand danach aus.

„Junger Mann, ich weiß doch gar nicht so richtig, wer Sie sind“, ließ sich die Haushälterin vernehmen und zog den Zettel zurück.

„Ich soll ihm eigentlich bloß schöne Grüße von einem ehemaligen Kollegen ausrichten“, gab ihr Koslowski zu verstehen.

Sie versteckte den Zettel hinter ihrem Rücken und drohte ihm mit dem Zeigefinger.

„Sie sind ja ein ganz netter Bursche“, meinte sie und blickte schon wieder sehnsüchtig zur Himbeergeistflasche, „aber wenn Sie den Zettel haben wollen, dann müssen Sie mit mir erst einen trinken.“

Allmählich war sie akustisch kaum noch zu verstehen. Sie tänzelte zum Barfach und schüttete zwei Gläser randvoll. Eines reichte sie Koslowski, das Andere hielt sie wie eine Siegestrophäe in die Luft.

„Auf das Wohl des *Kommodore*!“, befahl sie, riss den Arm hoch und kippte sich mit einer zackigen Handbewegung den Schnaps hinter die Binde.

Es fehlte nur noch, dass sie dabei die Hacken zusammenknallte. Hinter sich auf der Fensterbank bemerkte Koslowski einen Gummibaum, dem er sich unauffällig rückwärts näherte. In einem passenden Moment schüttete er den Schnaps in den Blumentopf, hielt das Glas hoch und schloss ebenfalls genießerisch die Augen. „Guter Stoff“, log er und hielt wieder die Hand hin.

Die Haushälterin sah ihn ein wenig benommen an, überlegte kurz und reichte ihm endlich den Zettel mit der ersehnten Telefonnummer ihres Arbeitgebers.

Sicherheitshalber ließ Koslowski den Zettel sofort in seiner Hosentasche verschwinden und trat den Rückzug an. Die Dame begleitete ihn mit der Flasche Himbeergeist in der Hand zur Haustür, wobei Koslowski den Ausgang schneller fand als sie.

An der Tür drohte sie ihm noch einmal lächelnd mit dem Zeigefinger und Koslowski schlüpfte erleichtert nach draußen.

Die Haustür schloss sich hinter ihm, und er war noch keine zwei Meter davon entfernt, da hörte er innen die Flasche auf dem Boden zersplittern.

Kurz darauf öffnete sich die Haustür noch einmal, die Haushälterin lächelte trunken, zwinkerte ihm zu und lallte: „Keine Sorge, Eishockey!“ Was Alkohol doch aus einem Menschen machte! Koslowski war einen Moment lang froh, dass ihn Doktor Erhardt momentan ins Trockendock geschickt hatte. Er blickte auf die Uhr und sah, dass es schon fast 18.00 Uhr geworden war. Er ging zu seinem Landrover zurück und kramte den Zettel mit der Telefonnummer aus der Tasche.

Ob es sinnvoll war, es jetzt mal beim Kommodore zu versuchen? Kurzerhand wählte er die Nummer auf seinem Handy.

Bereits nach dem zweiten Klingeln meldete sich eine sonore Männerstimme.

„Gottschalk“, hörte Koslowski und stellte sich umgehend vor.

Dann übermittelte er Eugelinks Grüße und musste postwendend die Frage des Kommodore beantworten, was denn aus seinem ehemaligen Schüler geworden sei. Er konnte sich anscheinend sehr gut an den damaligen Polizeischüler erinnern.

Als Koslowski ihm erklärte, dass dieser vor Kurzem stellvertretender Kommissariatsleiter in Detmold geworden sei, hörte er den ehemaligen Kriminaldirektor am Telefon lachen.

„Wer hätte gedacht, dass der es noch so weit bringt, denn in Kriminalistik war Walfried immer eine Niete. Wie man sich, zum Glück, doch täuschen kann! Wie war doch noch gleich Ihr Name?"

„Koslowski."

Der Mann auf Rügen schien nachzudenken.

„Koslowski? Sind Sie derjenige, der letztes Jahr in die Sache mit den Nazis verwickelt war?", wollte er wissen.

Koslowski bejahte und wurde durch diese Frage mit einigem Unbehagen an eine ganz bestimmte Nacht in der Ruine des ehemaligen Forsthaus *Hartröhren* erinnert.

„Hut ab! Das war kein Zuckerschlecken, nehme ich an. Aber sagen Sie, wie sind Sie an meine Telefonnummer gekommen?"

Koslowski berichtete ihm wahrheitsgetreu von den Umständen und hörte Gottschalk am anderen Ende erneut lachen. „War sie sehr betrunken?", fragte er neugierig. Anscheinend war dem Hausherrn das Laster seiner Haushälterin nicht unbekannt.

„Es ging gerade noch so", ließ ihn Koslowski wissen.

Gottschalk schien beruhigt. „Womit kann ich Ihnen denn helfen?", wollte er wissen.

Koslowski berichtete über den Selbstmord der jungen Türkin, Ahmet Dursuns Messerattacke und von seinem Besuch bei Siegfried Hallhausen im Sauerland.

„Mein Gott, lebt Türken-Siggi etwa immer noch? Ich dachte, der hätte sich aus Frust schon totgesoffen", vermutete der Ex-Kriminalbeamte.

Dahingehend konnte ihn Koslowski beruhigen.

„Ach, mich hat er immer gehasst wie die Pest", erklärte Gottschalk. „Zu meiner aktiven Zeit war ich sein Staatsfeind

Nummer eins. Da wundert es mich, dass er Sie an mich verwiesen hat.“

Koslowski dachte kurz nach. „Er wird offensichtlich doch keine so schlechte Meinung von Ihnen gehabt haben, und außerdem sind Sie ja beide jetzt sozusagen *außer Dienst*.“

Er hörte Gottschalk am Telefon lachen. „Aber zurück zu Ihrem Ansinnen. Wenn Sie was von mir wissen wollen, dann müssen Sie sich schon nach Rügen begeben oder sechs Wochen warten, bis ich wieder in Lippe bin. Koslowski überlegte kurz, dann war seine Entscheidung gefallen.

„Wo finde ich sie auf Rügen?“, wollte er wissen.

„Lassen Sie mich kurz nachdenken. Wann können Sie hier sein?“ wollte Gottschalk wissen.

Außer den Ermittlungen in diesem Falles hatte Koslowski nichts Besonderes vor.

„Wenn ich mich beeile, dann eventuell schon morgen gegen Mittag“, räumte er sich ein wenig Zeit ein.

„Das passt mir gut.“ Der Kommodore war einverstanden.

„Schaffen Sie es um 14.00 Uhr in Lauterbach am Yachthafen zu sein?“, wollte er wissen. Koslowski sah darin kein Problem und sagte daher zu. „Dann bringen sie mal vorsichtshalber Schuhe mit hellen Sohlen mit, denn wir treffen uns auf meinem Kahn, dem *Muskelkater*. Es liegt in Lauterbach bei Yachtcharter Goor im Hafen.“ Der Kommodore machte eine kurze Pause.

„Ach übrigens, wie viel Zeit bringen Sie mit?“ wollte er noch wissen. „Ich muss nämlich das Boot nach Seedorf überführen und könnte noch einen *Fockaffen* gebrauchen!“, erklärte er seine vorhergegangene Frage.

Als Koslowski ihm gestand, dass er mit dem Begriff überhaupt nichts anfangen konnte und um Erklärung bat, wehrte der Kommodore ab.

„Kommen Sie erst mal her, alles andere werden Sie schon erfahren!“

Damit beendete er das Gespräch und ließ einen völlig verdutzten Koslowski mitten in Oerlinghausen stehen.

Achtzehn

Mittlerweile war es schon fast halb sieben, und Koslowskis Magen sandte ein eindeutiges Signal aus. Hunger! Nach kurzem Überlegen machte er sich in Richtung Innenstadt auf den Weg zu dem griechischen Restaurant *Bei Vassili* an der Hauptstraße. Seinen Wagen ließ er am Haus des Kommodore stehen, denn er war sicherlich schneller zu Fuß am Lokal. Außerdem würde ihm ein Spaziergang nach dem Essen sicher gut tun.

Als einzelner Gast hatte Koslowski keine Mühe, einen Platz in dem immer gut besuchten Lokal zu bekommen. Er ließ sich die Karte bringen und schwelgte bereits kurze Zeit später in griechischen Spezialitäten.

Den obligatorischen Uozo nach dem Essen verweigerte er zwar schweren Herzens, doch die Erinnerung an Doktor Erhardts Ratschlag und das Verhalten der Haushälterin des Kommodore bestärkten ihn in seinem Entschluss. Er bezahlte und machte sich gestärkt auf den Rückweg zu seinem Wagen.

Koslowski war bergan über die Tönsbergstraße zurück zu seinem Landrover unterwegs, als er von drei Mountainbikern überholt wurde, die mühsam den Berg hinaufstrampelten. Das wäre ganz sicher keine Sportart für ihn.

Aber den drei jungen Männern schien die Quälerei sogar Spaß zu machen. Sie bogen vor ihm ab, und Koslowski vermutete, dass sie über den Tönsberg fahren wollten. Umso überraschter war er, als er die drei kurze Zeit später bereits wiedersah. Sie lehnten an seinem Fahrzeug und schienen auf ihn zu warten. Beunruhigend wirkten dabei nicht so sehr die Geschichtsmasken, Helme oder Brillen, die sie trugen. Auch nicht die komplett schwarze Bekleidung, sondern eher die Gegenstände, die sie nun in Händen hielten.

Koslowski registrierte einen Totschlager, eine Motorradkette und einen Schlagring mit blitzenden Spitzen. Während er dieses Bild noch in sich aufnahm, welches ihn an einen Showdown in einem Western erinnerte, traten die drei Männer auch bereits mit eindeutiger Absicht wieder in die Pedale.

Im selben Moment warf sich Koslowski herum und begann zu rennen. In Höhe der alten Friedhofsmauer ging der normale Straßenbelag in Kopfsteinpflaster über. Koslowski verschwendete keinen Gedanken daran, was passieren würde, wenn er hier zu Fall käme. Er hetzte weiter und hörte hinter sich, wie die Reifen der Mountainbikes über das Pflaster hüpften. Vor sich sah er ein Rondell.

Aber den Gedanken, sich darauf zu retten, gab er schnell wieder auf. Dort säße er in der Falle wie Siedler in einer Wagenburg, umkreist von feindlichen Indianern.

Also weiter!

Die Geräusche der Räder kamen immer näher, und Koslowski geriet immer stärker in Panik. Er musste sich irgendwie einen Vorteil verschaffen, sonst wären ihm die drei bergab haushoch überlegen.

Er rannte um die Straßenecke in die Tönsbergstraße zurück und hörte, ohne sich umzudrehen, wie einer der drei Mountainbiker in der Kurve stürzte. Die beiden anderen ließen sich davon kaum beeindrucken und jagten hinter Koslowski die steile Straße hinunter.

Als Koslowski linker Hand die alte Synagoge passierte, war einer der Radfahrer bereits so nah hinter ihm, dass er einen Schlag mit der Motorradkette ausführte. Koslowski entging dem Schlag nur durch den Umstand, dass er sich genau in dem Moment entschlossen hatte die Straßenseite zu wechseln. Er sah seitlich an der Mauer ein Gitter über Kopfhöhe in die Straße ragen, welches zu einer Art Balkon gehörte.

Als der Radfahrer einen zweiten Versuch unternahm, sprang Koslowski aus vollem Lauf hoch und bekam die Eisenstäbe des Gitters zu fassen. Seine eigene Vorwärtsbewegung riss ihn von den Beinen und schleuderte ihn hoch. Sofort machte sich sein verletzter Arm wieder schmerhaft bemerkbar.

Der Angreifer, der mit dem Manöver offenbar nicht gerechnet hatte, sauste unter Koslowski durch. Er prallte erst seitlich gegen die Wand und stürzte dann der Länge nach auf die bergabführende Straße.

Sein Hintermann versuchte zwar stark abzubremsen, fuhr ihm dennoch über den Arm, was der Gestürzte mit einem heftigen Schmerzensschrei und sein Armknochen mit einem hässlichen Knacken kommentierten. Sein Komplize hingegen konnte sich soeben noch fangen und einen schweren Sturz verhindern. Koslowski ließ sich fallen und kam wieder auf die Füße. Er sprang über den Gestürzten hinweg, versetzte dem anderen einen Stoß, der ihn gegen die Mauer taumeln ließ, und bekam im selben Moment, von hinten einen Schlag zwischen die Schulterblätter.

Der dritte Mountainbiker, der oben in der Kurve gestürzt war, hatte seine Verfolgung wieder aufnehmen können und attackierte ihn nun.

Koslowski drückte der Hieb die Luft aus den Lungen und er sah vorübergehend nur helle Kreise vor seinen Augen. Links vor ihm lag die *Alte Schmiede,* und dahinter sah er eine kleine Gasse. Sein Angreifer rutschte soeben an dieser Gasse vorbei, während der zweite Biker gerade wieder auf sein Rad stieg.

Koslowski jagte um die Ecke und erkannte aus dem Augenwinkel gerade noch das blaue Schild mit der Aufschrift *Schmiedetwete*, als er schon die enge Gasse, die in Lippe oft „Twete“ genannt wurde, hinunterrannte. Hoffentlich war das keine Sackgasse, denn dann wäre hier für ihn nach ein paar Metern Ende der Veranstaltung.

Hinter sich hörte er die Mountainbiker fluchen. Seiner Meinung nach klang es nicht deutsch, was für ihn aber unerheblich war, da zwei bereits wieder seine Verfolgung aufgenommen hatten und nun ebenfalls die kurze Twete herunterkamen.

Koslowski Herz schlug bis zum Hals, als er rechts einen weiteren Durchgang erkannte, der rechtwinklig von der Gasse abging und durch den er bereits die Hauptstraße erkennen konnte. Hier mussten um diese Zeit doch Leute sein, hoffte er inbrünstig. Im selben Moment fiel ihm vollkommen überflüssigerweise die Aufforderung von Dr. Erhardt ein, mehr Sport zu treiben. Der würde vermutlich sehr zufrieden sein, wenn er Koslowski hier so durch Oerlinghausen rennen sah. Aber jetzt musste er unbedingt etwas unternehmen, wenn er diesen Wettlauf nicht als Krüppel beenden wollte.

Die Mountainbiker mussten kurz absteigen, um mit den Rädern um diese rechtwinkelige Ecke zu kommen. Koslowski hingegen hatte bereits die Einmündung der Hauptstraße erreicht und war nach rechts verschwunden.

Durch die Enge der Gasse konnten die beiden Fahrradfahrer die Ecke nur nacheinander passieren. Genau darauf hatte Koslowski gebaut, und als der erste der beiden Biker aus der kleinen Gasse auf die Hauptstraße fuhr, traf er ihn mit einem gezielten Faustschlag, in den er all seine Wut legte, seitlich am Kopf und fegte ihn förmlich vom Fahrrad.

Der Mountainbiker stürzte halb gegen die Wand, rutschte daran herunter und blockierte so die Gasse für seinen Kollegen. Koslowski nahm sich nicht die Zeit festzustellen, ob er ihn richtig ausgeknockt hatte, sondern rannte nun die Hauptstraße hinunter in Richtung Ravensberger Straße. Hinter sich hörte er erneut die Rollgeräusche der Reifen seines letzten Verfolgers.

Koslowski bemerkte ein älteres Ehepaar mit einem übergewichtigen Dackel, der hinter den beiden die Hauptstraße herunterwackelte. Die würden ihm sicher nicht helfen können. Es bestand eher die Gefahr, dass sie sich mit einer unbewussten Bewegung selber in Gefahr brachten. Außerdem musste er dringend von der breiten Hauptstraße runter, die nur seinem Verfolger Vorteile brachte.

Zur Linken sah er eine weitere Gasse und musste seinen Lauf stark abbremsen, um nicht daran vorbeizuschießen. *Tischlertwete* stand an der Hauswand, doch das nahm Koslowski überhaupt nicht wahr. Was er wahrnahm, war ein Besen, der am Fuße der Treppe stand, die ihn fünfzehn Stufen nach unten geführt hatte. Im Vorbeilaufen griff er zu und hetzte den Weg, der nun rechtwinklig nach rechts versprang, weiter nach unten.

Oben hörte er das ältere Ehepaar über einen rücksichtslosen Radfahrer schimpfen und den übergewichtigen Hund heiser bellen. Er hetzte weitere acht, dann zwei und zuletzt drei Stufen bergab. Der schmale Weg bog nun rechtwinkelig nach links ab. Geradeaus befand sich ein Holzgeländer und an der linken Seite ein mannshohes Gebüsch. Dahinter verlief der Weg nun nicht mehr bergab, sondern parallel zum Hang. Als er das Gebüsch umrundete, sah er den letzten Mountainbiker gerade die acht Stufen herunterjagen.

Er stoppte seinen Lauf, drehte sich um und hoffte darauf, genau den richtigen Moment zu erwischen. Gerade als der Radfahrer, es war der mit dem Schlagring, abbremsen wollte, musste dieser mit Entsetzen zusehen, wie Koslowski ihm den Stiel des Besens in die Speichen des Vorderrades steckte. Das Rad schaffte noch genau eine halbe Umdrehung, dann blockierte es der Besenstiel an der Vorderradgabel und das Hinterrad bäumte sich auf wie eine bockender Mustang. Der Fahrer wurde aus dem Sattel gehoben und rutschte auf dem blockierten Vorderrad gegen den Holzzaun. Dieser stoppte zwar das Mountainbike, doch der Fahrer wurde darüber hinwegkatapultiert und stürzte über vier Meter in die Tiefe.

Koslowski hoffte, dass er die Angriffe nun endgültig abgestellt hatte. Als er über den Holzzaun nach unten blickte, sah er den Mountainbiker mit extrem verrenkten Gliedmaßen auf dem Betonboden liegen.

Das hast du nun davon, du Arschloch!, dachte er und spähte dann vorsichtig um das Gebüsch herum nach oben, ob noch ein weiterer Radfahrer die Treppe herunterkam. Doch es blieb ruhig. Er lief den Weg entlang und dann über eine weitere Treppe nach unten. Der Mountainbiker lag auf dem Rücken und stöhnte.

Als Koslowski näher kam, sah er, dass die Brille verrutscht und der Helm zertrümmert war. Die Hand mit dem Schlagring zuckte und Koslowski stellte seinen Fuß darauf, um zu verhindern, dass er damit attackiert würde. Doch diese Maßnahme war überflüssig, denn er bemerkte, dass unter dem Kopf des Mountainbikers ein dicklicher, dunkelroter Blutstrom hervorquoll, der nichts Gutes verhieß.

Koslowski kniete sich hin und sah dem Mann ins Gesicht. Dieser hatte bereits glasige Augen und hechelte nur noch flach.

Koslowski suchte in seinen Taschen nach dem Handy, um einen Krankenwagen zu rufen.

Als er dem verletzten Mann gut zureden wollte, bemerkte er, wie dieser unmerklich den Kopf bewegte und Koslowski in die Augen sah. Er wunderte sich, wie jemand auf der Schwelle des Todes einen anderen Menschen noch so hasserfüllt ansehen konnte.

Mühsam gelang es dem Mann, ihm noch die Worte „Der Falke wird dich Töten!“ hervorzustoßen, dann brach sein Blick, und Koslowski wusste, dass er sich den Anruf beim Notarzt sparen konnte und dafür einen Leichenwagen würde rufen müssen.

Hier kam jede Hilfe zu spät. Er ließ den Toten liegen und lief die Treppe wieder hinauf. Oben auf der Hauptstraße stand immer noch das Ehepaar, welches den Lärm mitbekommen hatte und zu ihm heruntersah.

„Ist was passiert?“, wollte die Frau wissen.

Koslowski rannte an ihr vorbei. „Rufen Sie bitte die Polizei, ich komme sofort zurück!“, und schon war er quer über die Hauptstraße zurück in Richtung *Schmiedetwete* gelaufen.

An den Stellen, wo die Mountainbiker ihn angegriffen hatten und selber gestürzt waren, konnte die kurze Zeit später eintreffende Streifenwagenbesatzung zwar noch Schlag- und Kratzspuren sichern, aber von den beiden anderen Angreifern fehlte jede Spur. Auch ein Team der Kriminalpolizei war zur Stelle und sicherte den Fundort der Leiche. Der Mann war augenscheinlich Südländer, noch relativ jung und sehr sportlich gewesen.

Koslowski gab an, dass sich zwei der Männer in einem ausländischen Idiom unterhalten hatten, aber außer zu ihrer dunklen Fahrradbekleidung konnte er keine weiteren Angaben machen.

Der Tote, der an der Straße Auf der Howe lag, war mit einer weißen Plane abgedeckt worden und zwei Streifenwagen sperrten die Straße rechts und links großräumig ab.

Koslowski saß in einem Rettungswagen der Feuerwehr und hatte dankbar eine Tasse Kaffee aus der Thermosflasche eines Rettungsassistenten angenommen.

Plötzlich stand sein Freund Walfried Eugelink vor ihm. Da Koslowski sich auf ihn berufen hatte, war er durch die Kollegen informiert worden. „Mensch Junge, wo du auftauchst, bricht aber auch immer Chaos aus“, beschwerte sich der Kriminalbeamte.

Koslowski schüttelte resigniert den Kopf. „Ich glaube eher, das Chaos verfolgt mich.“

Eugelink setzte sich neben ihn auf die Trage. „Hast du eine Ahnung, wer hinter diesem Angriff steckt?“, wollte er wissen.

Koslowski zuckte mit den Schultern. „Irgendwer wollte mich wohl auf äußerst sportliche Weise beeindrucken oder ganz aus dem Weg räumen.“

Eugelink nahm eine Spritze von der Ablage und spielte damit herum. „Irgendwie habe ich das Gefühl, dass es immer jemanden gibt, der dich aus dem Weg räumen will. Das hat sicher damit zu tun, dass du deine Nase mal wieder in Dinge gesteckt hast, die dich überhaupt nichts angehen."

Koslowski sah ihn von der Seite an. „Und was wäre das?", wollte er wissen.

„Wenn du es nicht weißt, wer dann? Aber ich vermute, es hat mit dem Tod der jungen Türkin zu tun." Eugelink legte die Spritze zurück auf die Ablage. „Schon mal was von Blutrache gehört?", wollte er von Koslowski wissen.

Dieser erhob sich und stellte die leere Kaffeetasse zurück. „Natürlich, aber mit einem Mountainbike, und einem Schlagring und zu dritt?", fragte er den Kripobeamten zweifelnd.

„Da hast du recht, das sieht nun nicht gerade nach einer südländischen Vergeltungsmaßnahme aus."

Koslowski wandte sich seinem Freund zu. „Sondern?"

Eugelink sah ihn nachdenklich an. „Eher nach einem kaltblütigen Mordversuch!"

Am heutigen Abend hatte jedoch nicht das angepeilte Opfer mit dem Leben bezahlt, sondern einer der Täter.

Ömer Cesgin hatte den Auftrag des *Falken* sofort angenommen und darauf gehofft, dass er nach der Ausschaltung Koslowskis endlich in die Führungsriege der Gruppe aufsteigen würde. Auf seine Idee mit dem Minipeilsender an Koslowskis Wagen war er besonders stolz gewesen.

Durch ständige Überwachung ihres Feindes hatten sie herausgefunden, dass Koslowski in Oerlinghausen den Kontakt zu Hermann Gottschalk gesucht hatte.

Diesen kannte Kösem als einen äußerst gefährlichen Gegenspieler beim Staatsschutz der Polizei noch sehr gut. Allerdings war ihm entgangen, dass er mittlerweile pensioniert worden war. Eine Kontaktaufnahme zwischen Koslowski und Gottschalk wollte er auf jeden Fall verhindern.

Dabei kamen ihm Cesgin und seine Freunde mit ihren Mountainbikes sehr gelegen. Alles hätte später wie ein Unfall mit Fahrerflucht aussehen sollen. Doch nun lag Cesgin in Oerlinghausen tot auf dem Pflaster und Koslowski hätte, davon wissend, den Ausgang dieses Planes sicherlich mit dem legeren Spruch *Elftes Gebot: Du sollst Dich nicht täuschen!* kommentiert.

Neunzehn

Pünktlich um sechs Uhr rappelte Koslowskis Wecker. Bereits tags zuvor hatte er sich mit der Reiseroute beschäftigt und für seinen Trip nach Rügen eine Fahrtzeit von zirka sechseinhalb Stunden errechnet. Wenn er gegen halb acht in Detmold losfuhr, konnte er ziemlich pünktlich am Hafen in Lauterbach ankommen.

Koslowski ging ins Bad und stellte sich auf die Waage. Das ärztliche Alkoholverbot hatte zumindest einen Vorteil. Er hatte bereits zwei Kilo abgenommen. Er duschte, packte anschließend ein paar Sachen zusammen und vergaß auch die vom *Kommodore* geforderten Turnschuhe mit den hellen Sohlen nicht.

Vor dem Haus montierte er sein Navi und fuhr bei der *Bäckerei Ingwersen* vorbei, um sich dort noch mit Kaffee und ein paar belegten Brötchen für die Fahrt zu versorgen. Er war kein Frühstücksmensch. Das war auch so ein leidiger Diskussionspunkt mit seiner Freundin Svenja Untermüller gewesen. Sie konnte stundenlang am Frühstückstisch sitzen, Koslowski hingegen hatte den Eindruck, dass er dabei etwas versäumte und frühstückte erst später und oft auch nur im Stehen.

Eine weitere Marotte von ihm war, dass er seine Reisen morgens gerne so schnell wie möglich antrat und deshalb oft erst während der Fahrt frühstückte.

Jetzt rollte er die Hindenburgstraße hinunter, fuhr halb auf den Gehweg und hielt vor der Bäckerei an.

Im Laden herrschte bereits reger Betrieb, und Koslowski stellte sich in der Schlange an.

Die Kunden wurden wie immer zügig bedient, die Warteschlange rückte vor und so fand er bald die Möglichkeit, sich die Zeit mit dem Lesen der Schlagzeilen der angebotenen Zeitungen zu studieren. Als er zufällig durch die gläserne Eingangstür nach draußen blickte, beobachtete er, wie ein schwerer schwarzer Geländewagen abrupt vor dem Laden abbremste und neben seinem Landrover zum Stehen kam.

Die junge Frau, die auf der Fahrerseite ausstieg, achtete nicht auf den nachfolgenden Verkehr. Um nicht in ihre achtlos weit geöffnete Autotür zu fahren, musste ein nachfolgender Golffahrer hupend ausweichen. Was die junge Frau aber keineswegs beeindruckte.

Sie stand in der offenen Tür und beugte sich in das Fahrzeuginnere, wo Koslowski auf den Rücksitzen zwei Kinder erkennen konnte. Dann schloss sie die Autotür und kam um den Wagen herum in den Laden. Ihr Wagen blockierte die Fahrspur in Richtung Innenstadt, während sie sich im Laden hinter Koslowski anstellte.

Dieser nutzte die Wartezeit um sich umzudrehen und sie genauer zu betrachten. Sie mochte um die dreißig sein, trug einen halblangen Mantel und Stiefel zu einer dreiviertellangen Hose. *Aktuelle Mode*, registrierte Koslowski für sich. Ihre blonden Haare waren hinten hochgesteckt und wurden durch ein Spange gehalten. Ihr Gesichtsausdruck verriet eine gewisse hektische Genervtheit. Koslowski sortierte sie für sich in die Kategorie Supermami ein und sah, wie die Kinder draußen begannen im Wagen herumtoben. Gerade flogen irgendwelche Gegenstände über die Sitze nach vorne.

Die Mutter drehte sich um und bemerkte es ebenfalls voller Entsetzen. Sie beugte sich vor, trippelte an der Schlange der wartenden Kunden vorbei und entschuldigte sich, als sie vorn am Tresen stand.

„Ich brauche nur schnell zwei Brötchen mit je einem Negerkuss dazwischen. Die Kinder haben heute Morgen mal wieder verschlafen und wir müssen doch gleich in der Schule sein.“

Offensichtlich erwartete sie keinen Widerspruch, sondern eher das Mitgefühl der anderen Kunden mit einer so sehr gestressten Mutter.

Ein Bundeswehrsoldat, der vor Koslowski in der Schlange stand, murrte jedoch. „Geht mir genauso, nur dass ich pünktlich in die Kaserne muss.“

Die Verkäuferin beeilte sich die beiden Brötchen aufzuschneiden und die Negerküsse dazwischenzuquetschen. Sie reichte die Tüte über die Theke und nannte der Frau den Preis. Daraufhin hielt diese der Verkäuferin einen Zweihundert Euroschein hin.

„Den kann ich nun beim besten Willen nicht wechseln“, meinte die Verkäuferin und zuckte mit den Schultern. Die junge Mutter sah sich ratlos um.

„Wissen sie was?“, bot die Verkäuferin an, „bezahlen sie doch einfach morgen.“

Die anderen Kunden waren über diese schnelle Lösung des Problem erleichtert und hofften darauf, dass es nun endlich weiterging. Die junge Mutter hingegen rauschte mit hochrotem Gesicht hinaus und lief zu ihrem Wagen.

Beim Einsteigen hörte man bis in den Laden das Geschrei aus dem Wagen. Kollektives Aufatmen im Laden verriet, dass alle froh waren, als der schwere Geländewagen endlich los fuhr. Nicht ohne noch einen vorbeifahrenden Radfahrer abzudrängen.

Ein Rentner, der sich bereits eine Zeitung unter den Arm geklemmt hatte, drehte sich zu Koslowski um.

„Na, die hat ja vermutlich noch eine lange Fahrt vor sich“, brummte er.

„Wieso? Kennen sie die Frau?“, fragte Koslowski neugierig zurück.

Der Rentner grinste. „Nee, aber die Kinder müssen entweder am Amazonas oder im Himalaya unterrichtet werden, denn unsere Schulen kann man in der Regel auch ohne einen dicken Geländewagen erreichen.“

Koslowski musste lachen. Da hatte der Mann recht. Es war schon auffällig, wie viele Geländewagen morgens vor den Schulen vorfuhren.

„Jaja“, stimmte er zu, „bei uns gab es früher schulfrei wenn hoch Schnee lag und wir nicht zur Schule kamen. Aber das dürfte ja heute nicht mehr vorkommen, wenn alle Eltern Geländewagen mit Allrad haben, oder?“

Der Rentner nickte lächelnd. „Stimmt“, sagte er. „Und sehen sie sich nur diesen alten dreckigen Kübel an, der da noch vor der Tür steht.“

Koslowski blickte nach draußen zu seinem Landrover. So richtig sauber war der wirklich nicht. „Das ist meiner“, bekannte er reumütig.

Der Rentner sah ihn aufmerksam an.

„Keine Kinder drin?“

Koslowski schüttelte den Kopf.

„Dann müssen Sie der Lehrer sein“, lachte der Rentner und gab seine Bestellug auf.

***

Auf der Autobahn gen Norden verspeiste Koslowski sein Frühstück und ließ den Wagen im zügigen Verkehrsstrom mitrollen. Sein Navi hatte glücklicherweise noch keinen Stau gemeldet und so hoffte er, ziemlich pünktlich auf Rügen anzukommen.

Seit einiger Zeit dachte er immer öfter an seine Kindheit zurück. *Hatte das mit dem zunehmenden Alter zu tun?,* fragte er sich.

War früher wirklich alles besser gewesen, so wie die Alten oft sagten? Er erinnerte sich tatsächlich noch an schneefrei, weil die Schule zugeschneit war oder hitzefrei, wobei die Schüler im Sommer oft mit dem Feuerzeug unter dem Thermometer vorm Fenster des Lehrerzimmers nachgeholfen hatten.

Auch die Zechenhauskolonien im Ruhrgebiet, wo er zwischen Fördertürmen und Abraumhalden groß geworden war, kamen ihm in den Sinn. Immer öfter hing er solchen Gedanken nach. Das Ruhrgebiet, eine Region, die nie schlief. Eine Region, in der es früher, bedingt durch Zechen und Fabriken, nie richtig dunkel gewesen und mit der Zeit auch immer lauter geworden war. Die vielen Autobahnen durchschnitten die Städte so stark, dass man Tag und Nacht fast überall dem Verkehrslärm ausgesetzt war. Aber unzweifelhaft gab es auch viele schöne Ecken im Ruhrgebiet.

An Teichen neben den Bahngleisen hatten sie als Jungen mit einem Netz, das sie aus einem alten Nylonstrumpf und einem Kleiderbügel aus Draht gebastelt hatten, Stichlinge gefangen.

Im November hatten sie Gesichter in ausgehöhlte Runkelrüben geschnitzt, eine Kerze hineingestellt und versucht, damit die Leute zu erschrecken. Windvögel wurden damals noch aus Zeitungspapier mit Kartoffelkleber selbst gebastelt und mit einem Schwanz aus Grasbüscheln versehen. Und so manche ebenfalls selbstgebastelte Papierlaterne war beim St. Martins-Umzug, wegen der echten Kerzen, ein Raub der Flammen geworden.

Es war eine schöne Kindheit gewesen, doch als Erwachsener hatte er sich immer mehr nach Ruhe gesehnt. Rastlos war er umhergezogen und hatte mal hier und mal dort gelebt. Doch seinen letzten Umzug in den Teutoburger Wald hatte er bislang noch nicht bereut.

Vom Ortskern Hiddesen gelangte er zu Fuß in wenigen Minuten mitten in den Teutoburger Wald und konnte dort die Ruhe genießen. Und in anderer Richtung war er mit dem Wagen fast genauso schnell in Detmolds sehenswerter Altstadt.

So manchem Lipper, der sich bei ihm über die zeitweilige Langeweile in seiner Heimat beschwerte, hatte er angeboten, ihn mal für drei Wochen mit ins heutige Ruhrgebiet zu nehmen. Doch so eintönig war es hier in Lippe anscheinend doch nicht, denn bislang hatte niemand dieses Angebot angenommen.

Während der langen und eintönigen Fahrt über die Autobahn war er so in Gedanken versunken gewesen, dass er kaum bemerkt hatte, dass er schon auf Stralsund zufuhr und die Brücke nach Rügen sehen konnte. Rechter Hand erhob sich das bläuliche Gebäude der Stralsunder Volkswerft, und Koslowski konnte sogar schon das Wasser sehen. Er passierte die Brücke und fuhr auf die größte der Ostseeinseln.

Sein Navi lenkte ihn in Richtung Putbus und bald erreichte er Lauterbach und den Hafen.

Auf dem recht neu aussehenden Parkplatz stellte er seinen Wagen ab und schlenderte gemütlich in Richtung der Bootsstege. An den schwimmenden Häusern vorbei kam er zu einem langen Steg, an dem rechts und links im rechten Winkel die Segel- und Motorboote in einzelnen Boxen lagen. Koslowski rief sich den Namen von Gottschalks Boot in Erinnerung: *Muskelkater*.

Er betrat einen der schwimmenden Stege und ging langsam darauf entlang, die Hände in den Hosentaschen versenkt. Hier pfiff ein ordentlicher Wind über das Wasser. Auf etlichen Booten waren die Besitzer oder Mieter damit beschäftigt, die Boote zu reinigen oder aufzutakeln. Koslowski genoss den Anblick des geschäftigen Treibens im Hafens und atmete tief die frische Seeluft ein.

Nach ungefähr hundertfünfzig Metern sah er plötzlich neben einer großen Segelyacht dicke Blasen aus dem Wasser aufsteigen. Er blieb stehen und bemerkte den Taucher erst, als der schon fast an die Wasseroberfläche zurückgekehrt war.

In diesem Moment trat ein Mann aus der Kajüte der Yacht. Koslowski war sich sofort sicher, dass das nur der *Kommodore* sein konnte. Er war bestimmt zwei Meter groß und von kräftiger Statur. Eine abgegriffene Schiffermütze über seinem gebräunten und wettergegerbten Gesicht gaben ihm das Aussehen eines alten Seebären und seine legere Kleidung schien schon so manchen Törn mitgemacht zu haben. Am Bug der Yacht prangte der Name *Muskelkater*.

Entlang der Stahlseilreling ging der Skipper nach vorne zum Bug und sah auf den Taucher hinunter. „Na, wie sieht der Kiel aus, Steffen?“, wollte er von dem Mann im Wasser wissen.

Dieser reckte den rechten Arm hoch und gab mit dem Daumen das OK-Zeichen.

„Na Gott sei Dank“, atmete der Mann auf der Yacht erleichtert auf. „Ich dachte schon, ich hätte mir den Kiel beschädigt, als der Sturm mich an die *unreine* Küste gedrückt hat.“

Der Taucher schüttelte den Kopf. „Na mien Jung, dann komm mal aus dem Wasser. Ich mach dir ´nen Grog“, lud der Seebär ihn ein.

Als er zum Heck zurückging bemerkte er Koslowski auf dem Steg. Nach einem Blick auf die Uhr deutete er mit dem Finger auf ihn. „Wenn meine Uhr stimmt und sie ein pünktlicher Mensch sind, müssen sie Koslowski sein.“

Dieser nickte zustimmend, machte einen Schritt auf das Boot und hob grüßend die Hand an eine imaginäre Mütze. „Bitte an Bord kommen zu dürfen, Sir“, grinste er.

Der *Kommodore* musste lachen. „Na, dann mal an Bord mit Ihnen. Endlich mal eine *Landratte* mit Anstand. Aber so förmlich halten wir das hier nicht“, wehrte er ab und half dem Taucher, der mittlerweile um das Boot geschwommen war und an der Badeleiter der Yacht aus dem Wasser stieg.

„Na, Steffen, wie wäre es denn nun mit einem steifen Grog?“ ‚wollte der Skipper wissen.

Der Mann im Taucheranzug lehnte dankend ab. „Ich will mich erst mal aus dem Neopren pellen“, sagte er, „und dann muss ich noch einen anderen Kahn klarmachen. Der kam heute rein und soll ab morgen früh schon wieder verchartert werden.“

Der *Kommodore* nickte. „So is‘ recht mien Jung. Nur so kommt Kohle rein. Immer man raus mit den Leuten aufs Wasser, Seefahrt tut not!“

Lachend und eine nasse Fußspur hinterlassend, verließ der Angestellte der Chartergesellschaft den Bootssteg. Hermann Gottschalk bat seinen Gast derweil unter Deck.

Koslowski hatte sich in der Zwischenzeit auf der Yacht umgesehen. Dabei hatte er die Länge des Bootes abgeschätzt. *Kein kleiner Kahn*, staunte er. Noch verblüffter war er, als er den Niedergang herunterkam.

Der *Kommodore* hatte ihn beobachtet und ließ ihm die Zeit, sich auch hier in Ruhe einen ersten Eindruck zu verschaffen.

Während er in der kleinen Pantry Wasser für Grog aufsetzte, bot er seinem Besucher einen Platz an. Als der *Kommodore* jedoch eine Rumflasche aus dem Regal nahm, fiel Koslowski wieder die ärztliche Warnung vor jeglichem Alkoholgenuss ein.

Würde es der *Kommodore* als unhöflich ansehen, wenn er den Grog verweigerte? Als dieser die Gläser mit Wasser füllte und die Rumflasche hochhielt, winkte Koslowski ab. „Nein danke!“, sagte er.

Der Kommodore deutete auf Koslowskis Tasse. „Wie wär‘s dann mit Tee?“, wollte er wissen.

Dazu sagte Koslowski nicht *Nein*. Die Ausrede mit den Tabletten allerdings musste er sich unbedingt merken, denn langsam wurde es ihm peinlich, jedes Mal für einen Alkoholiker gehalten zu werden.

Erneut ließ Koslowski den Blick durchs Innere des Bootes schweifen, während der *Kommodore* in einem Wandschrank nach Teebeuteln suchte. Das Ambiente war sehr maritim und wirkte herrlich gemütlich. Die Inneneinrichtung bestand fast komplett aus Teakholz. Die kleine Pantry war augenscheinlich mit allem eingerichtet, was ein Smutje so brauchte und für den Skipper gab es sogar einen Schreibtisch, auf dem Koslowski allerhand Seekarten liegen sah. An der Wand hing ein Flachbildschirm und auch eine hochmoderne funktechnische Ausrüstung war vorhanden.

Der *Kommodore* ließ den Teebeutel in Koslowskis Glas fallen und setzte sich zu ihm.

Als er bemerkte, dass Koslowski sich umsah, beschrieb er ihm ungefragt die Yacht mit dem Namen *Muskelkater*. Es handelte sich um eine *Bavaria 50* mit 15,4 Metern Länge, ausgerüstet mit einem Bugstrahlruder, was das Anlegen für einen Einzelsegler um ein Vielfaches erleichterte.

Außerdem verfügte die *Muskelkater* über einen Autopiloten, den der *Kommodore* spaßeshalber den *eisernen Anton* nannte. GPS und Radar waren für die Yacht selbstverständlich. Man sah dem Skipper beim Erklären deutlich an, wie stolz er auf sein Boot war.

Koslowski nippte an seinem Tee und verschluckte sich fast, als ein schwarzer Kater aus einer der Kabinen kam und ihm um die Beine strich.

„Das ist Timmy, mein Bordkater", erklärte der *Kommodore* grinsend die Anwesenheit des Stubentigers an Bord des Bootes. Er lehnte sich zurück, und sofort sprang der schwarze Kater auf seinen Schoß.

Der *Kommodore* kraulte den Nacken des Tieres und blickte dann Koslowski erwartungsvoll an. „Sie haben sicher nicht den weiten Weg von Lippe nach Rügen gemacht, um etwas über Segelschiffe oder Katzen zu erfahren", vermutete er.

„Ich habe Ihnen ja bereits von meinem Besuch bei Türken-Siggi berichtet", erklärte er. „Die Sache ist die, dass ich die Vermutung habe, dass man mir von Seiten ihrer Familie den Selbstmord einer jungen Türkin anhängen will. Es hat bereits einen Angriff ihres Mannes auf mich gegeben, den ich nur mit Glück überstanden habe. Gestern gab es einen weiteren Anschlag auf mein Leben, da weiß ich zwar noch nichts Genaues, ich vermute aber, dass das ebenfalls mit der Sache zusammenhängt." Unwillkürlich rieb Koslowski sich seinen verletzten Arm. Koslowski erzählte vom Überfall der drei Mountainbiker und schloss seinen Bericht mit der letzten Aussage eines der Täter, dass der *Falke* ihn töten wolle.

Der *Kommodore* hatte aufmerksam zugehört. „Kennen Sie die Personalien des Verstorbenen?", wollte er wissen.

Koslowski musste passen, denn bislang wusste man noch rein gar nichts über den toten Angreifer.

Hermann Gottschalk schwieg einen Moment. Er schien zu überlegen. „Sie sagten gerade, dass der Angreifer gesagt hat, dass der *Falke* sie töten wolle?"

Koslowski bestätigte nochmals diese Drohung.

„Ich kenne nur einen Mann, von dem man, zumindest während meiner Dienstzeit, vermutete, dass er besagter *Falke* sein könnte."

Er trank noch einen Schluck von seinem Grog, dann setzte er den Kater auf den Boden. „Kommen Sie mit an Deck, wir wollen ablegen! Ich muss raus aufs Wasser, da kann ich besser nachdenken", forderte er Koslowski auf.

Zurück an Deck sah er Koslowskis Blick in Richtung Parkplatz schweifen und erriet seine Gedanken.

„Sie können Ihren Wagen ruhig hier stehen lassen, einer der Jungs von der Charterfirma kann ihn nachbringen. Ich will die Yacht nach Seedorf verlegen. Das dauert etwa zwei Stunden. Holen Sie Ihre Turnschuhe und dann geht es los. Wir können uns dann in Ruhe weiter unterhalten, wenn wir auf dem *Bodden* sind."

Koslowski ging zu seinem Wagen, schnappte sich seine Turnschuhe und war kurze Zeit später wieder an Bord.

Der *Kommodore* hatte bereits den Schiffsmotor angelassen und die Heckleine gelöst. „Gehen Sie bitte zum Bug und machen Sie auf mein Kommando zuerst die linke Leine los." Koslowski ging an der Reling entlang nach vorn und wartete auf das Kommando des *Kommodore*.

„Leine los!", kam kurze Zeit später der Befehl. „Und jetzt auch die rechte Leine loswerfen!" Langsam kam Fahrt ins Boot und geschickt manövrierte der *Kommodore* die Segelyacht aus der engen Box. Die Yacht tuckerte unter Motor langsam vor sich hin und steuerte auf die Hafenausfahrt zu. Koslowski hatte die Leinen zusammengelegt und kehrte zurück zum Steuer.

Er setzte sich in eine Ecke des Hecks und sah zu, wie Gottschalk die Yacht in die Fahrrinne vor dem Hafen steuerte. Er sagte kein Wort und auch der *Kommodore* schwieg.

Mitten in der Fahrrinne, zwischen den roten und grünen Tonnen, gab der *Kommodore* Gas und sah Koslowski an. „Wollen Sie mal steuern?", fragte er. Das ließ sich Koslowski nicht zweimal fragen. Er stellte sich hinter das große Steuerrad und wunderte sich, wie leichtgängig es sich drehen ließ.

„Halten Sie sich immer zwischen den roten und grünen Tonnen", riet ihm der *Kommodore* und setzte sich nun auch ans Heck. Mit einem Rundblick prüfte er Wind und Wellengang.

Momentan schienen sie fast alleine auf dem Wasser zu sein. An Steuerbord kam eine Insel in Sicht. Der *Kommodore* blickte hinüber.

„Das ist Vilm", erklärte er. „Die Insel ist Naturschutzgebiet und es dürfen pro Tag nur dreißig Besucher dorthin."

Koslowskis Blick wechselte zwischen der Insel und der Fahrrinne hin und her. „Neunzehnhundertneunundfünfzig hat sie der Ministerrat der DDR sperren lassen und als Urlaubsdomizil benutzt", erklärte der *Kommodore* und blickte dann wieder nach vorn, wo ihnen jetzt ein Motorboot entgegen kam. „Steuern Sie nach Steuerbord, also nach rechts.

Dadurch zeigen Sie dem anderen Bootsführer an, auf welcher Seite sie ihn passieren wollen“, klärte Gottschalk ihn auf.

Koslowski kam dieser Aufforderung nach, und der Motorbootfahrer steuerte nun seinerseits ebenfalls nach rechts. Der *Kommodore* war mit seinem neuen Steuermann zufrieden.

Koslowski wurde hellhörig, doch der Kommodore erklärte, dass er zunächst noch mehr über die Zusammenhänge erfahren müsse. „Lassen Sie jetzt mal Ihre ganze Geschichte hören“, fordert er Koslowski auf.

Koslowski berichtete über alles, was bisher passiert war. Er erzählte von Ahmet Dursuns Angriff und den vorhergegangenen Warnungen durch Ingrid Barkenkamp und Hakan Karatoglu.

Der *Kommodore* hörte aufmerksam zu. „Ja ja“, meinte er zwischendurch geistesabwesend, „diese Herrschaften sind äußerst emotional und manche daher auch ziemlich gefährlich.“

Dann schwieg er eine Zeitlang. Schließlich sagte er: „Ich habe nachgedacht. Ein bestimmter Mann, der mir noch aus meiner aktiven Zeit als der *Falke* in Erinnerung ist, soll ein Türke namens Erdal Kösem sein. Damals war er zweiter Vorsitzender des Moscheevereins ILAN.“

Koslowski stutzte, denn den Namen hatte ihm bereits Hakan Karatoglu genannt. Der Kommodore griff nach seinem Fernglas und sah aufs Wasser hinaus. „Da hinten links ist die nächste Tonne. Können Sie sie sehen?“ Sein lippischer Steuermann nickte. „Steuern Sie darauf zu“, forderte er Koslowski auf. Dann fuhr er fort.

„Die ILAN ist die Islamische Liga aller Nationen. Sie hat in Ostwestfalen mehrere Moscheevereine. Einen unter anderem auch in Detmold.“

„Wir vom Staatsschutz haben die *ILAN* immer mit besonderem Augenmerk beobachtet. Wir hatten den Verdacht, dass sie nicht nur den islamischen Glauben im Sinn hatte, sondern auch andere Ziele verfolgte. Die Sonne brach durch die Wolken und spiegelte sich auf dem Wasser.

Koslowski angelte seine Sonnenbrille aus der Hemdtasche und setzte sie auf. Der *Kommodore* legte die Beine hoch und schloss die Augen.

„Die *ILAN* wurde zwar nicht gezielt überwacht, dafür reichte unser Verdacht nicht aus, aber immerhin beobachtet. Dabei haben wir auch das eine oder andere erfahren. Leider konnten wir Kösem nie etwas nachweisen. Ich persönlich bin mir allerdings sicher, dass er eine wesentliche Rolle in dem Verein spielte. Dieser Typ hatte auch immer Geld und wenn ich Geld sage, meine ich sehr viel davon.“ Er hielt kurz inne und fuhr dann fort.

Die Yacht legte leicht über und Koslowski veränderte seinen Stand.

„Ich weiß zum Beispiel, dass er in Oerlinghausen auf dem Segelflugplatz sogar eine Sportmaschine, Cessna 206 stehen hatte“, erinnerte sich der ehemalige Leiter des Staatsschutzes. „Und er fuhr immer dicke Autos.“

„Woher hatte er denn so viel Geld?“, wollte Koslowski wissen.

Doch da musste der *Kommodore* passen. „Angeblich durch den Handel mit Kunstgegenständen. Aber das Geschäft erschien uns dafür nicht lukrativ genug. Im Endeffekt konnten wir das aber nie herausfinden. Das Finanzamt war auch nicht schlauer. Und das will schon was heißen.“

Koslowski musste lachen. Wurde aber sofort wieder ernst. „Also von den ganzen Vereinen und Moscheen habe ich überhaupt keine Ahnung“, gestand er.

Der Kommodore seufzte. „Und ich dachte, ich wäre damit fertig.“

„Das hat Türken-Siggi auch gedacht“, schmunzelte Koslowski.

„Aber sei es drum. Also hier die Entwicklung des Islam in Deutschland. Aber bloß in Kurzform.“

Dann erklärte er Koslowski die Hintergründe. Weil es in ihrer Heimat nicht genug Arbeit gab, waren viele Türken vor gut vierzig Jahren nach Deutschland gekommen. In der deutschen Industrie herrschte damals akuter Arbeitskräftemangel und besonders der Bergbau war dankbar für die neuen, fleißigen Mitarbeiter. An den Begriff *Gastarbeiter* konnte Koslowski sich noch gut erinnern.

Der Kommodore erklärte weiter, dass diese überwiegend jungen Männer in Deutschland kaum etwas mit ihrer Heimat verband, während die Italiener und Spanier ihren christlichen Glauben vorfanden, den sie auch hier praktizieren konnten.

Die Türken waren in der Diaspora auf sich allein gestellt und um Gebetsräume für sich zu schaffen, gründeten sie Moscheevereine. Bei den Räumlichkeiten handelte es sich oft um alte Gaststätten oder Geschäfte. Damals legte man keinen Wert auf Äußerlichkeiten. Aber im Lauf der Zeit wuchs die Zahl der Mitglieder und später wurden dann die ersten Neubauten mit Minarett und Kuppel errichtet.

Mit der Zeit entwickelten sich die unterschiedlichsten Vereine, die von Vorständen nach den Anforderungen des deutschen Vereinsrechtes geführt wurden. Diese Vorstände wickelten die weltlichen Angelegenheiten des Vereines ab.

Als Koslowski nach der geistlichen Führung fragte, erklärte ihm der Kommodore, dass man dazu häufig Imame, also Vorbeter, aus der Türkei holte.

Dann gab er einen kurzen Abriss über die unterschiedlichen Organisationen. „Sicher kennen sie die GTM, die *Gemeinschaft türkischer Muslime*, oder?“

Koslowski nickte, denn über diese Organisation hatte ihm bereits Hakan Karatoglu berichtet.

„Also, die GTM ist ein Verein, von dem ich behaupten würde, dass er sehr offen und integrationsbereit ist. Diese Leute sind sehr gläubig, aber nicht radikal. Sie wollen nur in Frieden beten, ihre religiöse Identität bewahren und in Ruhe gelassen werden. Die ILAN hingegen erscheint mir jedoch ziemlich fundamentalistisch ausgerichtet zu sein. Sie haben eine sehr strenge Vereinsführung, und wer da aus der Reihe tanzt, den pfeifen sie sofort zurück. Die treiben ihre Spenden für den Verein auch schon mal mit erheblichem Nachdruck ein und Kösem schien dabei immer eine Schlüsselfigur zu sein."

Koslowski überlegte einen Moment. „Bedeutet das, dass ich da eventuell in die Fänge von islamistischen Fundamentalisten geraten bin?", fragte er.

Der Kommodore wiegelte ab: „Nun, was Sie mir eben geschildert haben, also der Angriff dieses Ahmet Dursun, das war ein ganz persönlicher Rachefeldzug. Wer hinter dem Angriff der Mountainbiker stecken könnte, wüsste ich nicht zu sagen. Der passt nicht in das übliche Schema, finde ich."

Koslowski stimmte ihm zu und erklärte, dass dies mit Eugelinks Ansicht übereinstimme.

Der Kommodore richtete sein Augenmerk erneut auf Wind und Wellen. Dann warf er einen kurzen Blick auf den digitalen Kompass, beugte sich vor und drückte einen Knopf.

„Nehmen Sie Platz", forderte er Koslowski auf, „jetzt lassen wir mal den *eisernen Anton* arbeiten." Koslowski merkte, wie sich das Steuerrad in seinen Händen selbständig zu drehen begann und setzte sich.

„Die ILAN ist ein Verein, der im Gegensatz zu anderen keine Unterstützung aus der Türkei erhält", setzte der Kommodore das Gespräch fort. „Die mussten sich hier alles selber aufbauen. Dass Mitglieder von ihnen aber hinter derartigen Übergriffen wie dem in Oerlinghausen oder anderen Anschlägen gesteckt haben könnten, davon haben wir nie Kenntnis bekommen."

Koslowski wusste nicht so recht, was er von all dem halten sollte. „Ich denke mir mal, so ein Angriff durch drei mir fremde Leute ist etwas anderes als die persönliche Messerattacke Dursuns, oder nicht?"

Der *Kommodore* dachte kurz nach. „Wie ich schon sagte, es passt irgendwie nicht. Die Rache der Familie obliegt immer einem männlichen Mitglied, und das muss nicht unbedingt der Ehemann oder Vater sein."

„Vielleicht hat man sich nach dem misslungenen Messerangriff mehr davon versprochen, die Sache abzugeben", vermutete Koslowksi.

Der Kommodore verneinte und zog seine Jacke fester zu. „Eher weniger, dafür wäre die Machart vollkommen unüblich. Wie sieht es denn mit Hinweisen auf die beiden anderen Angreifer aus?"

Koslowski musste passen. „Von denen fehlt im Moment genauso jede Spur, wie von Ahmet Dursun."

Der *Kommodore* schürzte nachdenklich die Lippen, sagte aber nichts, sondern stand auf und schaltete gleichzeitig mit der Übernahme des Steuers den Autopiloten aus.

„Sehen Sie? Dort drüben liegt schon die Einfahrt nach Seedorf", wies er nach vorne. Koslowskis Blick folgte dem ausgestreckten Arm.

„Ich würde Ihnen dringend raten, sich vor diesem Kösem in Acht zu nehmen. Meiner Meinung nach ist der mit allen Wassern gewaschen. Und es gab da noch einen Busenfreund von ihm, nur fällt mir dessen Name im Moment nicht ein."

Der *Kommodore* steuerte nun auf die Einfahrt des Seedorfer Naturhafens zu.

Konzentriert umrundete er eine Untiefentonne und nahm die Fahrt aus dem Schiff.

„Gehen Sie schon mal wieder nach vorne und machen Sie die Leinen klar, wir legen gleich an."

Koslowski lief zum Bug und nahm beide Leinen zur Hand. Geschickt manövrierte der Seebär die Yacht zwischen zwei Poller und Koslowski machte die Leinen daran fest.

„Nicht mal ungeschickt", lobte ihn der Skipper.

Er schaltete den Motor aus und belegte selber die Heckleinen.

„Ich würde sagen, wir haben uns was zu essen verdient," meinte er zu Koslowski.

„Ich möchte mich erst mal für die schöne Fahrt bedanken und würde gerne wissen, wie ich mich für die Auskünfte revanchieren kann?", wollte dieser wissen.

„Sie dürfen mich zum Essen einladen. Wann müssen Sie wieder zurück?"

Koslowski winkte ab. „Ich kann ohne Weiteres bis morgen bleiben. Wo wollen wir denn essen gehen?"

Der ehemalige Kriminaldirektor zeigte auf ein kleines Restaurant vis-a-vis ihres Liegeplatzes. Koslowski las auf dem Schild über der Tür den Namen *de Fischköpp.*

„Wie wäre es damit?", fragte der *Kommodore* grinsend. Koslowski war einverstanden.

„Eine Unterkunft für die Nacht brauchen Sie nicht. Wenn Sie wollen, können Sie hier bei mir an Bord schlafen."

Er hakte das Seil der Reling aus und sprang auf den Steg.

„Mir fällt da noch etwas anderes zu Ihrem Freund Kösem ein", sagte der Kommodore dann. „Wir bekamen mal einen Hinweis auf einen alten Hangar auf dem Flugplatz in Hohenloh. Ich weiß nicht mehr, um welchen es sich dabei handelte, aber ich erinnere mich noch, dass er die Nummer 60 trug."

„Das haben Sie behalten?", fragte Kosloswski ungläubig.

„Sechzig war auch zufällig Kösems Geburtsjahr. Deshalb."

Er forderte Koslowski auf, ihm zu folgen.

„So jetzt aber los. Morgen früh lassen wir Ihren Wagen hierher bringen. Aber jetzt habe ich Hunger. Also Abfahrt!"

Zwanzig

Der Abend an Bord der *Muskelkater* war sehr entspannend gewesen.

Die beiden Männer hatten nach dem Essen noch eine Zeitlang gemeinsam an Deck gesessen und sich angeregt unterhalten. Der Bordkater Timmy hatte ihnen dabei Gesellschaft geleistet.

Während dieses Gesprächs hatte Koslowski noch eine ganze Menge mehr über die globalen Zusammenhänge erfahren, als auf ihrem Bootstörn.

Dabei hatte der *Kommodore* auch seine ureigenste Ansicht geäußert, dass Kösem die *ILAN* nur als eine Art Tarnorganisation benutzte, um unter diesem Deckmantel seine eigenen dunklen Geschäfte zu tätigen. Und das alles, ohne dass die Mitglieder davon etwas wussten.

Spät abends war Koslowski dann todmüde in seine Koje geklettert. Das sanfte Schaukeln des Schiffes und die frische Seeluft sorgten dafür, dass er schnell einschlief.

Hier an Bord des Schiffes fühlte er sich endlich wieder sicher und so schlief er tief und traumlos, während die letzten Wolken nach Westen abzogen.

Als er am Morgen erwachte und aus dem kleinen Bullauge sah, stellte er überrascht fest, dass sein Landrover bereits auf der Straße stand. Steffen, der Taucher der Charterfirma, hatte ihn gebracht. Gemeinsam mit Koslowski und dem *Kommodore* frühstückte er an Bord.

Danach verabschiedete sich Koslowski und trat die Fahrt nach Hause an. Nachdem er Steffen wieder in Lauterbach abgesetzt hatte, fuhr er über Stralsund zurück in Richtung Süden. Koslowski dachte nochmal an die entspannenden Stunden auf See und bedauerte, dass er noch keinen Törn unter Segeln hatte machen können.

Er hatte dem *Kommodore* versprochen, ihn über die weitere Entwicklung auf dem Laufenden zu halten.

„Wichtig wäre mir nur“, hatte der ehemalige Staatschützer verlangt, „dass ich das von Ihnen persönlich erfahre und nicht Ihre Todesanzeige in der Zeitung lesen muss.“

Koslowski hatte versprochen, auf sich aufzupassen.

Auf dem Rückweg überlegte er sein weiteres Vorgehen.

Zunächst wollte er noch mehr Informationen über diesen Erdal Kösem einholen. Anschließend musste er versuchen herauszufinden, ob Kösem es war, den der sterbende Cesgin als den *Falken* bezeichnet hatte. Und vor allem, ob und wie gefährlich ihm dieser Kösem werden konnte. Auch Ahmet Dursun war vermutlich immer noch hinter ihm her, geblendet von Hass und der Überzeugung, dass er für Ipeks Tod verantwortlich sei.

Es sah so aus, als ob er gewaltig auf der Hut sein müsse. Der Verkehr in Richtung Süden wurde allmählich stärker, und Koslowski hoffte, dass nicht alle ins Lipperland wollten.

Nach einer ereignislosen Fahrt erreichte er Detmold und fuhr hinauf nach Hiddesen. In seiner Wohnung angekommen, packte er sofort seine Sachen in die Waschmaschine. Dann machte er sich im Bad etwas frisch und warf anschließend einen sehnsüchtigen Blick auf eine Flasche Raki, die auf seinem Esszimmertisch stand.

Zusammen mit einem Brief hatte er sie vor der Haustür gefunden. Der Brief war so geschrieben, wie Hakan Karatoglu sprach. In gebrochenem Deutsch erklärte er, dass er Koslowski etwas Gutes tun wolle, da er von dem Überfall auf ihn gehört habe. Da sei so ein echter türkischer Raki ein gutes Mittel, um die Wunden zu heilen.

Koslowski hatte den Raki auf den Esszimmertisch gestellt und den Brief danebengelegt. Er musste sich unbedingt für beides bedanken. Ein netter Zug von Karatoglu, fand er.

Ein guter Whiskey wäre Koslowski allerdings lieber gewesen. Noch in die Überlegung versunken, ob es überhaupt türkischen Whiskey gab, nahm er den Telefonhörer von der Basisstation und wählte die Büronummer seines Freundes und Kripobeamten Walfried Eugelink. Doch der hatte nichts Neues zu berichten.

Über die Identität des toten Mountainbikers gab es noch keine neuen Erkenntnisse. Und wo Dursun sich eventuell aufhalten könnte, hatte man auch noch nicht herausgefunden. Seine Familie könnte möglicherweise etwas wissen, doch die mauerte, so Eugelink. Alles in allem sehr unbefriedigend, fand nicht nur der Kriminalbeamte. Vielleicht meldete noch jemand eine Person als vermisst und man kam dadurch der Identität des Toten auf die Spur. Unklar war auch immer noch, woher die Angreifer gewusst hatten, dass Koslowski sich in Oerlinghausen aufgehalten hatte. Eugelink wollte sich deshalb, zusammen mit seinen Kollegen von der Spurensicherung, Koslowskis Landrover noch mal genau ansehen. Er hatte da so eine Vermutung.

Koslowski hatte nach dem Gespräch die Landeszeitung auf dem Tisch liegen sehen und bemerkte eher zufällig einen Artikel, bei dem ihm sofort das Wort *Moschee* ins Auge sprang. Die Zeitung berichtete darüber, dass am Sonntag der Tag der offenen Moschee sei und dass alle Detmolder Moscheevereine sich daran beteiligten. Auch von der ILAN-Moschee in Herberhausen war die Rede und Koslowski notierte sich die Anschrift und die Uhrzeit. Der Einladung würde er gerne folgen, diesen Kösem musste er unbedingt kennen lernen.

Nach der Zeitungslektüre begab sich Koslowski ins *Knispel* und setzte sich auf seinen Stammplatz auf der *Anklagebank*. Strunte kam gerade aus der Küche. Der Wirt putzte sich die Hände an der Küchenschürze ab und setzte sich auf den Hocker hinter der Theke. Er steckte sich eine Zigarette an und blickte auf Koslowskis leeren Deckel. „Was willst du trinken?“, fragte er vorsichtig. „Ich vermute, du bist immer noch auf deinem Alkoholfrei-Trip, oder?“

Koslowski nickte sparsam. „Heute nehme ich zur Abwechslung mal ein Wasser.“

Strunte bückte sich grinsend nach der Schublade unter der Theke. „Soll ich dir wenigstens eine Scheibe Zitrone reintun?“, wollte er mitleidig wissen.

Koslowski verzog das Gesicht. „Strunte, wenn ich Appetit auf Obstsalat habe, bestelle ich mir einen!“ Der Wirt schüttelte schmunzelnd den Kopf.

„Mensch Koslowski. Schon unser Opa hat immer gesagt, dass zu viel Wasser Läuse im Bauch macht.“

Koslowski war dankbar für jede Form gut gemeinter Ratschläge seine Gesundheit betreffend.

Strunte stellte das Wasserglas vor ihm ab. „Ich freue mich schon auf den Tag, an dem du wieder mit dem Trinken anfängst, da warst du mir nämlich sympathischer.“

Koslowski sah mürrisch auf das Wasser. „Wenn meine Leber schon dem Alkohol abschwören muss, dann mach mir wenigstens ein Angebot, das meinen Magen erfreut“, forderte Koslowski den Wirt des *Knispel* heraus.

Mit den Worten: „Du wirst dich wundern, Thomas, mein neuer Koch wird dir was zaubern, da läufst du Gefahr, im eigenen Speichel zu ertrinken“, verschwand Strunte in die Küche. Koslowski nuckelte in der Zwischenzeit lustlos an seinem Wasser herum.

Einige Zeit später erschien der Gastronom wieder und sah grinsend zu, wie sein Koch Koslowski persönlich ein Rumpsteak mit Bratkartoffeln servierte. An sich nichts besonderes, doch der Clou daran war die Kruste aus Senf und Zwiebeln.

Koslowski hatte kaum den ersten Bissen im Mund, als er verzückt die Augen verdrehte. „Mensch Strunte, wenn ich Sterne zu vergeben hätte, würdet ihr einen Himmel voll kriegen.“

Der Wirt lachte.

„Wie nennt sich dieses köstliche Gericht?“, wollte Koslowski vom Koch wissen.

„Eigentlich Rumpsteak Strindberg“, kam Strunte seinem Koch zuvor. „Aber wenn es dir so gut schmeckt, nehmen wir es ab heute als *Koslowskis Rumpsteak* in die Karte auf.“

Die Sonne schien an diesem Sonntag verführerisch und Koslowski musste sich überwinden, zur ILAN-Moschee und nicht an den Emmer-Stausee zu fahren. Doch seine Neugier siegte über das Verlangen, sich auf eine Sonnenterrasse zu setzen und den Tag zu genießen.

Also fuhr er durch Detmold nach Herberhausen hinauf und parkte seinen Wagen in der Nähe des alten Kasernengebäudes, in dem die ILAN ihre Moschee eingerichtet hatte.

Als Koslowski sich zu Fuß dem Gebäude näherte, war die Straße schon mit vielen Autos zugeparkt. Am Eingang wurde er von einem jungen Mann empfangen, der ihn persönlich und mit Handschlag begrüßte und einlud, sich doch ins Innere zu begeben, wo sich weitere Mitglieder des Moscheevereins dann um ihn kümmern würden.

Bereits im Vorraum wurde er gebeten, seine Schuhe auszuziehen und in den großen Gebetssaal einzutreten. Hier erklärte ihm ein Führer die Ausstattung des Raumes. Koslowski sah arabische Schriftzeichen, die sich an allen Wänden des Raumes entlangzogen, lediglich unterbrochen von vier runden Tafeln, die ebenfalls Schriftzeichen enthielten.

Nach Auskunft seines Begleiters handelte es sich bei den Schriftzeichen um die neunundneunzig Namen Allahs, der hundertste war den Menschen unbekannt. Die vier Tafeln dagegen enthielten die Namen der vier rechtgeleiteten Kalifen, welche die Nachfolge des Propheten Mohammed angetreten hatten.

Voller Stolz wies der Führer nach oben und deutete auf den großen Kristallleuchter, der mitten im Raum hing. Dabei handelte es sich um ein aus der Türkei stammendes Geschenk eines reichen Geschäftsmannes, der einige Jahre hier in Detmold gelebt und erfolgreich gearbeitet habe. Als er später wieder in seine Heimat am Bosporus zurückgekehrt sei, habe er seiner Moschee aus Dankbarkeit diesen Leuchter geschenkt.

Koslowski bewunderte das Stück ebenso wie die großen Teppiche, die anscheinend in einzelne Felder eingeteilt waren. Der Führer folgte seinem Blick und erklärte, dass durch diese Einteilung jeder Gläubige seinen eigenen Freiraum zum Beten habe. Besonders beim Freitagsgebet sei es hier sehr voll, versicherte der Mann.

Koslowski sah sich um und ging langsam an der Gebetsnische und der kleinen Treppe vorbei, die sein Begleiter als *Minbar* bezeichnete und ihn darauf hinwies, dass der Imam freitags von dort aus seine Predigt hielt. Als sie an einer kleinen Empore angekommen waren, entschuldigte sich der Mann kurz und holte an der Tür neue Besucher ab. Mit ihnen kehrte er zu einer kleinen Empore zurück, von der aus zum Gebet gerufen wurde. Er fragte Koslowski, ob er noch Fragen habe und begann mit der Gruppe einen neuen Rundgang. Koslowski ließ sich im Schneidersitz an einer Seitenwand des Gebetsraumes auf dem weichen Teppich nieder und sah sich aufmerksam um. Der Raum strahlte trotz seiner recht puristischen Ausstattung eine gewisse Ruhe und Feierlichkeit aus. Dabei störten auch die umherwandelnden Menschen nicht.

Während er noch in Gedanken versunken dasaß, gesellte sich der junge Mann vom Eingang wieder zu ihm und ließ sich neben ihm nieder. Er erzählte Koslowski von den weiteren Räumen der Moschee und lobte dabei mehrfach ihren Vorsitzenden Erdal Kösem, der so viel für die Moschee getan habe.

Dieser würde übrigens in wenigen Minuten in einem großen Schulungsraum, der sonst für den Koranunterricht genutzt wurde, eine Ansprache halten. Koslowski musste daran denken, was ihm der *Kommodore* über Kösem gesagt hatte, doch das schien mit dem Bild, das der junge Türke ihm malte, völlig unvereinbar zu sein. Dementsprechend gespannt war Koslowski deshalb nicht nur auf Kösem selber, sondern auch auf dessen Rede.

Er erhob sich und folgte dem jungen Mann hinauf in die obere Etage. Der Raum mit seinen Polsterstühlen war mit Bildern der Kaaba geschmückt und an der Stirnwand am Ende des Raumes hing neben einer türkischen eine deutschen Fahne. Dazwischen hatte man das Vereinsemblem der ILAN aufgehängt. Davor stand ein Rednerpult, und etliche Besucher hatten bereits Platz genommen. Koslowski suchte sich weiter hinten und etwas abseits der Mitte einen Platz.

Der Raum füllte sich schnell und bald saß er zwischen einer dicklichen Dame mit einem Koran in deutscher Sprache in der Hand und einem jungen Mann, dessen Aussehen ihn an den ehemaligen Außenminister Joschka Fischer erinnerte. Allerdings zu der Zeit, als dieser noch Umweltminister im hessischen Kabinett gewesen war.

Koslowski wettete, dass es keine zwei Minuten dauern würde, bis er von einem der beiden angesprochen würde. Bereits nach dreißig Sekunden ertrug es die dickliche Dame neben ihm nicht länger, ihr Wissen über den Islam für sich zu behalten.

„Wissen Sie“, fragte sie Koslowski, der absolut nichts wissen wollte, „dass dieser Koran hier“, dabei hielt sie das grün eingebundene Buch hoch, „gar nicht als echter Koran angesehen wird, weil er nicht in Arabisch geschrieben ist?“ Dabei lächelte sie mit dem überlegenen Gesichtsausdruck des Kenners fremder Religionen. „Wir müssen uns unbedingt mehr anpassen“, forderte die Dame mit der Koranübersetzung.

Koslowski antwortete nicht, sonden wandte sich notgedrungen dem jungen Mann mit dem Ex-Außenministergesicht zu seiner Rechten zu, der gerade ausführte, dass die

Deutschen endlich Islamunterricht in den Schulen zulassen müssten, und zwar für alle Schüler. Da war er sich sicher. „Jeder Schüler, auch jeder Deutsche, muss die Chance haben, seinen Glauben selber wählen zu dürfen."

Das fand Koslowski auch, vor allem den mit den meisten Feiertagen, oder noch besser mit den Feiertagen aller Religionen. Bei dem Gedanken an Religion und Feiertage kam ihm ein Ausspruch der amerikanischen Komikerin Cathy Ladman in den Sinn, die gesagt hatte, dass alle Religionen gleich seien. Religionen, dass seien vor allem Schuldgefühle mit unterschiedlichen Feiertagen.

Doch Koslowskis Erinnerungen, die ihn heimlich schmunzeln ließen, wurden von einem Mann unterbrochen, der hinter das Rednerpult trat und kräftig in das Mikrofon pustete, um festzustellen, ob es eingeschaltet war.

Dann begrüßte er die anwesenden Besucher und bereitete sie darauf vor, dass der Vorsitzende des ILAN-Moscheevereins, Herr Erdal Kösem, zu ihnen sprechen würde.

Koslowskis Sitznachbarn wurden bei der Erwähnung dieses Namens bereits unruhig und die dickliche Dame nestelte verlegen an ihrem obersten Blusenknopf herum.

Koslowski lehnte sich zurück und sah, dass sich in der ersten Reihe ein Mann mit perfekt sitzendem Anzug erhob. Der Mann war schätzungsweise um die Vierzig und hatte einen dunklen Teint, der sehr gut zu seinem gepflegten Schnurrbart passte.

Koslowski hätte sich diesen sportlichen Mann auch gut auf einem weißen Araberhengst in der Wüste vorstellen können. Wenn dem mal nicht die Frauen zu Füßen lagen, da wollte er nicht mehr Koslowski heißen! Der schmachtende Blick seiner Nachbarin bestätigte ihm sofort diese Vermutung. Aber diese Frau würde so ein Mann nicht mal zum Kaffee einladen, da war sich Koslowski sicher.

Er war ihm auf den ersten Blick so unsympathisch, wie ihm Hakan Karatoglu sympathisch gewesen war.

Erdal Kösem trat hinter das Rednerpult und sofort senkte sich Ruhe über den Raum.

Er stand bloß da und war sofort präsent. Koslowski war ein wenig neidisch, das konnte er nicht verhehlen. Er erinnerte sich noch gut an seine Zeit bei der Polizei und die fast schon weisen Sprüche seines ehemaligen Wachhabenden. Einer davon lautete, dass man genau auf das, was man am meisten hasste, auch immer ein bisschen neidisch sei. Koslowski rief sich selber zur Ordnung und konzentrierte sich auf die Rede des gutaussehenden Vorsitzenden der ILAN-Moschee.

Kösem begrüßte mit fast demütiger Haltung die anwesenden Größen aus Politik und Wirtschaft, von denen Koslowski aber keinen kannte.

Anschließend wandte er sich den übrigen Besuchern zu und hieß sie am Tag der offenen Moschee bei der ILAN willkommen. Dann kam er umgehend darauf zu sprechen, wie wichtig den Mitgliedern der ILAN-Moschee, vertreten durch ihn als Vorstandsmitglied, der gute Dialog mit den deutschen Mitbürgern sei.

Koslowski verschränkte die Arme und amüsierte sich über seine beiden Sitznachbarn, die dem Redner förmlich an den Lippen hingen. Als dieser eine Bringschuld der deutschen Bevölkerung den Muslimen gegenüber einforderte, kamen die beiden aus dem Beifallklatschen kaum heraus.

Koslowski fand das bemerkenswert.Würde er selbst morgen nach Österreich auswandern, um dort zu leben, dann würde er versuchen, sich Land und Leuten anzupassen und nicht fordern, dass sich ab morgen ganz Österreich nach ihm richtete.

Angefeuert durch den Beifall der Besucher beackerte Kösem nun das Feld Bildung. Er fordert Chancengleichheit für die muslimischen Kinder in der Schule.

Die Dame neben Koslowski stieß ihm den Ellbogen in die Rippen und applaudierte wieder heftig mit hingebungsvoller Miene.

Als Koslowski sie ansah und sie amüsiert fragte, ob die anderen Migrantenkinder, zum Bespiel die aus Georgien, damit ausgeschlossen seien, erntete er einen bitterbösen Blick.

Soweit Koslowski das deutsche Schulsystem verstanden hatte, wurden alle Kinder mit Migrationshintergrund besonders gefördert. Wenn jedoch die Eltern, besonders die Mütter, die deutsche Sprache nur ansatzweise beherrschten, ihre Kinder zu Hause nicht unterstützten und kaum mit den Lehrern zusammenarbeiteten, blieben alle diese Förderungen von vorn herein zum Scheitern verurteilt. Niemand verlangte Verzicht auf die Muttersprache, aber gute Deutschkenntnisse bildeten eindeutig die Voraussetzung für Chancengleichheit und erfolgreiche Integration

Während Koslowski in Gedanken noch dieser Problematik nachhing, bemerkte er, wie sich ein älterer Mann dem Rednerpult näherte und Kösem etwas ins Ohr flüsterte. Daraufhin traf ihn Kösems Blick und Koslowski war sich sofort sicher, dass sich hier gerade zwei Feinde angesehen hatten.

Der Rest der Rede plätscherte derart langatmig dahin, dass er von ihrem Ende regelrecht überrascht wurde.

Kösem bedankte sich für den Beifall, schüttelte einige Hände und wechselte mit den Politgrößen noch ein paar Worte, bevor er die Stuhlreihe entlangkam und sich Koslowski näherte.

In der irrigen Annahme, dass er sich für sie interessierte, eilte ihm die dickliche Dame mit strahlender Miene entgegen und war zutiefst enttäuscht, als der Vorsitzende der Moschee achtlos an ihr vorbeiging. Dafür durchbohrte er Koslowski geradezu mit seinem Blick. „Herr Koslowski?“, fragte er.

Dieser nickte, erhob sich und hielt dem Blick des Redners stand. Er erwiderte den festen Händedruck und der junge Mann, der neben ihm um Aufmerksamkeit heischend hüstelte, bemerkte, dass er hier vollkommen fehl am Platz war. Umgehend räumte er das Feld.

Kösem wies auf einen Stuhl. „Bitte nehmen Sie doch Platz“, forderte er Koslowski auf.

Dieser hob abwehrend die Arme. „Nein danke, ich stehe meinem Gesprächspartner gerne auf Augenhöhe gegenüber“, antwortete er süffisant lächelnd.

Kösem erwiderte dieses Lächeln, und es schien, als würden blitzende Florettklingen gekreuzt. „Ich habe gehört, dass Sie am Unfallort von Ipek Dursun waren. Wenn man denn von einem Unfall sprechen kann.“ Koslowski sog hörbar die Luft ein. „Welche Informationen haben Sie denn, die darauf schließen lassen, dass es etwas anderes war als Selbstmord? Von einem Unfall zu sprechen, wäre nämlich rundweg falsch.“ Kösems Augen verengten sich zu Schlitzen.

„Sie dürfen nicht glauben, dass wir Muslime grundsätzlich alle dumm sind und nichts mitbekommen.“ Er steckte eine Hand in die Hosentasche, und nachts in einer dunklen Gasse wäre ihm Koslowski jetzt vermutlich rein vorsorglich in den Arm gefallen.

Diesem Kösem traute er so weit, wie ein Nichtschwimmer mit einem Amboss unter dem Arm schwimmen konnte. „Eine Eigenart von mir ist, dass ich meine Mitmenschen niemals unterschätze, sondern einigen von ihnen sogar eine Menge zutraue.“ Koslowski war auf die Reaktion des Türken gespannt.

Und diese kam postwendend. „Was immer Sie damit sagen wollen, auch wir kennen die Feinde des reinen Glaubens und wir wissen uns gegen sie zu wehren“, antwortete Kösem. „Natürlich im Rahmen der demokratischen Grundsätze Ihres Landes“, fügte er nach einer ein wenig zu langen Pause hinzu.

Koslowski kratzte sich nachdenklich am Kopf. „Da stimme ich Ihnen zu, auf dem Hof des Forstamtes in Lage habe ich sogar eine Stichwahl erlebt“, beliebte er zu scherzen und war gespannt, wie Kösem auf diesen Versuchsballon anspringen würde.

Ein kurzes Zucken in Kösems Augen verriet mehr als dessen Antwort. „Ich weiß nicht, was Sie damit meinen, möchte Sie aber eindringlich warnen, sich nicht in die Angelegenheiten unseres Vereins zu mischen“, forderte der smarte Moscheevereinsvorsitzende.

Koslowski zeigte sich von dessen verhaltener Drohung vollkommen unbeeindruckt. „Meinen Sie jetzt tatsächlich die Angelegenheiten Ihres Vereins, oder meinen Sie damit Ihre Geschäfte?“, fragte er scharf.

Kösem stand kurz davor, die Beherrschung zu verlieren.

Und Koslowski setzte noch nach. „Lassen Sie mich Ihnen zwei Dinge sagen, bevor ich Ihr gastliches Haus verlasse. Erstens habe ich mir nur von meiner Mutter sagen lassen, was ich nicht darf, und Sie sind nicht meine Mutter.“

Kösem schnaubte vor Wut.

„Und zweitens lasse ich mir nicht drohen, weder von Ihnen, von Ihrem Verein oder sonst wem.“

Noch bevor Kösem antworten konnte, hatte sich Koslowski umgedreht und verließ den Raum. Kösems bitterböse Blicke spürte er dabei wie Dolche im Rücken. *Wir werden bestimmt keine Freunde*, dachte Koslowski, *was aber auch für keinen von uns ein Verlust ist.* Als er wieder auf der Straße vor der Moschee stand, und ihm die Sonne ins Gesicht schien, war er sicher, dass er soeben einen *Falken* aus seiner Deckung gelockt hatte.

Einundzwanzig

Am frühen Montagabend hielt ein alter VW-Golf in unmittelbarer Nähe des Hangars am alten Fliegerhorst in Detmold. Bis vor einigen Jahren war hier noch das *Art-Kite-Museum* untergebracht gewesen, heute war der alte Flugplatz fast zum reinen Industriegebiet geworden. Die alten Hangars des ehemaligen britischen Stützpunktes standen noch und waren teilweise vermietet. Ein Möbelhaus und der benachbarte Baumarkt lockten zahlreiche Kunden an.

Aus dem Golf stieg ein Mann, der mit einem dunkelblauen Overall bekleidet war. Er kramte eine Schreibmappe und ein Messgerät aus dem Wagen. *Stadtwerke Detmold* prangte auf Schildern an den Türen. Der Fahrer, ein mittelalter Mann mit Vollbart und einer dickglasigen Hornbrille, schlenderte langsam auf einen Hangar zur. Aus dem Messgerät, welches er an einem Riemen über die Schulter gehängt hatte, führte ein Schlauch zu einer Art Rüssel, den er knapp über dem Boden schweben ließ. Es schien eine Art Spürgerät zu sein, mit dem der Mann hier Messungen vornahm. Ab und zu blieb er stehen und betrachtete die Skala. Dann klappte er seine Schreibmappe auf und notierte sich die Werte. Zunächst ging er den Gehweg entlang, doch zwischendurch bog er immer wieder auf die Zugänge zu den einzelnen Hangars oder Hallen ab. Eine schwarze Baseballkappe schirmte seine Augen gegen die Sonne ab. Der Mann arbeitete konzentriert und legte Meter um Meter zurück. Nach einiger Zeit bog er um eine Ecke und verschwand hinter einem Gebäude, nicht ohne sich vorher noch einmal umzusehen. Er folgte einem Plattenweg und erreichte kurz darauf sein Ziel. Den Kasten mit dem Gasspürgerät und die Schreibmappe versteckte er hinter einem Stromkasten und sah sich ein letztes Mal um.

Dann tat er etwas für einen Mitarbeiter der Stadtwerke, Ungewöhnliches. Offensichtlich ein Hausbesuch der besonderen Art. Er zog Handschuhe an und machte sich am

Schloss einer Feuerleiter zu schaffen, die auf das Dach eines der Hangars führte. Behände kletterte der Mann die Feuerleiter hinauf und gelangte so auf das Dach. Geduckt lief er über die nur ganz leicht schräge Dachfläche bis zu einer der vielen Dachluken. Aus seiner Tasche zog er einen dicken Schraubendreher, und kurze Zeit später hatte er die Sicherung überwunden, die verhindern sollte, dass Unbefugte durch die Luke ins Gebäude gelangten.

Ein letztes Mal schaute er sich um, bevor er die Dachluke aufklappte. Unter der Luke befand sich eine Art Steg, der unter dem Dach entlanglief. Der Mann setzte sich auf den Rand der Luke und ließ die Beine ins Gebäude baumeln. Dann stieß er sich ab und stand kurze Zeit später auf den Gittern, die den Fußboden des Stegs bildeten. Unmittelbar nach seiner Landung ging er in die Hocke und spähte aufmerksam und vorsichtig in das Halbdunkel der Halle hinunter. Leer und einsam lag sie unter ihm. Er richtete sich auf, zog die Dachluke über sich zu und schlich dann auf leisen Sohlen über die Gitterplatten des Stegs hinüber zu einer der Wände des Gebäudes. Hier kletterte er über die Eisenleiter, die an der Gebäudewand hinunterführte, abwärts.

Kurze Zeit später stand er auf dem Boden der Halle und ließ die mitgebrachte Taschenlampe aufflammen. Die Halle schien leer zu sein und der Mann machte einen sichtlich enttäuschten Eindruck. Das Einzige, was er entdeckte, waren ein paar Zettel, die auf dem Boden lagen. Ihre Schrift war verwischt und nicht mehr leserlich. Daneben lag ein Haufen alter Putzlappen, mit denen jemand offensichtlich Farbe abgewischt hatte. Und auf dem Boden ein großer Fleck desselben Farbtons. In diesem Fleck bemerkte der Mann einen deutlichen Reifenabdruck. Anscheinend von einem Lieferwagen oder einem Kleinlastwagen.

Daneben standen zwei leere Farbeimer, in denen sich, wenn man den Etiketten trauen durfte, weißer Autolack befunden hatte.

Der Mann bückte sich und steckte einen der Zettel in die Tasche. Mit dem Fuß schob er achtlos die Putzlappen beiseite. Darunter lag etwas, das Ähnlichkeit mit einer Gaskartusche hatte, wie man sie für Campinglampen oder Lötgeräte verwendete. Neugierig nahm er es in die Hand.

Der Gegenstand wog anscheinend weniger als ein Kilogramm, war aus Plastik und hatte zwei seitliche Nasen. Der Mann drehte es um und sah auf der Unterseite den Aufdruck: *Do not use if dot is dark.*

Er konnte sich keinen Reim darauf machen, was er da gefunden hatte, doch vorsorglich steckte er das seltsame Teil in die Beintasche seines Overalls.

Dann leuchtete er nach oben und sah das Büro, das sich etwa fünf Meter über dem Hallenboden befand. Als er die Lampe herumschwenkte, bemerkte er auch die Treppe, die dort hinaufführte, und kurze Zeit später war er schon dort oben. Er durchsuchte den Schreibtisch, fand aber nichts, was ihm weitergeholfen hätte. Alles, was sich in den Schubladen befand, war alltäglicher Kram wie Büroklammern und Heftrücken. Keine Papiere, keine Stempel, keine Vordrucke. Auch einen PC suchte der Mann vergebens.

Mit der Taschenlampe leuchtete er flach über die Schreibtischunterlage aus Papier. Aber auf ihr waren weder etwas Geschriebenes noch irgendwelche Männchen, die so gerne während eines Telefonates gekritzelt wurden, zu erkennen. Auch Eindrücke von Bleistift oder Kugelschreiberminen suchte er im flachen Lichtschein vergebens.

Sein Blick ging zum Telefon. Er hob den Hörer und drückte den Wiederwahlknopf, doch das Gerät blieb stumm. Der Apparat war tot, abgeschaltet. Und die Durchsuchung des einzigen Büroschranks verlief ebenfalls negativ.

Der Mann ging zum Couchtisch hinüber, blieb hinter der Sitzgruppe stehen und ließ, was er sah, auf sich einwirken. Auf dem Tisch sah man Wasserringe von Getränkegläsern, doch ansonsten war auch hier sauber abgeräumt worden.

Vielleicht hatte er auch zu viel erwartet, vermutete er und machte sich an den Ausstieg.

Wieder draußen angelangt, blieb er einen Moment lang stehen und kehrte dann gemächlichen Schrittes um die Ecke zurück. Auf dem Plattenweg nahm er das Gasspürgerät wieder auf und klemmte sich auch die Schreibmappe unter den Arm.

Gerade als er aufsah, bemerkte er zwei Personen, die ihm entgegenkamen und sich angeregt unterhielten. Der Mann griff geistesgegenwärtig in die Hosentasche, holte ein Handy hervor und tat so, als ob er telefonierte. „Brockmann hier, ich wollte nur sagen, dass am Hangar alles in Ordnung ist. Kein Gasleck." Im Vorbeigehen nickte er den beiden Männern freundlich zu.

Die grüßten wortlos zurück, und ein paar Meter weiter stieß der eine den anderen beim Gehen in die Rippen. „Siehst du, Peter, die haben hier doch Gas gelegt. Wir sollten uns unbedingt einen Anschluss legen lassen, dann müssen wir beim Proben mit der Band nicht immer so frieren."

Der Angesprochene zog die Schulter ein und ging weiter. „Ich finde das brennende Benzinfass hat auch was", gab er zu bedenken und schon waren die beiden um die Ecke verschwunden.

Der Mann hatte seinen alten Golf erreicht und schloss ihn auf. Er stellte das Gasspürgerät auf den Beifahrersitz und klemmte die Schreibmappe unter die Sonnenblende. Einen Moment später saß er im Wagen und startete den Motor. Langsam rollte er an und fuhr dann über den Charles-Lindbergh-Ring zurück in Richtung Barntruper Straße. Dort bog er nach links ab und stand kurze Zeit später auf dem Parkplatz des neuen Supermarktes an alter Stelle.

Er lenkte den Wagen in eine Ecke des Parkplatzes und griff erneut nach seinem Handy. Diesmal tat er nicht nur so, sondern wählte tatsächlich eine Nummer. Nach einigem Klingeln meldete sich sein Gesprächsteilnehmer.

„Hallo Walfried“, begrüßte ihn Koslowski, setzte die Hornbrille mit den dicken Gläsern ab und rupfte sich mit schmerverzerrter Miene den falschen Vollbart aus dem Gesicht. „Ich habe mir gerade einen kleinen Blick in einen Hangar am alten Fliegerhorst gegönnt.“ Bei diesem Satz warf er die Kappe auf den Rücksitz und stieg aus. „Er war leer bis auf eine Reifenspur. Anscheinend hat man dort einen Wagen umlackiert und ist anschließend durch die Farbe gefahren.“

Koslowski entfernte die Magnettafeln von Struntes altem Golf und legte sie zu dem selbst gebastelten Gasspürgerät auf dem Rücksitz. Wozu doch eine alte Fototasche, ein Stück Schlauch und ein silbern lackierter Trichter gut sein konnten.

„Ich glaube, von der Reifengröße her könnte es der Abdruck eines Kleinlasters gewesen sein“, vermutete Koslowski und gab seinem Freund bei der Detmolder Kripo dann zu verstehen, dass er ansonsten nichts Interessantes hatte entdecken können.

Dann hörte er seinem Freund eine Zeitlang zu und lehnte sich dabei an den Wagen. „Ja, Walfried, ich weiß, irgendwann wirst du mich einsperren müssen. Aber keine Angst, ich habe keine Spuren hinterlassen, sodass ihr euch da getrost umsehen könnt.“

Der Kripobeamte seufzte am anderen Ende der Leitung. Doch auch er konnte Koslowski etwas Neues berichten. „Du kannst deinen Landrover wieder abholen. Ich lag mit meiner Vermutung richtig und wir haben unter der hinteren Stoßstange einen Minisender gefunden.“ Koslowski hörte atemlos zu, als der Kripobeamte fortfuhr. „Damit ist klar, warum die Angreifer in Oerlinghausen wussten, wo du warst. Leider bringt uns der Sender aber auch nicht weiter. Es sind Teile verwendet worden, wie man sie als Massenartikel in jedem Elektronikshop bekommt. Schade“, bedauerte er, versprach aber, sich baldmöglichst um den Hangar zu kümmern. Dann beendeten sie das Telefongespräch.

Die Reifenspur im Hangar würde für die Polizei sicher von großem Interesse sein, denn ein oder mehrere Kleinlaster hatten ihr in der letzten Zeit erhebliche Schwierigkeiten bereitet.

Koslowski zog den Overall aus und stand nun wieder in Jeans und Sweatshirt da.

Nachdem er auch das letzte Teil seiner Verkleidung verstaut hatte, schloss er den Wagen ab und ging hinüber zum Supermarkt, um noch etwas für das Abendessen einzukaufen.

Es war doch ein Vorteil, wenn man jemanden kannte, der Maskenbildner beim Landestheater war. Koslowski schmunzelte still vor sich hin.

Den dunklen BMW, der ihm bereits vom Fliegerhorst hierher gefolgt war und dessen Fahrer seine Demaskierung beobachtet hatte, nahm er nicht wahr.

Im Supermarkt besorgte er sich einige Zutaten für ein Schnellgericht und nahm sich vor, nachher noch Struntes Wagen wieder zurückzubringen.

Als er an die Kassen kam, stellte er fest, dass wieder mal alle Leute zur gleichen Zeit eingekauft hatten und nun bezahlen wollten.

Seufzend stellte er sich hinter einer jungen Frau mit zwei Kindern und einem Einkaufswagen an. Das jüngere Kind trug sie auf dem Arm. Das ältere Kind, Koslowski schätzte es so auf sechs bis sieben Jahre, war zwischenzeitlich damit beschäftigt, einer älteren Dame, die vor ihnen stand, wiederholt den Einkaufswagen in die Hacken zu rammen.

Zunächst sah sich die Dame nur missbilligend um, doch als der liebe Kleine seine Attacken intensivierte, drehte sie sich erneut um und bat die zweifache Mutter mit leidendem Gesichtsausdruck darum, ihren Sohn von weiteren schmerzvollen Angriffen abzuhalten.

„Es tut mir leid“, entschuldigte sich diese. In diesem Moment erkannte Koslowski sie als die Geländewagenfahrerin aus der Bäckerei.

„Ich kann meinem Sohn das nicht verbieten, er soll selber zur der Einsicht kommen, dass sein Handeln nicht richtig ist.“

Koslowski glaubte seinen Ohren nicht zu trauen. Und schon rammte das kleine Teufelchen mit einem hämischen Grinsen der älteren Dame den Einkaufswagen erneut in die Hacken. Diese musste sich am Kassenband festhalten, während die Mutter lediglich die Achseln zuckte und ihr anderes Früchtchen davon abhielt, den Zigarettenständer komplett auszuräumen.

Eine Aktion, welche auch die Kassiererin schon recht verärgert aussehen ließ. Koslowski griff in seinen Einkaufswagen, nahm den frisch gekauften und halbliter großen Joghurtbecher heraus, schüttelte ihn und riss den Deckel ab.

Gerade als der kleine *Hackentäter* erneut Anlauf nahm, beugte sich Koslowski vor und schüttete ihm den gesamten Inhalt über den Kopf. Der kleine Rabauke war so verdutzt, dass er augenblicklich von jeder weiteren Attacke absah und stattdessen anfing wie am Spieß zu schreien.

Nachdem sie sich vom ersten Schreck erholt hatte, drehte sich die junge Mutter wutschnaubend zu Koslowski um.

„Was fällt Ihnen denn ein?“, schrie sie vollkommen hysterisch.

Koslowski stellte seelenruhig den leeren Becher zurück in den Einkaufswagen und zuckte lediglich mit den Achseln.

„Tut mir leid“, sagte er mit gespielt trauriger Miene. „Ich kann nichts dafür, meine Mutter hat mich auch antiautoritär erzogen.“ Dann schob er den Wagen an eine andere Kasse.

Von dort konnte er sehen, wie die attackierte Kundin und die Verkäuferin sich das Lachen nur mühsam verkneifen konnten. Währenddessen versuchte die wütende junge Frau, mittels eines gebrauchten Papiertaschentuches, krampfhaft einen halben Liter Joghurt aus den Haaren ihres lauthals schreienden Sprösslings zu entfernen.

Als Koslowski seinen Einkaufswagen zum Sammelplatz zurückbrachte, stand plötzlich die ältere Dame hinter ihm.

„Ich wollte mich bloß bei ihnen bedanken“, lächelte sie und blickte ihn dann neugierig an.

„Das glaubt mir kein Mensch“, vermutete sie. „Aber eine Frage: Sind Sie wirklich antiautoritär erzogen worden?“

Koslowski musste lachen. „Wenn ich bei meinem Vater nur das Wort a*ntiautoritär* in den Mund genommen hätte, hätte es was gesetzt. Alte Schule!“ erklärte er und zog ein Augenlid herunter.

„Köstlich, köstlich!“, bekundete die ältere Dame und drückte ihm eine Flasche Rotwein in die Hand. „Die ist für Sie.“

Noch bevor Koslowski sie ablehnen konnte, war die Dame schon lachend auf dem Weg zu ihrem Auto.

Er kehrte zu seinem Wagen zurück und als er vom Parkplatz fuhr, sah er, dass beide Kinder nun brav hinter dem Einkaufswagen ihrer Mutter her trabten.

Der Fahrer des dunklen BMW, der ihn die Ganze Zeit beobachtet hatte, behielt seine Beobachtungen jedoch keineswegs für sich. Koslowski war noch nicht in den Supermarkt verschwunden, als Serkan Birgili in seinem BMW Erdal Kösems Nummer in seinem Handy aufrief. Dieser ließ sich alles berichten und war dann einen Moment lang sprachlos, was bei ihm schon etwas heißen sollte. Dann schaltete er jedoch gewohnt schnell.

Nun wurde es dringend erforderlich, ganz sicher zu gehen und auch noch die letzten möglichen Spuren in der Halle zu beseitigen.

Glücklicherweise hatten sie einen Tag zuvor die Kisten auf den LKW verladen und diesen kurzfristig auf einem

Parkplatz hinter der Tankstelle eines Bekannten abgestellt. Die Ware musste dringend an einen sicheren Ort gebracht werden. Und genau den nannte Kösem jetzt seinem Kumpanen.

„Sorg dafür, dass es diesmal keine Pannen gibt", ermahnte er Birgili eindringlich.

Dieser machte sich keine Sorgen, denn er hatte bereits einen Plan, wie er den Weg für den LKW freimachen würde. Und um den Hangar würde er sich auch noch kümmern.

Zweiundzwanzig

Während der Woche schläft eine Stadt morgens um drei Uhr am tiefsten, sagt man. Die Zeitungsboten sind noch nicht unterwegs, die Busse fahren nicht mehr und auch noch nicht wieder. Die letzten Nachtschwärmer sind zu Hause angekommen und die Taxis stehen sich entweder an den Ständen die Reifen eckig oder sind schon außer Dienst. Die Feuerwehr liegt im wohlverdienten Schlaf, nur der eine oder andere Streifenwagen der Polizei kurvt noch durch die Nacht.

Doch in dieser Nacht jagten gleich mehrere Streifenwagen, Sekunden nachdem von der Leitstelle Einsatzort und -grund durchgegeben worden waren, in Richtung Remmighausen.

Ein Anrufer hatte sich als Zeitungsbote ausgegeben und dem Beamten über den Notruf mitgeteilt, dass ein Haus an der Hornschen Straße, kurz vor dem Ortsausgang Detmold, in Flammen stünde.

Sofort war auch die Feuerwehr alarmiert worden. Und so jagten nun aus allen Richtungen Polizei- und Feuerwehrfahrzeuge zum Ort des Geschehens, da sich dort möglicherweise Menschen in Lebensgefahr befanden. Der Anrufer hatte von einem Mehrfamilienhaus gesprochen und die Leitstelle durchforstete bereits die Daten des Einwohnermeldeamtes nach möglichen Hausbewohnern, als der erste eintreffende Streifenwagen auch schon Entwarnung gab.

Zum Glück stand hier kein Haus in Flammen, sondern lediglich ein großer Haufen gelber Müllsäcke. Zum selben Zeitpunkt gingen auch bei der Feuerwehrzentrale die ersten Anrufe von alarmierten Nachbarn ein.

Der Löschzug behielt sein Tempo bei, aber die Streifenwagen der Polizei brachen ihre Einsatzfahrten ab und fuhren in normalem Tempo weiter, als sie hörten, dass dort zum Glück lediglich Müll brannte.

Nachdem der Abfallhaufen abgelöscht war, rückte auch die Feuerwehr wieder ab. Die Polizeibeamten würden dazu einen kurzen Bericht schreiben, ansonsten wurde dieses Feuer als „Dumme-Jungen-Streich" abgetan. Eigentlich eine vollkommen richtige Einschätzung, abgesehen davon, dass es sich bei Brandstifter und Anrufer um ein und dieselbe Person handelte.

Serkan Birgili war, nachdem er die Müllsäcke zusammengetragen und angezündet hatte, bis zum Dreierkrugplatz zurückgefahren und hatte dort gewartet, bis die Polizeifahrzeuge und der Löschzug der Feuerwehr an ihm vorbeigerauscht waren.

Sofort hatte er Murat Ünlü angerufen und ihn aufgefordert, den LKW zu starten und zum verabredeten Ort zu kommen. Auf der Heidenoldendorfer Straße setzte er sich bereits hinter Ünlüs nun nicht mehr weißen Kleinlaster, und ohne weitere Störungen erreichten sie einige Zeit später das neue Versteck.

Nachdem sie ihre Fracht abgeladen hatten, fuhren sie den LKW auf den nahen Truppenübungsplatz Stapel, übergossen ihn mit einer großen Menge Benzin und zündeten ihn an. Hier sah weder jemand die Flammen, noch Ünlüs wütende Tränen, als sein LKW nun endgültig unbrauchbar wurde. Glücklicherweise hatte er ihn bereits vor ein paar Tagen als gestohlen gemeldet. Er sei im Urlaub gewesen und habe den

Diebstahl erst jetzt festgestellt, hatte er bei der Anzeigenaufgabe frech gelogen.

Dabei war dem Beamten zwar in den Sinn gekommen, dass es dieser LKW gewesen sein könnte, der sich die Verfolgung mit den Kollegen geliefert hatte, aber einen Beweis dafür gab es nicht.

Diesen Hinweis fügte dann der zuständige Sachbearbeiter ein, der am nächsten Morgen, von den Feldjägern zum Wrack des komplett ausgebrannten LKW gerufen wurde.

Nachdem sich das Metall genügend abgekühlt hatte, fand er auch die Fahrgestellnummer und damit stand dann fest, wo der gestohlene Wagen eines gewissen Herrn Ünlü geblieben war.

Dreiundzwanzig

Koslowski hatte lange geschlafen und den Tag regelrecht vertrödelt. Er war froh, dass er finanziell so unabhängig war, dass er keiner geregelten Arbeit nachgehen musste und so war er am Nachmittag in die Detmolder Innenstadt gefahren. Er brauchte ganz dringend ein paar neue Kleidungsstücke. Zum einen stand der Winter vor der Tür und zum anderen hatten seine Sachen in der letzten Zeit extrem gelitten. Hörte das eigentlich nie auf, dass ihm irgendwer ans Leder wollte? Erst Dursun, dann diese Mountainbiker. Das ging ihm gewaltig auf den Sender. Nicht, dass er Angst gehabt hätte, aber irgendwann würde auch sein Bonus als Sonntagskind aufgebraucht sein.

Er fuhr die Rampe des Parkhauses an der Hornschen Straße hinauf und parkte seinen Wagen. Dann begab er sich zum Bekleidungsgeschäft im Erdgeschoss. Er war kein Typ, der Wert auf Markenklamotten legte, bequem mussten sie sein. Mit der Rolltreppe fuhr er ins Kellergeschoss und steuerte auf einen Ständer mit Winterjacken zu. Tatsächlich gab es noch eine in seiner Größe. Normalerweise waren nämlich nur noch die Größen XXS und XXXL übrig. Heute erstaunlicherweise aber auch mal etwas Passendes für ihn. Er hielt die Jacke zur Probe vor den Körper und trat zwei Schritte zurück, um sich besser im Spiegel betrachten zu können.

Dabei rempelte er jemand hinter sich an, dessen Tragetaschen durch den Anstoß zu Boden fielen. Koslowski murmelte eine Entschuldigung und bückte sich, um die Sachen aufzuheben. Mehrere Pakete Herrenunterwäsche lagen auf dem Boden verteilt. Als er aufsah, stockte ihm kurzfristig der Atem.

Die freche Krankenschwester!, schoss es ihm durch den Kopf. Auch Lisa Brandes stutzte.

„Sie? Können Sie noch etwas anderes, als mich jedes Mal anzurempeln?“, fauchte sie.

Doch heute war Koslowski Herr seiner Sinne. „Es tut mir wirklich leid“, gab er kleinlaut zu. „Bitte entschuldigen Sie, und zwar nicht nur für diesen Rempler, sondern auch für mein Verhalten im Krankenhaus.“ Den Reumütigen musste er nicht spielen, denn es war ihm ernst damit.

„Ach, schon vergeben“, meinte Lisa Brandes einlenkend. „Ich weiß auch nicht, warum ich an dem Abend so angefressen war.“

Koslowski hielt ihr die Wäschestücke hin. „Ich würde Sie als Entschuldigung gerne auf einen Cappuccino einladen“, schlug er vor.

Lisa Brandes sah auf die Uhr, dann zuckte sie bedauernd die Schultern. „Sonst immer gerne, aber ich muss leider nach Hause. Dort wartet jemand auf mich.“

Dabei hielt sie demonstrativ die Herrenunterwäsche hoch.

Koslowski verstand. Eigentlich schade, dass sie einen Freund hatte, sie wurde ihm immer sympathischer. „Aber vielleicht, oder hoffentlich ein anderes Mal. Ich hatte nämlich, wie gesagt, auch ein schlechtes Gewissen wegen meines Benehmens.“ Koslowski musste grinsen.

Lisa Brandes senkte verlegen den Blick.

„Aber kleine Sünden bestraft der liebe Gott ja angeblich sofort und ich habe eine Viertelstunde gebraucht, um die Reste der Flasche mit dem Desinfektionsmittel zu entfernen, die ich gegen die Tür gedonnert hatte.“ Dabei lächelte sie Koslowski an.

„Na, dann hätte sie besser mich treffen sollen“, mutmaßte er.

„Nein, Sie waren ja schon verwundet. Was macht übrigens der Arm?“, wollte sie wissen.

Koslowski bewegte ihn problemlos. „Alles schon wieder gut. Bald kommen ja schon die Fäden raus.“

Die Krankenschwester stopfte die Herrenunterwäsche zurück in die Tüten. „Ich habe mich wirklich gefreut, Sie wiederzusehen“, gestand sie und hielt ihm die Hand hin.

Koslowski griff sanft zu. „Wer weiß, vielleicht begegnen wir uns ja mal wieder." sagte er.

„Ja, wer weiß", antwortete Lisa Brandes. „Aber wenn, dann nicht im Krankenhaus" und mit einem weiteren Blick auf ihre Uhr: „Jetzt muss ich aber los, sonst bekomme ich Ärger!"

Damit drehte sie sich um, und winkte ihm dann von der Rolltreppe aus noch einmal zu. Koslowski hängte die Jacke wieder zurück auf den Ständer und verließ in Gedanken versunken und fröhlich pfeifend das Bekleidungsgeschäft.

Er bummelte weiter durch die Stadt und blieb vor dem Schaufenster eines Büchergeschäftes stehen. Ein Poster kündigte eine Autorenlesung für einen Regional-Krimi aus Lippe an. Doch er war in Gedanken noch ganz bei Lisa Brandes, als ihm jemand auf die Schulter klopfte. Wie von der Tarantel gestochen fuhr er herum.

Der Mann hinter ihm zuckte zusammen. „Entschuldigung, ich wollte Sie nicht erschrecken." Der Journalist Bruno Bennemeier war ganz bleich geworden.

„Ach, kein Problem", beruhigte ihn Koslowski. „Meine Nerven liegen zurzeit nur etwas blank."

Der Journalist nickte verstehend. „Stress?", fragte er mitleidsvoll.

Koslowski verneinte. „Nicht der Rede wert. Aber da wir uns schon mal treffen, wie wäre es mit einem Kaffee oder Cappuccino?", lud er den Zeitungsmann ein.

Dieser sagte erfreut zu, und schon bald saßen beide im *Café Wien* und beobachteten die Leute, die an den Fenstern vorbeiflanierten. Nachdem sich das Gespräch eine Zeitlang um alles Mögliche gedreht hatte, kam Koslowski der Gedanke, den Journalisten um Hilfe zu bitten. „Herr Bennemeier, Sie kennen doch auch Hinz und Kunz, oder?"

Der Journalist fühlte sich geschmeichelt. „Nun ja, man kommt rum in unserem Metier und lernt den einen oder anderen Zeitgenossen kennen."

Koslowski sah kurz aus dem Fenster und fuhr dann fort.

„Ich habe da ein Problem. Ich habe ein Blatt Papier, von dem ich vermute, dass es wichtig sein könnte. Der Aufdruck ist sehr verwischt, und ich bräuchte nun jemand, der mir bei der Entzifferung weiterhelfen kann."

„Um es wieder leserlich zu machen?", wollte der Zeitungsmann wissen. „Mir scheint, Sie stecken da schon wieder in einer Sache drin, oder?"

Koslowski wiegelte ab. „Nein, es geht um ein Blatt aus einem Tagebuch meines Großvaters", log er unverfroren und ohne rot zu werden. „Wir wollen es restaurieren und dann meiner Mutter schenken."

Sein Gegenüber würde kaum nachprüfen können, dass Koslowski schon lange Waise war. Der Zeitungsmann war anscheinend noch nicht ganz sicher, ob er da die Wahrheit hörte. Vermutlich regte sich sein journalistischer Instinkt.

Koslowski setzte nach. „Das restaurierte Tagebuch soll ein Geschenk zu ihrem Geburtstag werden."

So langsam konnte er Bruno Bennemeier überzeugen. „Da fällt mir nur eine Firma ein, die jede Menge technisches Gerät für so was haben könnte."

Koslowski hörte aufmerksam zu, als Bennemeier fortfuhr. „In Lage, gibt es die Firma SD. SD steht für *Strate Druck*. Die müssten so etwas können", vermutete er. „Ich kenne nämlich sonst niemanden. Es gibt da sicher noch andere, aber ich wüsste im Moment keinen."

Koslowski notierte sich die Angaben auf einem Bierdeckel.

Bennemeier fuhr inzwischen fort. „Eigentlich machen die Siebdruck und veredeln andere Drucke, aber die haben eben jede Menge technisches Know-how. Versuchen Sie es da mal. Sie können sich dabei ruhig auf mich berufen", riet ihm der Journalist.

Koslowski bedankte sich und Bennemeier winkte der Bedienung und übernahm die Rechnung. Widerstrebend ließ ihn Koslowski zahlen.

„Ist mir doch eine Freude, wenn ich Ihnen helfen konnte,“ sagte Bennemeier.

Koslowski bedankte sich nochmals für den Tipp.

Doch Bennemeiers journalistische Spürnase juckte anscheinend immer noch.

„Aber Sie müssen mir eines versprechen, Herr Koslowski. Sollte es doch eine Story geben, dann müssen Sie mich anrufen. Eine Hand wäscht die andere.“

Auch wenn es schon spät geworden war, entschloss er sich, der Firma noch einen Besuch abzustatten.

Kurz vor siebzehn Uhr erreichte er den Besucherparkplatz vor dem Firmengebäude. Im Eingangsbereich bewunderte er eine alte Druckmaschine und eine zwei Meter hohe Figur des Hermann mit einem Helm von *Darth Vader* auf dem Kopf.

Die Eingangstür stand zwar noch offen, aber die junge Dame am Empfang wollte anscheinend soeben Feierabend machen. Gerade als sie fragen wollte, was sie für ihn tun könne, kamen zwei jüngere Männer an die Empfangstheke und fragten ebenfalls nach seinen Wünschen. Nach einem fragenden Blick zu einem der beiden Männer verabschiedete sich die junge Frau in den wohlverdienten Feierabend.

Koslowski stellte sich vor und erfuhr, dass die beiden Männer nicht nur die Besitzer der Druckerei, sondern auch Brüder waren. Koslowski berief sich auf Bruno Bennemeier und holte dann den Zettel aus der Tasche, den er im Hangar am alten Fliegerhost gefunden hatte. Spätestens jetzt war es mit der Lüge um ein altes Tagebuch vorbei. Sinnigerweise musste er hier in der Druckerei Farbe bekennen. Er erklärte den beiden jungen Männern, welche Bedeutung der Zettel für ihn haben könnte. Möglicherweise handelte es sich um einen wichtigen Puzzlestein in einem größeren Rätsel. Die beiden Männer sahen sich einen Moment lang an, dann baten sie Koslowski in einen Besprechungsraum. Einer der beiden nahm den Zettel an sich und verschwand. Noch während der andere ihm einen Kaffee anbot, kam sein Bruder wieder und hatte einen weiteren Mann im Schlepp.

„Boris ist der richtige Mann für so was. Wenn, dann kann er uns weiterhelfen", erklärte er.

Kurze Zeit später saßen die vier Männer um den Besprechungstisch und ließen das Papier von Hand zu Hand wandern.

Koslowski hörte aufmerksam zu, wie die drei anderen Männer verschiedene Möglichkeiten diskutierten, um das Problem zu lösen. Dabei wurden mehrere Ideen gleich wieder verworfen, da sie zur Vernichtung des Papiers geführt hätten. Dann einigte man sich auf eine Möglichkeit.

„Gehen Sie doch schon mal mit Boris rüber in die Druckerei, wir kommen sofort nach", forderten sie Koslowski auf, der dem Mitarbeiter in die Tiefen des Gebäudes folgte.

Er war erstaunt, welch großer Gebäudekomplex sich hinter den Büros noch anschloss. Solch riesige Druckmaschinen hatte Koslowski noch nie gesehen. Alles war tadellos sauber und einige Mitarbeiter arbeiteten noch an den diversen Maschinen. An Boris' Arbeitsplatz stießen auch die beiden Brüder wieder zu ihnen.

„Wir haben uns jeweils nur kurz zu Hause abgemeldet, denn diese Sache hier könnte länger dauern", erklärte der Größere der beiden.

Koslowski war diese Hilfsbereitschaft fast schon peinlich. „Solche Umstände wollte ich Ihnen aber keineswegs machen", entschuldigte er sich.

„Schon gut, wir sind gewohnt, dass es mal später werden kann. Auch für unsere Kunden und deren Wünsche müssen wir oft flexibel mit unseren Arbeitszeiten umgehen. Außerdem sind wir Bruno Bennemeier noch einen Gefallen schuldig", erklärte der Jüngere lachend.

„Aber jetzt mal los, Boris, versuchen wir's!", forderte er seinen Mitarbeiter auf.

Stunde um Stunde sah Koslowski zu, wie sich die drei Männer darum bemühten, die unleserlich gewordene Schrift wieder erkennbar zu machen. Es war schon fast Mitternacht, als sie sich reckten und Koslowski müde ansahen.

„Ich glaube, unsere Mittel reichen dafür nicht aus“, gaben sie freimütig zu. „Das wäre eher was für das Landeskriminalamt, die können so was bestimmt besser“, fügte Boris hinzu. Alle vier blickten enttäuscht auf das Blatt Papier.

„Schade“, sagte Koslowksi bedauernd, „und ich habe Ihnen auch noch Ihre Zeit gestohlen.“

Er steckte das Papier wieder ein und gemeinsam verließen sie die Halle, in der die Spätschicht schon längst Feierabend gemacht hatte. Am Eingang wollte er sich gerade verabschieden, als einem der Brüder plötzlich noch etwas einfiel. „Falls sie noch ein klein wenig Zeit haben, dann würde ich gerne noch einen letzten Versuch machen.“ Koslowski hatte mit Zeit keinerlei Probleme.

Also kehrten sie wieder um und unterwegs erklärte der jüngere Mann, was er vor hatte. „Das könnte klappen, wenn etwas da ist“, vermutete sein Bruder. „Boris, bereite doch bitte schon mal alles vor, wir sind sofort wieder da.“

Koslowski folgte dem Mitarbeiter zurück in die Halle und beobachtete, wie dieser an einem großen Tisch eine spezielle Lampe aufbaute. Kurze Zeit später ging die Beleuchtung in der Halle bis auf eine kleine Lampe am Arbeitstisch aus. Die beiden Brüder kamen mit einer Taschenlampe zurück und baten Koslowski erneut um das Papier. Dieses legten sie unter die Lampe.

„Das ist Schwarzlicht“, erklärte der Größere der beiden. „Wenn das Papier mit einer speziellen Farbe beschriftet wurde, dann wird es unter Schwarzlicht sichtbar. Aber seien Sie nicht zu zuversichtlich, es ist bloß so ein Gedanke.“

Boris löschte das Licht der kleinen Lampe. Im Schein der Taschenlampe schaltete er dann das Schwarzlicht ein. Im selben Moment, als die Taschenlampe ausging, erschienen wie von Geisterhand Buchstaben auf dem Papier.

Автомат Калашникова образца 47, las Koslowski.

Achselzuckend standen sie alle um den Tisch herum und sahen auf das Blatt Papier.

„Also mir sagt das absolut gar nichts", erklärte Koslowski, und beide Brüder stimmten ihm zu. „Ich vermute, dass es sich um kyrillische Buchstaben handelt und die kann ich nicht lesen", bekannte er.

„Wir leider auch nicht", mussten auch die beiden Brüder eingestehen.

„Das ist in er Tat kyrillisch und heißt auf Russisch: *Awtomat Kalaschnikowa, obrasza 47*", hörten sie Boris' Stimme aus dem Dunklen. Das Licht ging wieder an, und alle blinzelten Boris an.

„Mensch, Boris, wir hatten ja ganz vergessen, dass du aus Russland stammst", gestand der jüngere der Brüder ein.

Boris fuhr fort. „Es geht um Waffen, genauer gesagt um Kalaschnikows, das Modell AK 47", sagte er. „Anscheinend stammt dieses Blatt Papier von einer Kiste, in der sich russische Sturmgewehre diese Typs befunden haben. Mein Bruder war in Russland beim Militär und dort haben sie oft Kisten mit solchen Waffen verladen müssen."

Koslowski ballte die Hand zur Faust. Also um Waffen ging es, aber was hatten die damit vor? Er nahm den Zettel wieder an sich und bedankte sich bei den Druckereibesitzern und ihrem Mitarbeiter. Alle drei waren müde, machten aber doch einen zufriedenen Eindruck. Am Eingang verabschiedeten sie Koslowski.

„Wie kann ich das bloß wieder gut machen?", wollte er wissen.

„Da Sie es nicht können, sollten Sie es gar nicht erst versuchen", lachte einer der Brüder. „Nein, ganz ehrlich, wir freuen uns, wenn wir Ihnen weitergeholfen haben sollten. Das haben wir gerne gemacht." Der andere Bruder stimmte zu. „War ja irgendwie auch spannend, nicht wahr?" Auf dem Parkplatz trennten sich dann ihre Wege.

Als Koslowski bereits wieder auf der Detmolder Straße in Richtung Heimat rollte, war er froh, in der Sache ein Stück weitergekommen zu sein. Nun musste er bloß noch in Erfahrung bringen, was Kösem mit diesen AK 47 vorhatte. Waren die Waffen für einen Überfall gedacht, waren sie Schmuggelgut? Wer kaufte sowas? Zahllose Antworten auf ungeklärte Fragen wurden nun dringend nötig. Doch dazu musste er ein wichtiges Telefonat führen und das war erst am nächsten Morgen möglich. Als er in die Westerfeldstraße einbog, sah er einen Streifenwagen der Polizei in Richtung Lage fahren. Zwei Dinge gingen ihm fast gleichzeitig durch den Kopf. Er musste an seine Beziehung zu Svenja Untermüller denken, die sich im Kosovo befand. Der andere Gedanke führte seltsamerweise zu der kleinen Krankenschwester und ihren Tüten mit der Herrenunterwäsche.

Dr. Erhardt hatte ihm zwar den Genuss von Alkohol untersagt, doch über gutes Essen hatte er nicht gesprochen und so musste Koslowski seinen Freund Walfried Eugelink nicht lange überreden, sich in dessen Mittagspause mit ihm zu treffen um gemeinsam zu essen. Beide Männer saßen in den *Handwerkerstuben* und speisten genüsslich, umgeben nur von ein paar Bankern der gegenüberliegenden Sparkasse. Koslowski legte sein Besteck zur Seite und wischte sich den Mund mit der Serviette ab, bevor er Eugelink ausführlich von seiner Entdeckung bei der Firma *Strate Druck* berichtete.

Eugelink blieb der letzte Bissen fast im Halse stecken, als er hörte, dass in dem alten Hangar eventuell nicht nur der Fluchtwagen umlackiert worden war, sondern auch Waffen gelagert gewesen sein dürften. Auf jeden Fall würde es Sinn haben, wenn sich die Spurensicherung dort mal umsah, fand der Kriminalbeamte. Und das nicht nur wegen der Reifenspur.

Doch dafür, dass wusste Koslowski noch aus seiner Zeit bei der Polizei, benötigte man einen Durchsuchungsbeschluss. Diesen gab es leider nicht an jeder Ecke, sondern nur bei einem Richter. Eugelink hatte sich bereits mit seinen Kollegen besprochen und war dann mit einer schriftlichen Zusammenfassung der Fakten beim Amtsgericht vorstellig geworden. Doch es würde wohl noch eine Zeitlang dauern, bis er den Durchsuchungsbeschluss in Händen hielt.

Die beiden Männer aßen in aller Ruhe zu Ende, danach trennten sich ihre Wege. Eugelink kehrte zurück an seinen Arbeitsplatz an der Bielefelder Straße und Koslowski nach Hiddesen. Beide vereinbarten, dass sich derjenige als erster beim anderen melden würde, der etwas Neues in Erfahrung gebracht hatte.

Ein bissiger Spruch aus der Bevölkerung besagt zwar, *dass man vor deutschen Gerichten und auf hoher See in Gottes Hand ist*, doch diesmal funktionierte die Zusammenarbeit zwischen Polizei und Justiz problemlos und ungewohnt schnell.

Noch kurz vor Feierabend hielt Walfried Eugelink den Durchsuchungsbeschluss für den Hangar in der Hand und informierte seine Mitarbeiter, dass man am nächten Morgen, pünktlich um sechs Uhr, das Gebäude durchsuchen wolle. Unterstützung war bei den Kollegen vom Wachdienst bereits angefordert und zugesagt worden. Alle bereiteten sich auf den morgigen Tag vor.

„Jetzt überleg mal“, fuhr Mister X fort. „Die Dinger sind wertvoll, wiegen so um die achthundertfünfzig Gramm und sind für diese Leute vollkommen ungefährlich zu transportieren.“

Koslowski sackte leicht in sich zusammen. „Und wenn ich mir vorstelle, wie viel man davon problemlos transportieren kann, wird mir leicht übel.“

Der Waffenexperte klopfte seine Pfeife im Aschenbecher aus. „Genau, eine Stinger würde nämlich so um die achtzehn Kilogramm wiegen, und warum sich damit belasten, wenn man mit Ersatzteilen den Markt dort unten viel besser bedienen kann? Und sowas kannst du auch problemlos als Maschinenteil deklarieren. Der Preis liegt so hoch, weil die Stinger trotz ihres Alters noch so zuverlässig sind. Es gab auch russische Modelle wie die IGLA und die STRELA, deren Suchköpfe ebenfalls nach dem *Fire-and-forget-Prinzip* funktionierten, aber die Stinger hat eindeutig mehr Liebhaber.“

Die beiden Männer hingen einen Moment lang ihren Gedanken nach.

Dann suchte Koslowski erneut das Gespräch. „Wie kommt das Zeug denn nach Afghanistan?“ wollte er wissen.

„Sie bringen es zunächst mal nach Pakistan oder in den Iran und dort wird es an den Grenzen den Taliban übergeben. Der Rest ist in diesen weiten Regionen ein Kinderspiel“, erläuterte ihm der Pfeifenraucher die Reiseroute der Waffen. „Und das Zeug erst mal nach Pakistan zu kriegen, ist für einen versierten Schmuggler auch kein großes Problem.“

Diesen Ausführungen konnte Koslowski problemlos folgen. Also lag die Möglichkeit nahe, dass Erdal Kösem die ILAN als Deckmantel benutzte, um mit seinen Freunden Waffen oder eben diese Batterie-Gas-Elemente für die Stinger-Raketen zu schmuggeln.

Das wäre eine sinnvolle Erklärung. Falls da noch die eine oder andere Waffe mit dabei wäre, würde es sicher dem Reibach, den sie dabei erzielten, keinen Abbruch tun. Das erklärte auch den Zettel, dessen Aufdruck man entziffert hatte. Und wohlmöglich hatte man in den Kisten für die Kalaschnikow jede Menge dieser Batterie-Gas-Elemente transportiert.

Koslowski bot seinem Gast an, noch etwas zu bestellen, doch der winkte ab. „Ich bin quasi schon auf dem Weg nach Hamburg. Du hattest sowieso schon Glück, dass du mich hier in der Nähe erwischt hast."

Beide Männer erhoben sich und Koslowski schüttelte seinem Gesprächspartner die Hand. „Ich bin dir sehr dankbar für deine Informationen. Du hast mir sehr geholfen!"

Der Waffenexperte sah Koslowski an und schmunzelte. „Solltest du noch Gesprächsbedarf haben, hast du ja meine Handynummer. Und für so ein gutes Essen darfst du gern öfter anrufen."

Koslowski begleitete seinen Gast zur Tür und half ihm in den Mantel.

„Tu mir bitte einen Gefallen", bat er Koslowski vor der Gaststätte.

„Herzlich gern, wenn ich kann."

„Solltest du diese Batterie-Gas-Elemente in die Finger kriegen, dann sorg bitte dafür, dass das Zeug Deutschland niemals verlässt."

Koslowski legte ihm eine Hand auf die Schulter. „Wenn es möglich ist, werde ich es versuchen."

Mister X drehte sich noch einmal zu ihm um und schaute ihm ernst in die Augen.

„Weißt du, mein Sohn sitzt nämlich dort unten in einer dieser Maschinen, denen das Zeug gefährlich werden könnte. Und pass auch auf dich selber auf. Mit Leuten, die mit dem Tod handeln, ist nicht zu spaßen." Dann ging er langsam über die Straße zu seinem Wagen.

Koslowski blieb so lange vor der Gaststätte stehen, bis der Wagen außer Sicht war. Dann drehte er sich um und ging in das Lokal zurück. Jetzt hätte er gut einen Schnaps trinken können. Aber als er seinen Tisch erreichte, hatte er diesen Wunsch schon wieder vergessen.

Da schien sich ein ganz dickes Ding anzubahnen und er saß mit seinem Hintern mal wieder direkt auf diesem Pulverfass.

Sechsundzwanzig

Koslowski war zurückgekehrt und hatte seinen Wagen zu Hause abgestellt. Da es noch recht früh war und er nachdenken wollte, hatte er sich zu einem Bummel durch die Detmolder Innenstadt entschlossen.

Von zu Hause aus war er an der Oberen Mühle vorbei in die Stadt gelaufen. Er begutachtete den neuen Teich und die neue Fischtreppe, von der man behauptete, es wäre billiger gewesen, jeden Fisch einzeln mit einem Taxi nach Heiligenkirchen hochzufahren, als dieses Bauwerk zu erstellen.

Kopfschüttelnd betrachtete Koslowski das Bauwerk und wanderte dann durch die Allee weiter in Richtung City.

Die Blätter der Bäume hatten sich bereits herbstlich verfärbt. Koslowski fröstelte und zog die Jacke enger um sich. Der Spaziergang durch die Fußgängerzone machte ihm keinen richtigen Spaß, da er keine Lust verspürte, irgendwo einzukehren. Doch trinken wollte er etwas und so machte er noch einen kurzen Abstecher in die *Cosmo Lounge*.

Er bestellte sich ein Wasser. Eine zurückgelassene Illustrierte ersetzte ihm die fehlende Unterhaltung. Mittlerweile war es dunkel geworden und es fing leicht an zu regnen.

Koslowski schlug den Kragen seiner Jacke hoch, machte sich auf den Rückweg und ging durch die Allee zurück in Richtung Hiddesen. Auf der Friedrich-Ebert-Straße bereute er schon nach wenigen Metern bergan, dass er sich kein Taxi gegönnt hatte. Aber anderseits tat er damit etwas für seine Gesundheit, wie es sein Arzt verlangte.

Koslowski näherte sich bereits dem alten, abbruchreifen Haus, welches früher ein angesehenes Gasthaus mit dem Namen *Zur frischen Quelle* gewesen war. Doch das war lange vor seiner Zeit in Lippe gewesen. Nun bildete das heruntergekommene Haus bloß noch einen Schandfleck und man hatte schon des Öfteren im Inneren gezündelt. Um weitere Brände zu verhindern, hatte man daher sämtliche Türen verbarrikadiert. Das Gebäude war äußerst gefährlich, da man den morschen Holzböden kaum noch trauen konnte. Koslowski wunderte sich, dass eine der Türen offen stand, die sich hinter zwei gekreuzten Brettern befand, mit denen man den Eingang zusätzlich vernagelt hatte. Er sah Taschenlampenschein aufblitzen und dann hörte er eine Frauenstimme, die um Hilfe rief. Vorsichtig ging er auf die offene Tür zu und schreckte zusammen, als die Frau plötzlich erneut aufschrie.

Eine Vergewaltigung?, schoss es ihm durch den Kopf.

Kurzentschlossen stieg Koslowski zwischen den beiden Brettern hindurch und stand in einem dunklen, muffig riechenden Hausflur. Er blieb stehen und hörte im hinteren Bereich einen erneuten, diesmal leiseren Schrei.

Was hatte das Schwein mit der Frau vor? Und hoffentlich war es tatsächlich nur einer, dachte er.

Koslowski suchte in seiner Jackentasche nach seinem Handy, musste aber mit einer Mischung aus Enttäuschung und Verärgerung zur Kenntnis nehmen, dass er es im Wagen vergessen hatte. Langsam gewöhnten sich seine Augen an das spärliche Licht, welches von der Straßenbeleuchtung durch die verschmutzten und teils ebenfalls vernagelten Fenster fiel.

Der Boden vor ihm war mit alten Zeitungen und Scherben übersät und dazwischen huschte eine Ratte vorbei. Vorsichtig taste sich Koslowski weiter.

Die Frau und ihr Peiniger mussten mittlerweile oben sein, denn er hörte aus der oberen Etage Schritte, die anscheinend von zwei Personen stammten. Koslowski blinzelte durch das

Halbdunkel und sah vor sich eine alte, zerbrochene Flügeltür. Langsam bewegte er sich darauf zu. Mit leisem Quietschen öffnete er einen der Türflügel. Vor ihm lag ein Treppenhaus und auch hier fiel, durch die vor Schmutz blinden Fenster, nur wenig Licht von den Straßenlaternen herein.

Koslowski drückte sich an die Wand und begann langsam und vorsichtig die Stufen hinaufzuschleichen. Auf dem ersten Treppenabsatz blieb er stehen und spähte nach oben. Die Geräusche über ihm hatten nun komplett aufgehört.

Er überlegte kurz, ob er umkehren und die Polizei benachrichtigen sollte, als er plötzlich einen neuen, nun gedämpften Schrei vernahm. Koslowski war sich bewusst, dass es vollkommen verrückt war weiterzugehen. Trotzdem schlich er weiter. Mühelos erreichte er den nächsten Treppenabsatz und stand vor einer weiteren Flügeltür, der jedoch bereits die Glasscheiben in ihren Öffnungen fehlten. Koslowski konnte durch die Löcher der Tür in einen langen Flur sehen und erkannte darin nach links und rechts abgehende Zimmer. Dieses Haus zu durchsuchen wäre eher eine Aufgabe für ein Sondereinsatzkommando der Polizei als für einen neugierigen Rucksacklipper wie ihn.

Er versuchte sich am rechten der beiden Türflügel und es gelang ihm, diesen geräuschlos zu öffnen. Immer darauf bedacht, nicht gegen Flaschenreste oder leere Pappkartons zu stoßen, betrat er den Flur. Bei einem seiner vorsichtigen Schritte erwischte er trotzdem ein paar verkohlte Holzbohlen und wäre fast durch den Boden gebrochen. Der Krach, den er beim Tritt in die morschen Bretter gemacht hatte, musste im ganzen Haus zu hören gewesen sein.

Nur einen Moment später hörte er über sich einen Körper auf dem Boden aufschlagen. Koslowski brach die Durchsuchung dieses Stockwerkes sofort ab, wobei er froh war, dass er nicht komplett durch die Decke gebrochen war. Er schlich zurück ins Treppenhaus und erreichte kurze Zeit später mit der nötigen Vorsicht das nächste Stockwerk.

Auch hier wieder zwei Flügeltüren, doch deren ehemalige Scheibenöffnungen waren mit Brettern vernagelt, sodass ihm der Blick in diesen Flur versperrt blieb. Koslowski näherte sich vorsichtig einer der Türen und öffnete sie einen Spalt breit. Der Flur vor ihm schien ebenfalls leer zu sein und er trat vorsichtig hinein.

Eine an die Stirn gehaltene Pistolenmündung fühlt sich auf verschwitzter Haut äußerst unangenehm an. Das musste Koslowski sofort feststellen, als er die Tür passiert hatte. Einer damit oft verbundenen wortlosen Aufforderung kam er nach, indem er sofort die Hände hochnahm. Er traute sich auch nicht, sich zum Besitzer des Schießeisens umzudrehen. Im selben Moment trat eine weitere Person aus einem der Zimmer in den Gang.

Koslowski wagte kaum zu atmen, und sein Blick verhärtete sich, als diese Person eine Neonhandlampe aufflammen ließ.

Sofort erkannte er Erdal Kösem, der in der einen Hand die Lampe und in der anderen Hand einen MP-3 Player hielt. Nun erst wagte es Koslowski, sich langsam und ganz vorsichtig umzudrehen.

Hinter ihm stand ein weiterer Mann, untersetzt und augenscheinlich ebenfalls ein Türke. Er hielt die Waffe immer noch auf Koslowskis Kopf gerichtet und zitterte leicht. Dabei lief ihm Schweiß über das Gesicht. Der Typ war mindestens so gefährlich wie Kösem, vermutete Koslowski. Nur würde Kösem aus Berechnung handeln und der Typ hinter ihm aus Panik. Kösem kam langsam ein paar Schritte näher. „Ich dachte mir doch, dass Ihre neugierige Nase Ihnen noch mal das Genick brechen würde“, vermutete er und drückte auf den Abspielknopf am MP-3 Player.

Der Schrei einer Frau. Und darauf war er Idiot reingefallen, ärgerte er sich in Gedanken.

Kösem lachte ein kaum hörbares, aber umso böseres Lachen, als er die Wiedergabe abstellte. Koslowski verlagerte sein Gewicht auf das andere Bein und sah dabei zu Boden. Mit Schrecken stellte er fest, dass er erneut auf einer angekokelten Stelle des Fußbodens stand und der schwitzende, dicke Türke hinter ihm ebenfalls nicht weit davon entfernt war.

Kösem tauschte das Handy in seiner Hand gegen eine Pistole. Damit zeigte er auf den Dicken hinter Koslowski.

„Ich habe die Ehre, Ihnen Murat Ünlü vorzustellen, er wird heute Abend das beenden, was mein Freund Ömer Cesgin und seine Mountainbike-Freunde in Oerlinghausen leider nicht geschafft haben."

Koslowski ging ein Licht auf. Jetzt schloss sich für ihn ein weiterer Kreis und er stellte fest, dass er mit seinen Vermutungen gar nicht so schlecht gelegen hatte. Aber die momentane Situation entwickelte sich allmählich immer bedrohlicher.

Er versuchte, Zeit zu schinden, um währenddessen nach einem Ausweg zu suchen. „Was wollten Sie denn durch meinen Tod verhindern oder verdecken?", fragte er Kösem.

Dieser lachte kurz und trocken auf. „Vergessen Sie es Koslowski, ich bin keiner dieser Filmbösewichter, der Ihnen kurz vor Ihrer Liquidierung noch schnell seine Absichten erklärt. Hier geht es nur noch darum, Sie zu beseitigen und das möglichst ohne dummes Gequatsche."

Kösem trat einen Schritt zur Seite und hob die Waffe. So hatte sich Koslowski die Sache nun überhaupt nicht vorgestellt.

„Los Murat, leg ihn um!", befahl Kösem dem schwitzenden Mann.

Koslowski wusste in diesem Augenblick, dass er irgendwie reagieren musste. Und zwar schnellstens. Ansatzlos warf er sich herum. Dabei nutzte er die Skrupel des Mannes hinter ihm bewusst aus. Er hatte ihn zum Glück richtig eingeschätzt. Kaum jemand war in der Lage, einem Menschen ohne zu zögern in den Kopf zu schießen.

Als er gegen den dicken Türken prallte, geschahen zwei Dinge gleichzeitig. Erstens: Das Gewicht der beiden Männer ließ die verkohlten Bodenbretter des alten Hauses nachgeben und sie stürzten in die darunterliegende Etage. Zweitens: Die Kugel, die Erdal Kösem bei Koslowskis Angriff geistesgegenwärtig abgefeuert hatte, traf bloß die Wand hinter der Stelle, an der die beiden Männer den Bruchteile einer Sekunde zuvor noch gestanden hatten.

Der Boden des alten Hauses war nicht nur durch die gelegentlichen Feuer, sondern bereits auch durch Würmer und Schwamm stark in Mitleidenschaft gezogen worden.

Als die beiden Männer durch die Decke brachen und auf dem Fußboden des darunterliegenden Stockwerkes aufschlugen, blieb Koslowski glücklicherweise auf einem festeren Stück Boden liegen. Doch Murat Ünlü, der um einiges schwerer war als Koslowski, durchschlug auch diesen Boden. Sonst wäre er wohlmöglich wie Koslowski mit ein paar Prellungen und Hautabschürfungen davon gekommen. So wurde er jedoch im Erdgeschoss von einem alten, verrosteten und senkrecht aus dem Boden ragenden Heizkörperrohr aufgespießt.

Das Rohr durchbohrte seinen Oberkörper in Herznähe, und er war auf der Stelle tot. Koslowski nahm sich nicht die Zeit sich länger mit Ünlüs Schicksal zu beschäftigen, sondern rollte sich auf den Rücken und sah zur Tür. Die musste er schnellstens erreichen.

Kösems Schritte waren bereits im Treppenhaus zu hören. Koslowski kam auf die Beine und wollte gerade lossprinten, als er ein weiteres Stück maroden Fußbodens übersah. Nun brach auch er durch die morsche Decke und fand sich einen Moment später neben Ünlüs Leiche im Erdgeschoss wieder.

Glücklicherweise war er auf einem Berg alter Lumpen und Kartons gelandet und hatte sich kaum verletzt. Angewidert blickte er in Ünlüs gebrochene Augen und sah das Blut, das aus dessen Mund tropfte.

Kösems Schritte auf der Treppe holten ihn jedoch schnell in die Wirklichkeit zurück. Er rappelte sich auf und erreichte in drei Schritten die Ausgangstür.

So schnell er konnte, rannte er nach rechts die Friedrich-Ebert-Straße hinauf. Dann wurde er kurze Zeit später bereits durch dichtes Gebüsch verdeckt und verschwand ungesehen in die nächsten Querstraße.

Als er kurze Zeit später mit der zur Hilfe gerufenen Polizei zur *Frischen Quelle* zurückkehrte, fand man dort lediglich Ünlüs Leiche. Von Kösem fehlte jede Spur. Aber das hatte Koslowski auch nicht anders erwartet.

Kösem hatte etwas ganz anderes vor, doch was, das konnte Koslowski nicht sagen. Noch nicht.

Erneut erschien Walfried Eugelink am Tatort und schüttelte bei der Schilderung des Tatherganges bedenklich den Kopf. „Weißt du, ich habe den Eindruck, dein Leben ähnelt immer mehr dem Filmtitel eines Westerns mit Jean-Louis Trintignant."

Koslowski sah ihn fragend an. „Und welcher soll das sein?"

Eugelink schürzte spöttisch die Lippen: „Leichen pflastern seinen Weg."

Von diesem Tag und auch vor allem vom Abend konnte man eines mit Sicherheit sagen: Koslowski war froh, dass er ihn überlebt hatte.

Als er endlich zu Hause angekommen war und geduscht hatte, checkte er noch schnell seine E-Mails. Eine davon war nicht ganz unerwartet gekommen. Wortreich und mit etlichen guten Gründen, die er durchaus nachvollziehen konnte, teilte ihm seine Freundin Svenja Untermüller mit, dass sie ihre Beziehung beenden wollte. Sie habe dort jemanden kennen gelernt und werde ihren Einsatz für mindestens ein Jahr verlängern lassen.

Nicht zu erkennen war, ob der neue Mann der Grund für die Verlängerung oder umgekehrt die Verlängerung der Grund für den neuen Mann war. Auf jeden Fall wollte sie ihm später alles noch mal ausführlich am Telefon erklären.

Wenn Koslowski ehrlich war, dann hatte er schon mit so etwas gerechnet. Aber was hatte schon sein Großvater über jede traurige Entwicklung immer gesagt? *Wer weiß, wofür es gut ist?* Koslowski sank ins Bett und fiel in einen tiefen und traumlosen Schlaf.

Siebenundzwanzig

Während sich in Hiddesen die Ereignisse zugespitzt hatten, hockte Ahmet Dursun immer noch in den geheimen Kellerräumen der ILAN-Moschee und wartete. Sowohl von Erdal Kösem als auch von Serkan Birgili war er des Öfteren in seinem Versteck besucht worden. Sie hatten ihn mit Lebensmitteln und Getränken versorgt und sich oft und lange mit ihm unterhalten. Immer mehr gelang es ihnen, ihn in ihrem Sinne zu beeinflussen. Auch entsprechenden Lesestoff hatte er bekommen. Meist wilde Agitationen gegen alle Nichtmuslime und flammende Aufrufe zum Kampf gegen die Ungläubigen.

Ahmet Dursun, der auf Kösem anfänglich einen eher apathischen Eindruck gemacht hatte, sog mit zunehmender Isolation und Beeinflussung die Hasspredigten regelrecht in sich auf und begann, sie zu verinnerlichen. Als geschickter Agitator steuerte ihn Kösem dabei in die von ihm gewünschte Richtung. Er und Birgili waren allmählich der Meinung, dass es Zeit wurde, sich aus dem Staub zu machen.

Ömer Cesgin und Murat Ünlü hatten für ihre Geschäfte, aber auch für ihre Fehler bereits mit dem Leben bezahlt. Ihr Tod bereitete den beiden Anderen kein schlaflosen Nächte, dafür waren sie viel zu abgebrüht. Ganz im Gegenteil, ihr

Gewinn hatte sich dadurch sogar verdoppelt. Aber sie würden alles aufs Spiel setzen, wenn sie sich nicht bald absetzten.

Dieser Koslowski hatte sich als echte Klette erwiesen und widersetzte sich mit unglaublicher Hartnäckigkeit jedem Versuch, ihn aus dem Weg zu räumen. Sicher, dabei hatte er eine Menge Glück. Aber er war auch niemand, den man unterschätzen durfte. Darin waren sich beiden Männer einig.

Glücklicherweise waren die wertvollen Batterie-Gas-Elemente mittlerweile so weit verladen, dass man sofort verschwinden konnte. Doch die beiden übriggebliebenen wollten sicher gehen, dass ihnen diesmal niemand dazwischenfunkte und ganz besonders nicht dieser Koslowski.

Dazu hatte Erdal Kösem sich einen Plan ausgedacht, vor dessen Brutalität sogar Birgili erschrocken zurückgezuckt war. Sicherheitshalber hatte er jedoch geschwiegen, denn Kösem war in der jetzigen Situation wie ein angeschossenes Tier und unberechenbar. Nach diesem teuflischen Plan sollte Ahmet Dursun dafür sorgen, dass sich alles Augenmerk auf einen ganz bestimmten Punkt in Lippe richtete und so der Weg für eine unbemerkte Flucht frei wäre.

Kösem schloss die Kellertür auf und betrat den Raum. Ahmet Dursun lag auf dem Bett und schien zu dösen. Die Medikamente, die Kösem in das Essen gemischt hatte, taten ihre Wirkung. Doch davon wusste nur er, Kösem, denn auch von Serkan Birgili ließ er sich nicht in alle Karten sehen.

Dursun öffnete mühsam die Augen und richtete sich dann auf den Ellbogen auf. „Erdal, ich grüße Dich“, murmelte er verschlafen und lächelte seinen Freund und Gastgeber an.

Erdal Kösem lächelte zurück und dachte: Was für ein armseliger Idiot! Aber immerhin ein nützlicher. Er stellte das Tablett ab und setzte sich auf die Bettkante. „Ich hoffe, du hast gut geschlafen, denn schon bald wird dein großer Tag kommen und du wirst endlich die ersehnte Rache nehmen können.“

Ahmet Dursun richtete sich auf.

„Und ich werde dafür sorgen, dass deine Rache wie ein Fanal leuchten wird. Ein Platz im Paradies ist dir dafür gewiss“, fuhr Kösem fort.

Ahmet Dursun richtete seinen Blick auf den Koran, der aufgeschlagen auf dem Tisch lag. „Endlich“, seufzte er und Kösem nickte zustimmend.

„Jetzt ist es Zeit für dich, deinen Weg anzutreten und dich von deiner Familie zu verabschieden. Sie wird stolz auf dich sein.“ Kösem legte ihm die Hand auf die Schulter. Dursun nickte ehrerbietig.

„Geh nun nach Hause und bereite dich vor. Alles, was du brauchst, wird dir Serkan bringen.“

Die beiden Männer waren aufgestanden und umarmten sich.

„*Allahu akbar*, Allah ist groß“, proklamierten sie gemeinsam, und dann brachte Erdal Kösem sein williges Werkzeug zurück an das Tageslicht. Mit seinem Wagen fuhr er ihn in die Nähe der elterlichen Wohnung in Lage und überließ ihn dort seinem Schicksal.

Ahmet Dursuns Vater Ali hatte Tränen in den Augen, als er seinen verlorenen Sohn nach so vielen Tagen wieder in die Arme schließen konnte.

Doch er musste relativ schnell feststellen, dass sein Sohn sich sehr verändert hatte. Zwar konnten sie über vieles sprechen, doch irgendetwas verheimlichte er ihm. So etwas merkte ein Vater ohne viele Worte.

Als Serkan Birgili erschien und seinem Sohn eine Sporttasche brachte, gingen die beiden in Ahmets altes Kinderzimmer und blieben dort für eine Weile allein.

Was Ahmets Vater erstaunte, war die Tatsache, dass sich Serkan Birgili anschließend sehr schnell verabschiedete und nicht in der Lage war, ihm dabei in die Augen zu sehen. Auch die ausgestreckte Hand schüttelte er nur flüchtig, und hastete dann aus dem Haus.

Nach Birgilis Besuch fand Ali Dursun keinen Zugang mehr zu seinem Sohn. Er erschien nur noch zu den Mahlzeiten und ging der ganzen Familie aus dem Weg. Fast den ganzen Tag verbrachte er in seinem Zimmer, in das er sich eingeschlossen hatte.

Ahmets Vater war daher sehr überrascht, als er am Sonntagmorgen die Klinke niederdrückte und feststellte, dass sein Sohn nicht da war. Er schaute sich im Zimmer um und kam ins Grübeln. Eine Weile setzte er sich auf das Bett, dann erhob er sich müde, ging wortlos an seiner Frau vorbei und verließ das Haus.

Achtundzwanzig

Am späten Nachmittag klingelte Koslowskis Telefon. Hakan Karatoglu war am Apparat. Der Türke war sehr aufgeregt und bat Koslowski schnellstmöglich nach Lage zu kommen. Er würde ihn an seiner Wohnung erwarten. Als Koslowski nach dem Grund für seine Bitte fragte, verstand er nur „Leben und Tod". Diese Antwort, verbunden mit einem komischen Gefühl im Magen, veranlasste ihn schnellstens nach Lage zu fahren.

Kaum war er dort aus seinem Wagen gestiegen, als ihm Hakan Karatoglu bereits auf der Straße entgegenkam. Im Schlepp hatte er einen weiteren türkischen Mann, der etwa im gleichen Alter zu sein schien. Karatoglu stellte ihn als Ali Dursun vor.

Der Mann schaute während der Vorstellung verlegen zu Boden und wagte offensichtlich nicht, Koslowski in die Augen zu blicken. Hätte er doch noch vor wenigen Tagen bei dessen Tod kaum Mitleid, sondern eher Genugtuung empfunden.

Noch bevor Koslowski nach dem Grund für dieses Gespräch fragen konnte, wurde er von Karatoglu in Richtung des Landrovers geschoben. „Wir besser fahren Wohnung von Dursun", sagte er und öffnete bereits die Türen des Autos. Er bugsierte Ali Dursun auf den Rücksitz und forderte Koslowski zur Eile auf. „Bitte fahren schnell, ich erzähle unterwegs."

Koslowski starte den Wagen und fuhr los. Unterwegs nannte ihm Hakan Karatoglu die Adresse der Dursuns und erklärte, dass Ahmets Vater zu ihm gekommen sei und ihm das sonderbare Verhaltens seines Sohnes geschildert habe. Er sprach auch über die Angst des Vaters. Koslowski hörte aufmerksam zu, und schon bald hatten sie die Wohnung der Dursuns erreicht. Gemeinsam führte der Vater sie in Ahmets Zimmer, er selber blieb an der Tür stehen. Koslowski trat einen Schritt in den Raum hinein, dann stoppte er und ließ das Bild des Raumes auf sich wirken.

Er sah ein benutztes Bett und einige Essensreste, die auf diverse Teller verteilt überall herumstanden. Vor einem Fenster, das zum Hof hinausging, stand ein Tisch mit Gegenständen, die Koslowskis besondere Aufmerksamkeit erregten. Anscheinend hatte Ahmet Dursun hier irgendetwas zusammengeschneidert. Koslowski sah Nähzeug, eine Schere und eine Menge Reste weißen Stoffs. Langsam trat er an den Tisch heran und nahm eines dieser Stoffteile in die Hand. Es hatte Ähnlichkeit mit der Vorderseite einer Weste, die mit diversen Taschen besetzt war. Keine handwerklich gute Arbeit, aber man konnte erkennen, was der Hersteller erreichen wollte. Anscheinend war das hier ein Prototyp gewesen, denn es fehlten noch einige Nähte. Unter dem Stoff lagen diverse Kabel und überall verschiedene Elektrowerkzeuge. Koslowski setzte sich an den Tisch und schob die Stoffreste mit der Hand etwas zur Seite. Dabei bemerkte er eine kleine Kapsel, aus der Drähte ragten, und sofort überkam ihn ein ungutes Gefühl. Voller böser Vorahnungen ließ er seinen Blick weiter durch den Raum schweifen.

Doch ansonsten handelte es sich um ein ganz gewöhnliches Zimmer. Keine Bilder oder Zeichnungen an den Wänden. Eher spärlich möbliert und wie es aussah, lediglich ein Raum zum Schlafen. Koslowski schaute unter den Tisch und bemerkte dort einen Mülleimer. Er zog ihn hervor, und schüttete den Inhalt kurzerhand auf dem Tisch aus. Was er dort sah, bestätigte seine schlimmsten Vermutungen.

Neben weiteren Stoff- und Kabelresten erkannte er eine Plastikverpackung mit dem Aufdruck *Semtex H* .Und das war, wie Koslowski wusste, ein Plastiksprengstoff.

Ahmet Dursun musste, so vermutete Koslowski, den ockerfarbenen Sprengstoff, man konnte noch winzige Reste davon in der Verpackung erkennen, ausgepackt und in eine Weste eingenäht haben.

Als ob diese Hinweise noch nicht ausgereicht hätten, ihn davon zu überzeugen, was Ahmet Dursun vorhatte, beseitigte der fast leere Eimer mit den Resten von rostigen Nägeln, Schrauben und Metallteilen seine letzte Unsicherheit. In diesem Zimmer war eine Sprengstoffweste für einen Selbstmordanschlag gebastelt worden.

Neben den Kabeln lag eine 9-V-Blockbatterie, die Teil eines Zweierpacks gewesen war, und Koslowski konnte sich vorstellen, wo sich die andere Batterie gerade befand.

Hakan Karatoglu war näher gekommen. Auch er schien sofort zu erkennen, was hier geplant worden war.

Koslowski drehte sich langsam zu Ali Dursun um. „Ich glaube, Ihr Sohn ist dabei, eine katastrophale Dummheit zu begehen."

Ali Dursun nickte unmerklich mit hängendem Kopf. „Deswegen ich mit Karatoglu gesprochen." Leicht schwindelig musste er sich an den Türpfosten anlehnen. „Meine Sohn sich hat verändert. Keine Freude mehr in ihm. Er lange weg, nachdem ..." Mitten im Satz brach Dursun ab und sah Koslowski in die Augen.

„Was er mit Ihnen gemacht hat, mir leid tut", gab er kleinlaut zu.

Koslowski verstand, dass der Vater von dem Angriff seines Sohnes auf ihn wusste, doch er winkte nur ab. „Alles kalter Kaffee." Er hielt die Stoffreste und die Verpackung des Sprengstoffs hoch. „Das hier ist viel gefährlicher."

Dursun nickte wieder. Nun begann Karatoglu auf Türkisch auf ihn einzureden, fasste ihn dabei an den Schultern und schüttelte ihn. Ali Dursun antworte lediglich mit einem Kopfschütteln auf Karatoglus Fragen.

Plötzlich ließ dieser den Mann los, und drehte sich zu Koslowski um. „Er sagt, er nix weiß, wo seine Sohn jetzt ist und was vorhat." Dabei ballte er die Faust und starrte durch das Fenster auf den Hof. „Kann sein überall", vermutete er hoffnungslos.

Koslowski hatte den restlichen Inhalt des Mülleimers durchsucht und widersprach dann Karatoglus hoffnungsloser Sicht der Dinge. „Ich vermute, ich weiß ziemlich sicher, was Ahmet geplant hat. Leider."

Beide türkischen Männer sahen ihn sprachlos an, als er einen Werbeflyer hochhielt. „Ich befürchte, wir werden ihn hier finden, oder besser gesagt, suchen müssen." Koslowski wurde bei dem Gedanken, welches Ziel sich Ahmet Dursun für seine Rache gegen die Ungläubigen ausgesucht hatte, regelrecht übel.

Wortlos reichte er Hakan Karatoglu den Werbeflyer für den Reinholdi Markt, auf dem jemand den Termin für das sonntägliche Feuerwerk mit einem roten Filzstift deutlich umrandet hatte. Karatoglu wurde aschfahl im Gesicht.

Koslowski blickte auf seine Armbanduhr und schluckte. „Das Feuerwerk beginnt um zwanzig Uhr, und nun ist es bereits halb acht." Er sprang auf. „Es wird Zeit zu handeln." Dann rannte er an den beiden Männer vorbei aus der Tür. „Rufen Sie die Polizei an", forderte er Karatoglu dabei auf, „Ich fahre sofort zum Reinholdi Markt rüber. Vielleicht finde ich Ihren Sohn noch rechtzeitig und kann das Schlimmste noch verhindern", gab er Ali Dursun zu verstehen.

Noch bevor dieser ihm danken konnte, war Koslowski schon auf der Straße, wendete seinen Wagen und jagte mit quietschenden Reifen in Richtung Pottenhausen davon. So schnell es der schwere Geländewagen zuließ, donnerte er in Richtung des Reinholdi Marktes und fischte dabei sein Handy aus der Jacke.

Mit einem Auge auf der Straße und mit einem auf dem Display suchte er eine Nummer und wählte. Kurze Zeit später hatte er seinen Gesprächspartner aus dem *Entenkrug* wieder am Ohr.

Ohne lange Vorrede schilderte Koslowski seinen Fund in Dursuns Wohnung und hörte *Mister X* am anderen Ende schwer atmen.

Nach Koslowskis Bericht, stellte er hastig einige Fragen. „Hast du dort irgendwelche Schalter gesehen? Etwas, das darauf hinwies, oder möglicherweise Wäscheklammern?“

Nach kurzem Überlegen verneinte Koslowski.

„Dann scheint er seine Bombe ganz ohne Schalter zünden zu wollen“, vermutete der Waffenexperte. „Aber das ist bloß eine Annahme. Du musst unbedingt darauf achten, was er mit seinen Händen macht. Oft verwenden sie sogenannte *Totmannschaltungen*, das heißt, sie halten einen Kontakt gedrückt und wenn sie ihn loslassen ...“ Er musste nicht weitersprechen, um Koslowski deutlich zu machen, was dann passieren würde. Dann fiele Himmelfahrt dieses Jahr in den Oktober.

„Aber es kann auch sein, dass er nur das Kabel an die Batterie drücken muss, um die Bombe auszulösen.“

Koslowski fragte, woran man das erkennen könne. „Er könnte in einer Hand ein Kabel halten und in der anderen Hand eine Batterie, die mit dem zweiten Zündkabel verbunden ist. So wird eine versehentliche Zündung der Sprengladung verhindert. Zum Bespiel, wenn er im Gedränge angerempelt würde. Aber das ist alles graue Theorie. Genaues wirst du erst wissen, wenn du ihm gegenüberstehst.“

Koslowski schleuderte mit dem Wagen auf die Schöthmarsche Straße.

„Auf jeden Fall muss zirka zwei- bis dreihundert Meter um ihn herum alles geräumt werden. Die Wirkung der Bombe wird durch die Metallteile, die wie Schrapnells durch die Gegend fliegen, noch verstärkt. Hast du bereits die Polizei informiert?“, wollte *Mister X* wissen.

Koslowski überholte mit heulendem Motor einen Sportwagen. „Ich hoffe, Karatoglu macht das. Ich bin schon auf dem Weg zum Reinholdi Markt.“

Sein Gesprächspartner am anderen Ende der Leitung seufzte. „Ich kann dir nur alles Glück der Welt wünschen und bin froh, dass ich nicht in deiner Haut stecke.“

Bevor Koslowski ihm danken und das Gespräch beenden konnte, gab ihm der Sprengstoffspezialist noch einen letzten eindringlichen Rat. „Schneid bloß niemals irgendwelche Drähte gleichzeitig durch, verstehst du? Immer nur jeden Draht einzeln. Einzeln, Koslowski! Einzeln! Sonst bist du der Zünder!“

Dieser versprach, den Rat zu beherzigen, drückte dann das Gespräch weg und konzentrierte sich wieder auf die Straße. Linker Hand konnte er, über ein freies Feld hinweg, schon die Beleuchtung der verschiedenen Fahrgeschäfte erkennen. Ahmet Dursun in dem Gewimmel von Menschen zu finden, war wie die berühmte Suche nach der Stecknadel im Heuhaufen. Dazu brauchte er auf jeden Fall Hilfe und, was noch wichtiger war, es durfte auf keinen Fall eine Panik entstehen!

Denn die würde Dursun sofort signalisieren, dass man ihm auf den Fersen war. Dadurch könnte er verleitet werden, die Bombe sofort zu zünden. Koslowski hoffte auch darauf, dass er den Beginn des Feuerwerks abwartete, um sein eigenes tödliches Feuerwerk zu zünden.

Seine Armbanduhr zeigte 19.41 Uhr. Noch 19 Minuten bis zum großen Knall. Egal welcher Art.

Neunundzwanzig

Wer an den Reinholdi-Markt in Lage denkt, dem fallen als Erstes rasante Karussels ein. Dann ein Krammarkt, auf dem man vom Räucheraal bis zum Hosenträger fast alles kaufen kann. Der damalige Pächter der Gaststätte *Siekkrug,* Reinhold Radtke, hatte den ersten Markt im Jahre 1928 ins Leben gerufen um den Bekanntheitsgrad seines Etablissements, das seit 1601 existierte, zu steigern. Alljährlich lockt der Reinholdi-Markt, der immer noch nach dem Vornamen seines Begründers benannt wird, viele tausend große und vor allem kleine Besucher an. Die Parkplätze rund um das Festgelände sind meist überfüllt und die Zufahrtstraßen für den normalen Verkehr gesperrt.

An all das erinnerte sich Koslowski, während er mit deutlich überhöhter und den Führerscheinbesitz gefährdender Geschwindigkeit in Richtung des Marktes raste. Krampfhaft überlegte er, wie er möglichst nah an das Festgelände herankommen konnte. Von früheren Besuchen wusste er, dass die Einsatzkräfte der Polizei regelmäßig vor dem Haupteingang an der Sylbacher Straße ihren Standort hatten. Wenn ihm überhaupt jemand helfen konnte, Ahmet Dursun zu finden, dann die Polizei.

Kurz vor dem Festgelände wurde er von einem Mitarbeiter des technischen Hilfsdienstes angehalten, der ihm die Weiterfahrt untersagte.

„Verdammt“, fluchte Koslowski. „Hat Ihre Leitstelle Sie denn nicht über den Unfall an der Ponyreitbahn informiert?“

Der Mann schüttelte den Kopf. „Ich bin Arzt und muss schnellstens dorthin, ein Kind ist vom Pferd gestürzt“, log Koslowski frech und der Mitarbeiter gab ihm den Weg frei.

Nachdem Koslowski passiert war, erkundigte sich der Mann über sein Sprechfunkgerät, warum man ihn nicht auf das Erscheinen des Arztes vorbereitet habe, erntete damit aber nur verständnislose Rückfragen.

Koslowski bremste in der Nähe des Eingangs ab und sprang aus dem Wagen. Auf der gegenüberliegenden Straßenseite unterhielten sich einige Polizeibeamte vor ihren Streifenwagen. Koslowski rannte hinüber, um die Polizisten um Hilfe zu bitten, als ihm bereits ein Beamter entgegenkam.

„Guten Tag, mein Name ist Donkerberg, ich bin hier der zuständige Einsatzleiter und muss sie auffordern, sofort Ihren Wagen hier wegzufahren!“, forderte ihn der kleine, rundliche Mann mit dem lockigen Haarkranz auf.

Doch Koslowski reagierte darauf überhaupt nicht. „Ich brauche Ihre Hilfe, es geht um Leben und Tod.“

Er war froh, dass er so schnell einen Polizisten gefunden hatte. Auch die anderen Polizisten waren auf das Gespräch aufmerksam geworden und einer von ihnen kam langsam näher.

Doch Einsatzleiter Donkerberg blieb standhaft. „Alles zu seiner Zeit. Zunächst mal muss ich Sie auffordern, Ihr Fahrzeug da wegzufahren, es steht im Halteverbot. Stellen Sie es es auf einem für Besucher vorgesehenen Parkplatz ab.“ Koslowski platzte fast der Kragen. „Hören Sie“, nahm er einen letzten Anlauf, „ich suche einen Mann, der sich hier möglicherweise in die Luft sprengen will.“

Donkerberg rückte seine Brille zurecht und lachte kurz und trocken auf.

„Ja, ja. Alles zu seiner Zeit, aber jetzt parken Sie zunächst mal ordnungsgemäß ihren Wagen, dann kommen Sie wieder und dann können Sie eine Anzeige erstatten.“

Leise und zum Glück ohne dass Donkerberg es hörte, fluchte Koslowksi etwas in der Art von *Leck mich doch* und sprintete auf den Kirmesplatz.

Der über so viel Unverfrorenheit und Mangel an Respekt vor seiner Person total empörte Donkerberg wollte ihm gerade folgen, als er von einer dicklichen Dame mit einem bunten, gasgefüllten Luftballon und einem riesigen Berg Zuckerwatte angesprochen wurde. Sie wollte eine Anzeige aufgeben, da sie ihren Mann in dem Gedränge verloren hatte, und nun auf die Hilfe der Polizei bei seiner Wiederbeschaffung hoffte. Das war nun mal ein Fall nach Donkerbergs Geschmack. Um den verbotswidrig abgestellten Wagen konnte er sich später immer noch kümmern. Er zückte sein Notizbuch und notierte aufmerksam die Personenbeschreibung des verlorengegangenen Ehemannes. Koslowski war auf das Festgelände gelaufen, ohne einen Plan zu haben, wie er die vielen Längs- und Quergänge nach Ahmet Dursun durchsuchen sollte. Das allein zu versuchen, war zwar eine Schnapsidee, aber eine bessere Idee hatte Koslowski nicht. Und für eine Räumung war es vermutlich bereits sowieso schon zu spät.

Koslowski lief also weiter und bahnte sich ziemlich rücksichtslos seinen Weg durch die Menschenmassen. Dafür fing er sich etliche boshafte Kommentare und auch die eine oder andere Drohung ein. Er erreichte den zweiten Querweg und blieb stehen.

Allein hatte er kaum eine Chance, das musste er sich fairerweise selber eingestehen. Er betrachtete gerade die Umgebung, als er spürte, wie sich plötzlich eine Hand auf seine Schulter legte. Als er sich umdrehte, blickte er in die Augen eines stattlichen Polizisten.

Nicht schon wieder die Autogeschichte, dachte er bei sich.

Der Polizeibeamte stellte sich als Dienstgruppenleiter vor und sah Koslowski aufmerksam an. „Sie haben da gerade am Eingang von Leben und Tod gesprochen." Koslowski atmete tief durch. Der Mann schien sich den Blick für das Wesentliche erhalten zu haben. Koslowski erklärte in kurzen Stichpunkten alles, was er wusste. Nebenbei gab er sich als ehemaliger Kollege zu erkennen.

Mittlerweile waren fünf weitere Polizeibeamte eingetroffen, die der Dienstgruppenleiter über Funk informiert hatte. Er ließ Koslowski die Beschreibung Dursuns noch mal wiederholen und mahnte alle zur Vorsicht. „Der Typ ist brandgefährlich“, wies er seine Kollegen an. „Keine Einzelaktionen! Der Mann hier,“ dabei deutete er auf Koslowski, „ist übrigens ein ehemaliger Kollege. Er bleibt bei mir, so sind wir beide zu erreichen. Und auf keinen Fall schießen, es könnte sein, dass er trotz eines Wirkungstreffers noch Zeit hat, die Bombe auszulösen. Wir müssen improvisieren, wie so häufig in unserem Job.“

Koslowski und der Dienstgruppenleiter hetzten den Weg in Richtung Achterbahn entlang, während die anderen Polizeibeamten ausschwärmten. Koslowski konnte dem großen Polizisten kaum folgen. Immer wieder blieben sie stehen und sahen sich um.

„Das ist fast aussichtslos“, vermutete der Dienstgruppenleiter, „doch wenn Ihre Angaben stimmen, dann wäre für eine Räumung auch keine Zeit mehr geblieben.“ Koslowski war erleichtert, dass der Polizeibeamte seine Einschätzung teilte.

Er drehte sich zu Koslowski um, der ihm jedoch nicht mehr zuhörte, sondern in das Menschengewühl starrte. Der Polizeibeamte folgte seinem Blick und sah einen jungen, ausländisch aussehenden Mann, der in leicht vorgebeugter und verkrampfter Haltung neben dem Eingang zur Achterbahn stand.

Er trug einen weiten Mantel, den er mit beiden Händen krampfhaft vor dem Bauch geschlossen hielt.

Koslowski stieß den Polizeibeamten an, ohne den Blick von Ahmet Dursun abzuwenden. „Da ist er!“, sagte er leise und überlegte fieberhaft, was nun zu tun sei.

„Wenn er mich oder einen meiner Kollegen in Uniform sieht, kann es sein, dass er seine Bombe sofort zündet“, vermutete der Dienstgruppenleiter, der sich langsam aus

Dursuns Sichtfeld zurückzog. „Aber irgendjemand muss ihn unbedingt aufhalten“, meinte er mit belegter Stimme.

Bei dem Gedanken an die Sprengkraft der Bombe brach Koslowski der Schweiß aus. „Wenn ihr nicht rankommt, dann muss ich es wohl versuchen“, vermutete er.

„Oh Mann, ich wüsste momentan auch keinen Ausweg, denn wir haben keine Zeit. Aber ich kann dir nicht befehlen es zu versuchen.“

Koslowski schluckte und nickte dann zustimmend.

Der Dienstgruppenleiter sprach leise in sein Funkgerät und postierte seine Beamten möglichst unauffällig rund um den Ort des Geschehens. „Aber haltet euch auf jeden Fall außer Sicht! Jacken aus und Mützen ab!“, forderte er die Einsatzkräfte auf. „Koslowski wird versuchen, an ihn heranzukommen.“

Aufmunternd klopfte er Koslowski auf die Schulter und zog sich dann ebenfalls langsam zurück. „Achte auf das Riesenrad!“, forderte er Koslowski aus einigen Metern Entfernung noch leise auf. Dann schlüpfte er ebenfalls aus seiner Lederjacke.

Koslowskis Beine fühlten sich schwer wie Blei an, als er den ersten Schritt vorwärts machte. Von der vorbeiströmenden Menge ließ er sich langsam und bedächtig weiter auf Ahmet Dursun zutreiben. Dieser hatte ihn noch nicht gesehen und starrte vor sich hin. Dabei schaukelte sein Oberkörper leicht vor und zurück. Koslowski hatte den Eindruck, als würde er beten. Auf jeden Fall wurde es höchste Zeit, dass etwas geschah. So oder so. Ansonsten würde ihn nicht die Bombe, sondern die Spannung zerreißen.

Meter um Meter schob er sich weiter an Dursun heran. Als er sich ihm bis auf ein paar Meter genähert hatte, sah dieser plötzlich auf und Koslowski direkt in die Augen. Ein Ausdruck des Erkennens huschte über sein Gesicht. Mit Koslowskis Auftauchen hatte er nicht gerechnet. Erschrocken wich er einige Schritte zurück.

Gut so, dachte Koslowski, nur weiter weg von der Menschenmenge.

Dursun blieb stehen, breitete die Arme aus und Koslowski sah, unter dem sich dabei öffnenden Mantel, die prall gefüllte Sprengstoffweste.

Vorsichtig machte er einen weiteren Schritt auf Dursun zu, dieser wich erneut ein paar Schritte zurück. Nun standen sie bereits etwas abseits des Geschehens. Langsam streckte der Türke die Arme vor.

Koslowski sah in der einen Hand eine 9-Volt-Batterie, an der ein blauer Draht befestigt war, der im Ärmel verschwand. Wo der endete, konnte er sich gut vorstellen. Aus dem anderen Ärmel ragte bis in die Hand ein roter Draht, dessen anderes Ende zweifelsohne ebenfalls im Sprengstoff der Weste steckte. Dursuns Gesichtsausdruck wurde immer panischer. Beide Hände hielt er jetzt in einem Abstand von zirka dreißig Zentimetern vor dem Körper.

„Komm nicht näher!“, stieß er Koslowski heiser entgegen und trat dabei nervös auf der Stelle.

Koslowski blieb stehen und breitete seitlich die Arme aus, um zu signalisieren, dass von ihm keine Gefahr ausging.

Ein Glück, dass sie inzwischen ein ganzes Stück vom Hauptweg entfernt waren. Kaum ein Marktbesucher nahm Notiz von ihnen. Koslowski und Dursun standen sich nun fast allein gegenüber.

„Du hast verloren!“, zischte Dursun und fuchtelte mit den Armen herum. „Ihr alle habt verloren!“

Je näher ihm Koslowski schrittweise kam, desto mehr wich er zurück. Nun stand Dursun schwer atmend zwischen einem Baustromkasten und einer Stütze der Achterbahn. Gehetzt irrte sein Blick herum, seine Körperhaltung war extrem angespannt.

Koslowski blieb stehen und sah ihm direkt in die Augen. „Ahmet, hör auf damit! Du kannst Ipek nicht mehr lebendig machen.“

Dursun lachte schrill auf. „Ich werde sie bald im Paradies wiedersehen, denn dort werde ich hinkommen, wenn ich als Märtyrer gestorben bin.“ Dabei machte er Anstalten, das Kabel in der einen und die Batterie in der anderen Hand zusammenzubringen.

„Ahmet!“, rief ihn Koslowski an.

Dursun stoppte und sah auf.

Koslowskis Herz klopfte ihm bis zum Hals. „Ahmet, du wirst nicht als Märtyrer enden, du wirst Schande über deine Familie bringen.“

Dursun schüttelte den Kopf. „Nein, ich werde Ipek rächen. Ich werde dich mit in den Tod reißen und ich werde so viele Ungläubige töten, wie ich kann.“ Er öffnete leicht den Mantel und ließ Koslowski nun bewusst einen Blick auf die Weste werfen.

Dem wurde übel bei dem Gedanken daran, was passieren würde, wenn Dursun die Ladung zündete. Er machte einen weiteren Schritt auf Ahmet Dursun zu.

„Bleib sofort stehen!“, forderte dieser ihn auf und wich noch einen halben Schritt zurück. Koslowski hob beschwichtigend die Hände.

„Ahmet, man benutzt dich nur. Lass deine Familie nicht in Schande leben durch das, was du vorhast.“

Er wusste nicht was er sonst noch sagen sollte. Wie brachte man jemand davon ab, sich und andere in die Luft zu sprengen? „Denk an deine Geschwister, deine Eltern“, flehte Koslowski ihn ein letztes Mal geradezu an.

Doch Dursun schien auch diesem Argument nicht zugänglich. „Ihr werdet alle sterben, der Dschihad, der Heilige Krieg ist gekommen!“, schrie er hysterisch und Koslowski hatte den Eindruck, dass Ahmet Dursun langsam aber sicher völlig durchdrehte.

Aus den Augenwinkeln bemerkte er, dass sich der Dienstgruppenleiter und zwei seiner Kollegen dem Attentäter von hinten näherten. Koslowski ahnte, was sie vorhatten.

„Ahmet, ich gehe davon aus, dass du in jeder Hand ein Kabel hast, die, wenn sie zusammenkommen, die Explosion auslösen“, vermutete Koslowski mit brüchiger Stimme. Sein Puls lag momentan bei mindestens zweihundertfünfzig Schlägen.

Einer der Polizisten, die sich leise von hinten näherten, signalisierte Koslowski durch ein Handzeichen, dass sie verstanden hatten, worum es bei einem eventuellen Zugriff ging.

Koslowski breitete erneut die Arme aus. „Ahmet, glaubst du, Ipek hätte das hier gewollt?“

Dursun sah ihn an und Zorn blitzte in seinem Blick auf. „Du hast sie getötet, beschmutze jetzt nicht noch ihren Namen“, forderte er Koslowski auf und dieser sah augenblicklich ein, dass das der falsche Ansatz gewesen war.

Dursun machte erneut Anstalten, die Ladung zu zünden und die Polizisten waren noch zu weit weg. Koslowski ließ sich auf die Knie fallen.

Dursun sah auf ihn herab.

„Ich habe noch versucht, sie zu retten“, sagte Koslowski und blickte flehentlich zu Dursun hoch. „Sie wollte sich das Leben nehmen, weil sie keine Kinder bekommen konnte.“

Dursun schnappte nach Luft. „Du lügst, du Schwein!“, schrie er und bewegte die Hände aufeinander zu.

„Er hat recht!“, hörte Koslowski eine Stimme hinter sich, welche die drei Worte noch einmal auf Türkisch wiederholte.

Dursuns Vater Ali und Hakan Karatoglu standen plötzlich hinter ihm.

Ahmet Dursun stierte seinen Vater aus rotgeränderten Augen an. „Was weißt du denn schon, alter Mann?“, wollte er wissen.

„Es stimmt, was der Mann sagt“, versicherte Ali Dursun seinem Sohn. „Deine Mutter hat gestern mit Ipeks Arzt gesprochen.“

Ahmet Dursun schüttelte den Kopf, sackte in sich zusammen und ließ die Hände ein wenig sinken.

Doch er dachte gar nicht daran, aufzugeben. Ein Ruck ging durch seinen Körper und seine Haltung straffte sich wieder. „Ihr lügt alle, auch du.“ Dursuns Blick näherte sich dem Wahnsinn.

„Nur der *Falke* kennt die ganze Wahrheit. Die der Unterdrückung und Ermordung unserer Familien und unseres Glaubens“, schrie Ahmet Dursun.

Koslowski wusste nicht mehr, was er sagen sollte. Die Situation drohte endgültig zu eskalieren.

„Ich bitte dich im Namen Allahs, des einzigen Gottes, von deinem Plan abzusehen“, flehte ihn Hakan Karatoglu auf Türkisch an.

Doch Ahmet Dursun schüttelte den Kopf. „Alle werdet ihr sterben, nur der *Falke* wird überleben und schon bald werdet ihr auch ihn nicht mehr fassen können.“

Irgendetwas in diesem Satz machte Koslowski eine Sekunde lang stutzig.

„Er wird sich in die Lüfte erheben und davonfliegen“, prophezeite Dursun.

Mittlerweile waren doch etliche Besucher des Marktes auf das Geschehen aufmerksam geworden und näherten sich schaulustig. Die fehlten jetzt gerade noch, dachte Koslowski.

Auch Ahmet Dursun sah die Menschen näher kommen.

Er machte einen weiteren Schritt zurück, rief „*Allahu Akbar*“ und versuchte im gleichen Moment Augenblick, die Bombe zu zünden.

Was dann geschah, nahm Koslowski wie in einer Superzeitlupe wahr.

Die erhobene Hand des Dienstgruppenleiters, der nun mit seinem Kollegen ganz dicht hinter Dursun stand, fuhr nach unten. Im selben Moment erlosch schlagartig die gesamte Beleuchtung der Achterbahn. Die beiden jüngeren Polizeibeamten stürzten sich mit einem Hechtsprung auf Ahmet Dursuns Arme. Dieser hatte sich von dem plötzlichen Stromausfall ebenso ablenken lassen wie Koslowski. Durch den Aufprall gingen alle drei zu Boden. Die Angreifer hielten dabei seine Arme fest und verhindern so, dass er sie doch noch unter dem Körper zusammenbringen konnte. Der Dienstgruppenleiter stürzte sich nun ebenfalls auf Ahmet Dursun und riss ihm den Mantel herunter. In diesem Moment erwachte auch Koslowski endlich aus seiner Starre und stürzte sich ebenfalls in das Gewühl.

„Haltet ihn gut fest“, schnaufte der Dienstgruppenleiter. Koslowski zog Dursun halb den Mantel herunter. Darunter sahen sie die beiden Drähte in der Weste verschwinden. Koslowski griff nach den Drähten und hielt sie fest.

Koslowski folgte den beiden Drähten mit den Fingern bis zur Weste und fühlte, wo sie im Sprengstoff verschwanden. Dursun wand sich mit der Kraft eines Verrückten und trat mit den Beinen um sich. „Wir können ihn nicht lange so festhalten“, keuchte der Dienstgruppenleiter. „Du musst die Bombe entschärfen.“

Mit diesen Worten griff er hinter sich, zog ein Universalwerkzeug aus seiner Gürteltasche und hielt es Koslowski hin.

Dieser klappte es auseinander und hielt nun eine Zange in der Hand. Er blickte dem Dienstgruppenleiter zweifelnd ins Gesicht. Schwer atmend nickte dieser ihm zu.

In diesem Moment erinnerte sich Koslowski an die Warnung von *Mister X:*

Immer nur jeden Draht einzeln. Einzeln, Koslowski! Sonst bist du der Zünder! Unmittelbar vor dem Sprengstoff durchtrennte er den ersten Draht. Beide Männer schlossen dabei instinktiv die Augen. In diesem Moment erfolgte eine Explosion.

Genau um zwanzig Uhr hatte der Feuerwerker mit dem Höhenfeuerwerk des Reinholdi Marktes begonnen.

Kurze Zeit später hatte man Ahmet Dursun Handschellen angelegt und den Rest der Weste von seinem Körper entfernt. Dann war er schnellstmöglich vom Gelände weggeführt worden.

Die umstehenden Menschen wurden aufgefordert, weiterzugehen, und das Feuerwerk sorgte dafür, dass sich die Massen nicht näher mit dem Geschehen am Rande des Platzes beschäftigten.

Die Schaulustigen hatten überhaupt nicht mitbekommen, in welcher Gefahr sie sich befunden hatten, denn alles war rasend schnell passiert.

Koslowski waren diese Minuten allerdings wie Stunden vorgekommen.

Mit immer noch zitternden Knien folgte er dem Dienstgruppenleiter und dessen Kollegen, die Ahmet Dursun über den angrenzenden Sportplatz vom Platz führten. Dieser stammelte nur noch wirres Zeug.

„Die Sache mit dem Licht der Achterbahn war eine geniale Idee", lobte Koslowski.

Doch der Polizist zuckte nur die Achseln. „Ach, sowas fällt einem manchmal aus dem Stegreif ein, du weißt doch sicher noch, wie oft man in unserem Beruf improvisieren muss, oder?"

Koslowski grinste.

Um unnötiges Aufsehen zu vermeiden, gingen sie außen um das Marktgelände herum zu den Einsatzfahrzeugen. „Was hat der Spinner denn wohl damit gemeint, dass der *Falke* wegfliegen würde?", wollte der Polizeibeamte wissen.

Koslowski zuckte die Achseln, denn er stand teilweise noch unter den Eindrücken des Geschehens und so richtig funktionierten seine grauen Zellen noch nicht wieder.

Doch plötzlich blieb er ruckartig stehen. Einen Moment lang überlegte er, dann fiel ihm eine Äußerung des Kommodore ein und plötzlich ergab die Aussage Dursuns einen Sinn.

Koslowski fasste den Polizeibeamten am Ärmel. „Ich muss sofort nach Oerlinghausen“, sagte er fast panisch. „Fährt da im Moment noch ein Wagen von Euch?“

Der Dienstgruppenleiter zuckte mit den Schultern. „Keine Ahnung, wo unser Wagen gerade steht. Warum?“

Koslowski begann zu rennen. „Weil ich vermute, dass in Oerlinghausen der letzte Akt stattfinden soll.“

Der Dienstgruppenleiter lief neben ihm her. „Ich werde mal über Funk nachfragen, wo unsere Kollegen gerade sind“, bot er an. Koslowski nickte zunächst, dann schüttelte er aber heftig den Kopf. „Keine Durchsagen über den Polizeifunk“, bat er. „Vermutlich wird der Polizeifunk abgehört und man wartet auf die Meldung über die Explosion hier auf dem Markt.“

Der Polizeibeamte verstand nicht, was Koslowski meinte. Doch der hatte bis jetzt alles richtig gemacht. Er versprach, sich sofort per Telefon mit der Leitstelle in Verbindung zu setzen. „Ich komme mit meinen Kollegen nach, sobald wir Dursun sicher verladen haben.“

In diesem Moment erreichten sie die abgestellten Polizeifahrzeuge und wurden sofort von einer neugierigen Menschenmenge umringt. Noch bevor der Kreis der Schaulustigen sich um sie schließen konnte, scherte Koslowski aus und verschwand eilig in Richtung seines Wagens.

Dreißig

Die Straßen, die vom Reinholdi-Gelände wegführten, waren relativ leer, denn alle Besucher bewunderten zur Zeit noch das große Feuerwerk über dem Kirmesgelände. Koslowski hingegen war bereits unterwegs und erleichtert darüber, dass die Polizei verhinderte, dass Ahmet Dursun auch nur noch den kleinsten Finger bewegen konnte. Noch immer grauste es ihm, wenn er daran dachte, was passiert wäre, wenn es Ahmet Dursun geschafft hätte, mit zwei Drähten die Batterie zu berühren.

Aber Koslowski war jetzt klar, wer die Drahtzieher hinter dem geplanten Anschlag waren. Dursuns Äußerung, dass der Kampf gegen die Ungläubigen weitergeführt und der *Falke* davonfliegen würde, machte Koslowski sicher, dass Kösem und seine kriminellen Partner dahintersteckten.

Was waren diese Typen alles bereit zu tun, bloß um ihre schmutzigen Geschäfte zu vertuschen? Ohne mit der Wimper zu zucken hätten sie unzählige Tote und Verletzte in Kauf genommen. Und alles nur, um sich in Ruhe absetzen zu können.

Koslowski nahm Kurs auf Oerlinghausen, denn er wusste, wo er Kösem suchen musste und mit Sicherheit auch finden würde.

Die einmotorige *Cessna 206 Stationair* kam im Jahre 1964 erstmals auf den Markt. Sie war als unverwüstliches und leistungsstarkes Flugzeug vor allem in der Buschfliegerei beliebt, da sie sich für einfache und ungepflegte Landebahnen besonders eignete.

Aber auch in Europa hatte die Maschine viele Freunde gefunden. Und so wurde die 1986 eingestellte Produktion im Jahr 1998 wieder aufgenommen und erneut viele Flugzeuge verkauft. Einer dieser Käufer war Erdal Kösem, der seine Maschine in einem Hangar des Segelflugplatzes Oerlinghausen untergestellt hatte. Niemand wäre darauf gekommen, dass die Maschine bereits seit einiger Zeit mit Batterie-Gas-Elementen für Stinger-Raketen, mit Sprengstoff und mit Waffen beladen war.

Murat Ünlü hatte, zusammen mit Serkan Birgili, nach dem gelungenen Ablenkungsmanöver mit den brennenden Müllsäcken, diese gefährliche Fracht hierher gebracht und verladen. Nun stand die Maschine im Hangar, während Birgili und Kösem dabei waren, die großen Hallentore aufzuschieben. Anschließend sollte die Cessna ins Freie gerollt werden.

Kösem hatte das Radio in der Maschine eingeschaltet und wartete darauf, dass das normale Rundfunkprogramm für eine Sondermeldung über die Explosion auf dem Reinholdi-Markt unterbrochen würde. Aber weder im Polizeifunk, den sie nebenbei zusätzlich abhörten, noch im Radio wurde etwas gemeldet. Das machte Kösem langsam aber sicher nervös. „Ich hoffe, dieser Schwachkopf von Dursun sorgt endlich dafür, dass wir hier ungestört abhauen können."

Wenn es erst einmal zu einer Explosion mit unzähligen Toten und Verletzten gekommen wäre, würde sich niemand um ein kleines Flugzeug kümmern, das heimlich vom abends geschlossenen Flugplatz in Oerlinghausen startete. Die Zeit war ideal für die Flucht, denn auch die Gastronomie hatte heute Abend geschlossen und so lag das gesamte Gelände verlassen da.

Birgili schwitzte, während er sich gegen die Maschine stemmte, um sie aus dem Hangar zu rollen. „Ich bin froh, dass wir in den letzten Tagen untertauchen konnten, denn die Bullen schienen uns schon ganz schön nah auf den Fersen zu sein."

Kösems Gesicht verzog sich zu einer wütenden Grimasse. „Und alles wegen diesem Schwein Koslowski. Was würde ich darum geben, wenn es mir gelungen wäre, ihn in Hiddesen abzuknallen."

Auch er stemmte sich nun fester gegen die Maschine, die mit den restlichen Waffen ihr Transportgewicht von sechshundertfünfzig Kilogramm um einiges überschritten hatte.

Mit seinem und Birgilis Gewicht würde er die gesamte Startbahn brauchen, um die Cessna in die Luft zu bekommen.

„Wenn wir erst mal im Ausland sind, werde ich mich von dort aus noch um diesen Koslowski kümmern. Das schwöre ich dir!", japste Kösem vor Anstrengung.

Sie hatten die Maschine endlich aus dem Hangar geschafft und Kösem blickte zum unbeleuchteten und nachts unbesetzten Tower hinüber. Zufrieden betrachtete er den dortigen Windsack, der anzeigte, dass ein leichter Wind passend für die Startbahn zweiundzwanzig in südwestlicher Richtung wehte. Er öffnete die Cockpittür und schwang sich in die Maschine.

Birgili lief noch einmal zurück in den Hangar, um seine Reisetasche zu holen, für die sich sowohl der Zoll als auch die Steuerfahndung und die Polizei sehr interessiert hätten, denn sie enthielt neben einigen gefälschten Pässen und einer Menge Schwarzgeld auch eine Makarow-Pistole.

Er hatte die Tasche auf der Werkbank am Ende der Halle abgestellt und durchquerte sie gerade, als sich Kösem in der Cessna zu schaffen machte, um alles für den Start vorzubereiten. Ihr Plan sah vor, zunächst zu einem kleinen Flugplatz in der Nähe der holländischen Grenze zu fliegen. Dort sollte nochmals auftankt werden. Und von da aus sollte es dann weiter in die Niederlande gehen. In einem kleinen Hafen wollten sie alles auf ein Schiff umladen und versuchen, so schnell und unauffällig wie möglich die drei-Meilen-Zone zu erreichen. Erst dann wären sie in Sicherheit. Alles Weitere würde sich finden, denn das Geld, welches sie zum größten Teil bereits ins Ausland transferiert hatten, würde ihnen im Nahen Osten jede Tür öffnen.

Kösem wurde aufmerksam, als er ein sich näherndes Scheinwerferlicht an der Einfahrt des Luftsportzentrums sah, welches um diese Zeit geschlossen und durch Schranken gesichert war. Wer konnte das sein? Er hatte seinen BMW auf dem Parkplatz am Tower stehen lassen. Doch der Fahrer des ankommenden Fahrzeugs hatte das anscheinend nicht vor. Denn noch während Kösem überlegte, was da vor sich ging, durchbrach ein Landrover mit unverminderter Geschwindigkeit die beiden Leichtmetallschranken und nahm sofort Kurs auf die Hangars. Auch ohne das Kennzeichen lesen oder den Fahrer erkennen zu können, wusste Kösem sofort, wer da vorhatte, ihnen erneut einen gewaltigen Strich durch die Rechnung zu machen. Vor Wut heulte er auf.

Auch Birgili, der das Splittern der Schranken und den aufheulenden Motors hörte, wusste sofort, was die Stunde geschlagen hatte. Das konnte nur schon wieder dieser Koslowski sein.

Er riss die Pistole aus der Tasche und rannte in Richtung der Sportmaschine, deren Motor gerade ansprang.

Birgili blickte über die Schulter zurück und stellte fest, dass Koslowski seinen Geländewagen kurz abbremste, um sich zu orientieren. Innerhalb weniger Augenblicke hatte dieser jedoch die Situation erfasst und sah, wie die Sportmaschine sich in Bewegung setzte und in Richtung Startbahn zweiundzwanzig rollte. Er wirbelte das Lenkrad herum und trat das Gaspedal bis zum Boden durch. Birgili blieb kurz stehen, drehte sich um und feuerte hektisch zwei Schüsse in Richtung des Wagens ab, die ihr Ziel jedoch verfehlten.

Koslowski fluchte innerlich, da seinem schweren Geländewagen die nötige Beschleunigung fehlte, um mit der Cessna mithalten zu können.

Gerade wollte er auf die Betonpiste fahren, um den Start zu verhindern, als eine weitere Kugel quer durch seinen Wagen pfiff und dabei die hinteren Seitenfenster zertrümmerte.

Aus den Augenwinkeln heraus nahm er wahr, wie Serkan Birgili nun breitbeinig an der Startbahn stand und die Waffe in beiden Händen hielt.

Instinktiv drehte Koslowski ab und überquerte zunächst die Startbahn, um erst mal aus dem Gefahrenbereich zu kommen. Auf der Wiese hinter der Piste riss er sofort das Steuer wieder herum und raste nun dem Flugzeug entgegen.

Serkan Birgili lief auf der anderen Seite der Startbahn ebenfalls in Richtung der entgegenkommenden Cessna. Koslowski hatte bei seinem Manöver weit ausholen müssen und kam nicht so schnell heran, wie er es sich gewünscht hätte. Birgili sah, dass die Cessna auf der Startbahn beschleunigte.

Er konnte kaum fassen, dass sein Freund nicht abbremste, um ihn aufzunehmen. Anscheinend wollte sich dieser Verräter ohne ihn aus dem Staub machen.

Er lief auf die Startbahn und fuchtelte wild mit der Waffe in der Luft herum, dann richtete er sie auf das ankommende Flugzeug und zielte auf die Cockpitscheibe.

Kösem war sich sicher, dass Birgili auf ihn schießen würde. Auch ein Zusammenstoß mit Koslowskis Landrover schien kaum noch vermeidbar. Er hatte zwar vorgehabt, zusammen mit Serkan Birgili zu flüchten, würde ihn aber auch jederzeit opfern. Jetzt stand dieser Trottel auf dem Rollfeld, und Kösem musste notgedrungen die Maschine anhalten, wenn er nicht von ihm beschossen werden oder mit ihm kollidieren wollte.

Kösem trat auf die Bremse und senkte die Drehzahl des Motors. Ohne Birgili wäre das Gewicht geringer gewesen und er hätte die Maschine sicher noch leichter in die Luft bekommen.

Trotzdem zog er die Cessna nach links und sah, dass Birgili seine Absicht sofort erkannte und zur rechten Cockpittür hinüberlief. Mit großer Erleichterung öffnete Birgili die Cockpittür.

„Komm schon, mach schnell!“, rief Kösem und schoss ihm mit der Pistole, welche die ganze Zeit bereits griffbereit auf dem Copilotensitz gelegen hatte, mitten ins Gesicht.

Birgilis Leiche schlug gerade auf dem Boden der Rollbahn auf, als die Cessna schon einen Bogen machte und wieder zurück in Richtung Hangar rollte.

Koslowski hatte gesehen, dass Birgili, bei dem Versuch zuzusteigen, gestürzt war und nun auf dem Rollfeld lag. Er jagte den Motor des Landrovers hoch und folgte der Sportmaschine auf ihrem erneuten Weg zum Hangar.

Was hat der Spinner vor?, fragte sich Koslowski und schleuderte über das nasse Gras zwischen dem Hangar und der Startbahn.

Kösem hatte sein Flugzeug gut im Griff und drehte es fast auf der Stelle, um schnellstmöglich wieder an den Anfang der Startbahn zu gelangen.

Der Landrover hingegen rutschte seitlich weg und so bekam das Sportflugzeug erneut einen kleinen Vorsprung. Koslowski trat auf die Bremse und der schwere Wagen kam zum Stehen.

Er musste keine großen Berechnungen anstellen, um zu wissen, dass er die Maschine nicht mehr einholen würde. Also hieb er so den Rückwärtsgang rein und trat das Gaspedal voll durch. Das schon geschundene Getriebe jaulte laut auf. Die *Cessna 206* hatte den Anfang der Startbahn zweiundzwanzig erreicht, und ihr Pilot beschleunigte sofort.

Koslowski drehte sich im nun rückwärts voll beschleunigenden Wagen um, und riss im gleichen Moment, in dem er das Lenkrad herumwirbelte, zusätzlich die Handbremse hoch.

Wie ein Pferd auf der Hinterhand drehte der Rover, und während der Wagen noch in Richtung Startbahn schleuderte, hatte Koslowski bereits den Vorwärtsgang eingelegt, die Handbremse wieder losgelassen und erneut Vollgas gegeben.

Von links sah er die immer schneller werdende Sportmaschine die Startbahn entlangrasen.

Koslowski lenkte ein wenig nach rechts und nun ebenfalls mit Vollgas in einem Winkel von neunzig Grad auf die Startbahn zu. Dieses Schwein musste er stoppen!! Für seine schmutzigen Geschäfte hatte Kösem vom einfachen bis zum Massenmord alles in Kauf genommen. So einer durfte nicht ungeschoren davonkommen.

Der Landrover rumpelte über einen weiteren Grasstreifen hinweg. Beide Fahrzeuge waren jetzt auf Kollisionskurs. Die Sportmaschine raste auf der Startbahn in Richtung Südwesten, der Landrover seitlich auf sie zu.

Koslowski sah sich rasch um und angelte dann seinen Regenschirm vom Rücksitz. Den klemmte er zwischen Gaspedal und Fahrersitz. Der Landrover wurde nun von einem verbogenen Regenschirm auf Tempo gehalten. Koslowski öffnete die Fahrertür und rutschte näher an sie heran. Aus den Augenwinkeln konnte er erkennen, wie sich das Bugrad der *Cessna Stationair* langsam vom Boden hob. Einen Augenblick bangte er, dass er den richtigen Moment verpassen könnte. Ein letztes Mal korrigierte er die Fahrtrichtung des Wagens, dann ließ er sich aus der offenen Tür fallen. Hart prallte er auf dem Wiesenstreifen neben der Startbahn auf. Der Aufschlag presste ihm die Luft aus den Lungen und der Schwung ließ ihn sich mehrfach überschlagen.

Der führerlose Landrover raste weiter auf die Startbahn zu. Kösem, der den Wagen mit schreckgeweiteten Augen auf sich zukommen sah, versuchte verzweifelt, die vollbeladene Maschine noch rechtzeitig über den Landrover hinweg abheben zu lassen. Brutal riss er den Steuerknüppel nach hinten. Nur um Millimeter verfehlte das Bugrad der Maschine das Chassis des Geländewagens.

Kösem lachte bereits gehässig auf, als eines der hinteren Räder des Sportflugzeugs in den Aufbau des Landrovers krachte. Der schwere Wagen stellte sich sofort quer, wurde herumgerissen und begann sich um seine Längsachse zu überschlagen. Nach mehreren Metern blieb er neben der Landebahn liegen.

Die Sportmaschine war durch den Aufprall ebenfalls seitlich aus ihrer Flugbahn gerissen worden. Atemlos und mit vor Schreck geweiteten Augen trat Kösem, so fest er konnte, auf das Seitenruder und versuchte gleichzeitig, die Maschine nach oben und in die Flugrichtung zurückzuziehen. Der Schwung des Startanlaufes war noch so groß, dass die Cessna es schaffte, noch fast 400 Meter weitzufliegen. Dabei kam sie jedoch in eine so extreme Seitenlage, dass die linke Tragfläche des Flugzeuges fast senkrecht in den Himmel ragte, während ihr Gegenstück fast den Boden berührte. Kösem wusste vor Panik nicht mehr, was er tun sollte. Er umklammerte so krampfhaft das Steuer, dass seine Knöchel weiß hervortraten.

Sein Gesicht war zu einer angsterfüllten Fratze verzogen und in dem Moment, als er panisch zu schreien begann, kam es zur Bodenberührung.

Der Aluminiumflügel rammte in das Gras neben der Startbahn, hakte dort ein und riss die Maschine sofort herum. Ihr Bug bohrte sich in den Boden, und der Propeller pflügte mit aller Kraft in die Wiese. Durch den Aufprall wurde Kösem, der keine Zeit gehabt hatte, sich anzuschnallen, nach vorne durch die Scheibe geschleudert. Die Maschine, durch die Wucht des Aufpralls zusammengedrückt, zerquetschte ihn. Auslaufendes Flugbenzin und der restliche Sprengstoff in der Maschine explodierten Sekundenbruchteile später in einer riesigen Stichflamme.

Gerade noch rechtzeitig, bevor die Druckwelle der Explosion über ihn hinwegraste, konnte sich Koslowski auf den Boden pressen und seine Arme schützend über den Kopf halten. Trümmerteile jaulten quer über den Platz und er war sich sicher, dass man den Knall bis nach Bielefeld gehört haben dürfte.

Mühsam rappelte er sich auf und humpelte geduckt aus dem Gefahrenbereich. Erst als er weit genug entfernt war, blieb er stehen und kontrollierte seine Knochen. Erstaunlicherweise schien er sich bei dem Sprung aus dem Wagen nichts gebrochen zu haben.

Er blickte zu dem brennenden Wrack hinüber, konnte aber kein Mitleid mit Kösem empfinden. Der hatte es nicht anders verdient.

Bedauerlicherweise war sein geliebter Landrover nun vermutlich endgültig ein Schrotthaufen geworden. Langsam humpelte er in Richtung Tower.

Seine Ohren schienen taub zu sein und im Moment hatte er nur einen Wunsch. Er wollte bloß noch nach Hause. Ins Bett und drei Tage lang schlafen. In der Ferne hörte man bereits Martinshörner.

Einunddreißig

Letztendlich waren daraus nur zwei Nächte geworden, aber geschlafen hatte Koslowski wie ein Murmeltier. Nach dem Aufwachen dachte er noch im Bett liegend über den vorletzten Abend nach. Das Abenteuer auf dem Flugplatz in Oerlinghausen hätte auch gewaltig ins Auge gehen können. Da war er dem Teufel wieder mal ganz knapp von der sprichwörtlichen Schüppe gesprungen. Und auch die Aktion auf dem Reinholdi-Markt hätte, ohne die Hilfe der Polizei, in einem Desaster enden können. Nicht auszudenken, wenn es Ahmet Dursun gelungen wäre, seine Bombe zu zünden. Wäre er eine Katze, müsste er sich langsam Gedanken machen, wie viele seiner sieben Leben er schon verbraucht hatte, dachte Koslowski. Doch zum Glück war die Sache glimpflich ausgegangen und Ahmet Dursun würde viele Jahre Zeit haben, sich über sein Verhalten Gedanken zu machen.

Koslowski reckte seine geschundenen Glieder und warf dann die Bettdecke zur Seite. Draußen schien die Sonne und er würde sich zunächst mal den Luxus gönnen, die Zeitung reinzuholen und sich mit dieser Lektüre nochmals ins Bett zu legen. Er huschte in Unterhose und T-Shirt nach draußen und angelte die „lippische Times" aus dem Briefkasten. Als er gerade wieder ins Bett geklettert war, klingelte es. Koslowski fluchte leise, stand aber wieder auf und warf sich den Bademantel über.

Vor der Tür stand ein Mann in dunkelblauer Windjacke, der einen Brief in der Hand hielt.

„Guten Morgen, verzeihen Sie bitte die Störung. Mein Name ist Lemper, ich komme von der Stadt Lage."

Koslowski überlegte sofort, ob er noch ein Strafmandat bezahlen musste. Aber da er sich an keine Missetat erinnern konnte, sah er den Mann erwartungsvoll an.

„Der Bürgermeister schickt mich, und ich soll Sie persönlich und durch diesen Brief für morgen Vormittag ins Rathaus einladen. Um 10.00 Uhr im Ratssaal, wenn es Ihnen recht ist." Mit diesen Worten überreichte er Koslowski den Briefumschlag.

„Der Bürgermeister möchte sich persönlich für Ihren Einsatz auf dem Reinholdi-Markt bedanken. Es sind auch noch einige andere Leute eingeladen."

Koslowski konnte sich schon denken, wen er dort wiedersehen würde. Auf jeden Fall die Polizeibeamten, die ebenfalls an dem Einsatz beteiligt gewesen waren, so vermutete er.

„Aber es ist nichts Offizielles, soll ich Ihnen ausrichten, nur eine kleine Feier im engsten Kreis. Dem Bürgermeister liegt daran, dass die Sache nicht hochgeschaukelt wird."

Koslowski ließ sich nicht lange bitten. „Ich bedanke mich ganz herzlich und lasse Ihren Bürgermeister wissen, dass ich sehr gerne kommen werde."

Der Mitarbeiter der Stadt Lage verabschiedete sich und Koslowski überlegte, ob es sich noch lohnen würde, sich wieder ins Bett zu legen. Irgendwie war ihm jetzt die Lust darauf vergangen.

Also trabte er unter die Dusche und bereitete sich anschließend ein ordentliches Frühstück.

Nachdem er sich angezogen und gefrühstückt hatte, sortierte er seine Wäsche und füllte die Waschmaschine. Während er gerade die Wohnung saugte, klingelte das Telefon und der Anrufer konnte von Glück sagen, dass Koslowski gerade in diesem Moment mit seinem Staubsauger am Apparat vorbeikurvte. Er schaltete den Sauger aus und meldete sich.

Überrascht nahm er zur Kenntnis, dass der Anrufer niemand anderes als Abdullah Yilmaz war.

Der Mann, der ihn unter der Autobahnbrücke, von der Ipek sich in den Tod gestürzt hatte, so hasserfüllt angesehen hatte.

Noch mehr verwunderte Koslowski, dass der Anrufer jetzt kleine Brötchen backte und sich persönlich bei ihm entschuldigen wollte.

Er wisse, so sagte er, dass man Koslowski sehr viel Leid angetan habe und er wolle sich unbedingt persönlich mit ihm treffen, um sich dafür zu entschuldigen. Ob es eventuell die Möglichkeit gebe, Koslowski seine Entschuldigung bei ihm zu Hause zu überbringen, da er nicht wolle, dass dieser seinetwegen noch mehr Umstände habe.

Koslowski war immer noch sprachlos, sagte dann aber zu. Er nannte seine Adresse und sie verabredeten sich noch für den gleichen Nachmittag. Yilmaz würde anschließend nämlich kurzfristig für eine längere Zeit in die Türkei reisen müssen.

Koslowski saugte seine Wohnung zu Ende und musste dabei aber immer wieder über den Anruf nachdenken. Nachdem er den Staubsauger wieder hatte verschwinden lassen, setzte er sich an den Esstisch und stützte den Kopf in die Hände.

Was könnte er von Yilmaz noch Wesentliches erfahren? Der musste doch Kösem und seine Komplizen auch gekannt haben. Ob da noch die eine oder andere Information mehr drin war? Der hatte ja so geklungen, als ob er tatsächlich Abbitte leisten wollte.

Koslowski kochte sich einen neuen Kaffee und erledigte mit der Tasse in der Hand einen weiteren Anruf. Nach dem Gespräch räumte er auf und machte zur Erholung noch einen gemütlichen Spaziergang durch Hiddesen.

Gegen halb drei kehrte er zu seiner Wohnung zurück und wartete auf Abdullah Yilmaz.

Durch sein Bürofenster konnte er die Straße vor dem Haus überblicken. Pünktlich gegen fünfzehn Uhr fuhr ein schwarzer Opel vor und Abdullah Yilmaz stieg aus. Koslowski sah, dass er alleine war und öffnete ihm die Tür. Kurze Zeit später standen sich die beiden Männer im Hausflur gegenüber. Zunächst wusste keiner von beiden, was er sagen sollte. Schließlich ergriff Yilmaz als Erster das Wort. „Herr Koslowski, ich bin, wie gesagt, gekommen, um mich bei Ihnen zu entschuldigen. Man hat Ihnen übel mitgespielt. Und ich glaube, ich bin daran nicht ganz unschuldig.“

Koslowski hatte eine Abneigung gegen Gespräche im Hausflur, deshalb bat er Yilmaz in die Wohnung. Der zog sich vor der Tür die Schuhe aus, dann folgte er Koslowski ins Wohnzimmer. Der Hausherr bot seinem Gast einen Platz an und ließ sich selber auf dem gegenüberliegenden Sessel nieder.

„Ich bin untröstlich über das, was Ihnen passiert ist. Zuerst der Angriff von Ahmet Dursun, dann diese Attacken von einigen verwirrten Landsleuten. Ich glaube, ich hätte dagegen eher etwas unternehmen müssen“, gab Yilmaz kleinlaut zu.

Koslowski sah ihn interessiert an.

Was hätten S*ie* denn unternehmen können?“, wollte er von Yilmaz wissen.

„Ach, ich glaube, ich habe mich ab und zu ein wenig ungenau ausgedrückt und es kann sein, dass Ahmet Dursun alles falsch verstanden und daher überreagiert hat.“ Yilmaz sah sich aufmerksam in Koslowskis Wohnung um. „Sie haben es sehr schön hier, sehr stilvoll eingerichtet“, bemerkte er beiläufig.

Koslowski bedankte sich für das Kompliment. „Das Meiste ist in vielen Jahren zusammengetragen worden. Ich hänge an jedem Stück.“ Dann erhob er sich. „Aber, entschuldigen Sie, ich bin ein schlechter Gastgeber. Kann ich Ihnen etwas zu trinken anbieten?“, wollte er wissen. „Einen Tee vielleicht?“

Yilmaz überlegte kurz.

„Ein Kaffee wäre mir lieber, aber nur, wenn es keine Umstände macht“, bat er.

„Keineswegs“, Koslowski ging in die geräumige Küche und machte sich an der Kaffeemaschine zu schaffen.

„In welchem Verhältnis standen Sie eigentlich zu Erdal Kösem und seinen Freunden?“, rief er aus der Küche, während die Maschine lautstark den Kaffee mahlte und er zwei Tassen aus dem Schrank holte.

Abdullah Yilmaz war aufgestanden und sah sich einige Drucke von Salvatore Dali an, die Koslowskis Wohnung schmückten. „Wir waren alle Mitglieder der ILAN“, sagte er und blieb vor Dalis Bild mit der schwebenden Rose stehen. „Ansonsten hatte ich wenig Kontakt zu ihnen. Natürlich war ich auch auf Ipeks Trauerfeier, doch das war das letzte Mal, dass ich meine Landsleute gesehen habe. Und genau da ist es mir wohl passiert. Da habe ich wohl etwas Falsches gesagt, oder man hat meine Worte falsch verstanden.“

Koslowski ließ den Kaffee in eine Tasse laufen und stellte Milch und Zucker auf ein Tablett. Als auch die zweite Tasse gefüllt war, kam er damit zurück ins Wohnzimmer und stellte es auf dem Tisch ab.

Yilmaz drehte sich um und blickte erfreut auf den Kaffee. Er ließ sich wieder auf der Couch nieder und nahm dankend die gereichte Tasse in Empfang.

Genüsslich probierte er den Kaffee und stellte die Tasse dann auf den Tisch zurück.

Koslowski versorgte sich inzwischen noch mit Milch und Zucker.

„Der Kaffee schmeckt köstlich“, lobte Yilmaz. „Er erinnert mich an die Kaffeehäuser meiner Heimat.“

Koslowski sah ihn an. „Apropos Heimat, Sie sagten, dass Sie bald wieder in die Türkei fliegen würden?“

Yilmaz nickte.

„Ich habe für heute Abend einen Flug gebucht. Doch vorher wollte ich diese Sache mit Ihnen noch aus der Welt schaffen. Sie lag mir schon seit einiger Zeit auf der Seele.“ Yilmaz lächelte verlegen.

Koslowski stellte seine Tasse nun ebenfalls ab. „Ich glaube, wir alle haben Glück, dass die ganze Sache so glimpflich ausgegangen ist.“

Er sah sein Gegenüber aufmerksam an. „Sie haben sicher gehört, was Ahmet Dursun vorhatte, oder?“

Der Türke war sichtlich ergriffen. „Sie meinen den Messerangriff auf Sie in Lage?“, vermutete er.

Koslowski schüttelte den Kopf. „Nein, ich rede vom Reinholdi-Markt in Lage.“

Abdullah Yilmaz sah ihn verwundert an. „Was hat Ahmet denn mit der Kirmes zu tun?“, fragte er neugierig.

Während er antwortete beobachtete Koslowski ihn genau. „Ach, Sie haben gar nicht mitbekommen, dass er sich dort, zusammen mit etlichen unschuldigen Marktbesuchern, umbringen wollte?“

Yilmaz zuckte erschrocken zusammen. „Nein, davon habe ich nichts gewusst. Wie schrecklich, wer hat das denn glücklicherweise verhindert?“, wollte er wissen.

„Die Polizei und ein ganz klein wenig hatte auch ich meine Hand dabei im Spiel“, gab Koslowski bescheiden zu. „Kennen Sie übrigens einen gewissen Hakan Karatoglu?“

Yilmaz überlegte ein paar Sekunden. „Den Vorsitzenden der GTM in Lage?“, fragte er.

Koslowski hatte seine Tasse wieder aufgenommen. „Genau den. Ahmet Dursuns Vater ist zu ihm gekommen, da er ahnte, dass sein Sohn etwas Schreckliches plante.“

Koslowski trank seinen Kaffee aus und blickte auf die Tasse seines Gegenübers. „Auch noch eine Tasse?“, wollte er von Abdullah Yilmaz wissen und machte Anstalten sich zu erheben.

Sein Gast schüttelte den Kopf. „Was hat Ahmet denn genau vorgehabt?“

Koslowski blieb noch sitzen.

„Wie es aussah, wollte er sich auf dem Reinholdi-Markt in die Luft sprengen, um als Märtyrer zu sterben.“

Yilmaz schluckte. „Ich habe gar nicht gewusst, dass er so fanatisch war.“

Koslowski erhob sich und wiederholte seine Frage nach einem weiteren Kaffee.

Doch Yilmaz winkte ab und sah sich um. „Wenn ich ganz ehrlich bin, dann steht mir, nach dieser schrecklichen Eröffnung, der Sinn nach etwas Stärkerem als Kaffee.“

Dabei fiel sein Blick auf die Flasche Raki, die immer noch auf Koslowskis Esszimmertisch stand.

Auch Koslowski sah hinüber zur Flasche. „Wie wäre es dann mit einem Raki?“ fragte er seinen Gast.

Yilmaz nickte zustimmend. „Eigentlich trinke ich als Muslim ja keinen Alkohol, aber nach dieser Eröffnung brauche ich doch einen. Aber nur, wenn Sie einen mittrinken.“

Koslowski holte zwei Gläser aus dem Schrank und kehrte mit der Flasche zurück an den Tisch. Mit einem leichten Knacken öffnete er den Verschluss und füllte die Gläser.

„Woher haben Sie denn diesen Raki?“, fragte Yilmaz neugierig.

„Ein Geschenk von Hakan Karatoglu“, erklärte Koslowski.

„Eine seltene Marke hier in Deutschland.“ Mit diesen Worten nahm Abdullah Yilmaz sein Glas und prostete Koslowski zu.

Als er gerade zum Trinken ansetzte, überkam Yilmaz ein Hustenreiz und er musste sein Glas wieder abstellen.

Koslowski hingegen kippte seinen Raki in einem Zug hinunter. Zufrieden mit dem Geschmack schenkte er sich nach. Mit dem erneut gefüllten Glas in der Hand ließ er sich in den Sessel zurücksinken.

„Darf ich Ihnen mal etwas ganz Persönliches sagen?“, wollte er von Abdullah Yilmaz wissen.

Dieser lächelte und nickte zustimmend.

„Ich halte Sie für ein ganz verlogenes Schwein!“, sagte Koslowski in dem gleichen Plauderton, in dem die Unterhaltung bisher verlaufen war. Wenn er jedoch vermutet hatte, dass Yilmaz sich aufregen würde, sah er sich getäuscht.

Er blickte Koslowski nur seltsam lächelnd an. „Vermutlich haben Sie damit, aus Ihrer Sicht, sogar recht“, bekam er zur Antwort.

Nun war es an Koslowski, verblüfft zu sein. Er schüttete den zweiten Raki ebenfalls in einem Zug hinunter, bevor er sich erneut nachschenkte.

Yilmaz lehnte sich entspannt zurück und forderte Koslowski mit einer einladenden Handbewegung zum Weitersprechen auf. „Dann lassen Sie doch mal hören, wie Sie zu dieser Erkenntnis gekommen sind.“

Koslowski stellte das gefüllte Glas auf den Tisch zurück. „Ich habe Sie schon die ganze Zeit im Verdacht gehabt, dass Sie mit diesen schmierigen Brüdern unter einer Decke stecken. Nur Sie können den Stachel des Hasses bei Ahmet Dursun gesetzt haben. Denn nur Sie waren an Ipeks Todestag unter der Brücke. Nur von Ihnen konnte das Gerücht kommen, dass ich etwas mit ihrem Tod zu tun hätte.“

Yilmaz grinste ihn breit an. „Nur weiter!“, forderte er Koslowski auf.

Dieser begann unruhig in seinem Sessel hin und her zu rutschen.

„Tut Ihnen etwas weh?“, fragte Yilmaz mitleidvoll.

„Ich weiß nicht, vermutlich stecken mir die letzten Tage noch in den Knochen.“ Dann riss er sich zusammen und setzte sich wieder gerade hin. „Die Trauer von Ahmet Dursun kam Ihnen ganz gelegen. Er war das ideale Werkzeug, um von den anderen schmutzigen Geschäften abzulenken, die Erdal Kösem und Konsorten vorhatten. Und Dursun hat sich vor die fundamentalistische Karre spannen lassen. Zunächst wollte er mich aus eigenem Antrieb aus dem Weg räumen. Als das scheiterte, war er der ideale Mann für den Anschlag auf dem *Reinholdi-Markt* in Pottenhausen. Der sollte als Ablenkung fungieren, damit sich Kösem und Birgili aus dem

Staub machen konnten. Mitsamt den Waffen, dem restlichen Sprengstoff und den wertvollen Batterie-Gas-Elementen für die Stinger Raketen."

Yilmaz beobachtete, dass Koslowskis Füße leicht nach außen umknickten. Dieser war jedoch anscheinend nicht in der Lage sie zu bewegen. „Und zusammen mit dem Geld, nicht zu vergessen", warf Yilmaz ein.

Koslowski nickte. „Das liebe Geld! Die ganze Sache hatte nichts, aber auch rein gar nichts mit Rache oder Religion zu tun. Es ging die ganze Zeit nur um die Waffenschiebungen und das Geld, das man damit verdienen kann."

Yilmaz nickte langsam und beugte sich vor. „Eigentlich sind Sie gar nicht so dumm", grinste er Koslowski an. „Aber ich würde gerne von Ihnen wissen, ob Sie sich auch etwas in der griechischen Geschichte auskennen?"

Koslowski sah ihn verständnislos an.

„Sagt Ihnen der Name Sokrates etwas?", fragte der Türke süffisant grinsend.

Koslowski nickte etwas unbeholfen. „Sicher, ein Philosoph, dem man nachsagt, dass er als Erster die Philosophie vom Himmel auf die Erde heruntergerufen habe."

Yilmaz nickte anerkennend.

„Er muss so um die 500 Jahre vor Christus gelebt haben, wenn ich mich recht erinnere", sagte Koslowski mit leicht lallender Stimme.

„Dann wissen Sie sicher auch, wie sein Leben endete, oder?", wollte Yilmaz neugierig wissen und beugte sich Koslowski entgegen.

Dieser sackte in seinem Sessel allmählich immer mehr in sich zusammen. „Man hat ihn mit dem Schierlingsbecher vergiftet", erinnerte er sich noch schemenhaft an seinen Geschichtsunterricht. Yilmaz war mit dieser Antwort sichtlich zufrieden. „Und wissen Sie auch, wie dieses Gift wirkt?" wollte er von Koslowski wissen, der nun begann, mühsamer zu atmen. Ohne eine Antwort abzuwarten, fuhr Yilmaz fort.

„Das Gift verursacht eine Lähmung des Rückenmarks. Beginnend bei den Füßen steigt es langsam nach oben und verursacht letztendlich eine Lähmung der Atemwege. Das bedeutet, dass das Opfer langsam aber sicher erstickt.“

Mit diabolischem Grinsen forderte er Koslowski auf, sich zu bewegen, doch dieser schien dazu nicht mehr in der Lage zu sein.

„Ich habe gewusst, dass Sie auf diesen Jahrtausende alten Trank reinfallen würden.“

Koslowski schüttelte schwer den Kopf. „Das kann doch nicht sein“, antwortete er mit schwerer werdender Zunge.

„Ich habe doch von Ihnen gar nichts getrunken oder gegessen. Wie soll ich denn das Gift zu mir genommen haben?“, fragte er ungläubig.

Es fiel ihm bereits schwer, die Augen offenzuhalten.

Yilmaz griff nach der Raki-Flasche auf dem Tisch. „Hiermit, und ich habe mich ganz besonders gefreut, dass Sie so gierig waren, gleich noch einen zweiten Schluck zu nehmen.“

Koslowski sah ihn fassungslos an. „Das kann nicht sein“, antwortete er schwer atmend. „Die Flasche habe ich von Hakan Karatoglu bekommen und ich habe sie hier gerade erst geöffnet.“ Mühsam schnappte er nach Luft. „Außerdem“, raffte er sich nochmals auf, „haben Sie doch auch davon getrunken.“

Mit einem siegessicheren Lächeln auf den Lippen hielt Abdullah Yilmaz das unberührte Glas hoch. „Sie irren sich in beiden Punkten.“ Er schüttete den Raki aus seinem Glas demonstrativ in die leere Kaffeetasse. „Erstens habe ich nicht getrunken, wie Sie sehen, und zweitens ist der Raki nicht von Hakan Karatoglu, sondern von mir gekommen.

Sie verzeihen mir, dass ich mich grammatikalisch auf die Niederungen dieses menschenfreundlichen Idioten Karatoglu herabgelassen habe, indem ich sein minderwertiges Deutsch auf der beigefügten Nachricht kopiert habe. Aber sie hat immerhin ihren Zweck erreicht. Auch wenn ich bereits viel früher damit gerechnet habe, dass Ihre Gier Sie dazu bringen würde, das Gift mit dem Raki zu schlucken. Dann wäre uns allen eine Menge erspart geblieben und mein Halbbruder und seine Freunde würde noch leben." Der Türke beugte sich erneut vor und blickte in Koslowskis geweitete Augen. „Doch wie heißt es so schön? Besser spät als nie!"

Koslowski wollte etwas erwidern, brachte aber nur noch ein Krächzen zustande.

„Es ist mir eine besondere Ehre", fuhr Yilmaz fort, „dass ich es bin, der meinen Halbbruder Erdal rächen darf."

Koslowski versuchte vergeblich, seinen Oberkörper zu bewegen. Anscheinend hatte die Lähmung bereits diesen Teil des Körpers erreicht.

„Ich sehe an Ihrer Reaktion, die eine Ihrer letzten sein dürfte, dass Sie davon nichts wussten."

Yilmaz stand auf und begann, auf und ab zu gehen. „Wie Sie also soeben erfahren haben, war Erdal Kösem mein Halbbruder. Sie haben ihn auf dem Gewissen, und ich freue mich, dass ich es Ihnen heimzahlen kann. Um es mit einem Ihrer Bibelsprüche zu sagen: *Auge um Auge, Zahn um Zahn.*" Yilmaz war vor Koslowskis Sessel stehen geblieben und sah mitleidig auf ihn herab. In wenigen Minuten würde dessen Leben beendet sein. Der Vergiftete war kaum noch in der Lage, seinen Kopf zu heben. Yilmaz nahm seine Wanderung wieder auf. „Sie haben fast alles richtig gemacht. Aber nur fast. Mit Ihren Vermutungen lagen Sie sogar meist richtig. Es ging um Waffen und Sprengstoff für Afghanistan. Aber nicht, um dort den Dschihad zu unterstützen, sondern um Geld für Erdal und mich zu scheffeln. Die Waffen kamen über den Irak ins Land, nachdem wir sie in Belgien auf dem Schwarzmarkt gekauft hatten. Sie wurden über einen Mittelsmann beim Amsterdamer Zoll auf ein Schiff geschmuggelt, welches unter panamaischer Flagge lief und den Irak ansteuerte."

Wieder blieb er vor Koslowskis Sessel stehen. Da die Lähmung der Atemwege bereits eigesetzt hatte, hatte dieser inzwischen große Probleme mit der Atmung und japste jämmerlich nach Luft.

„Ich sehe, Sie können mir noch folgen“, sagte Yilmaz und fuhr fort. „Die Waffen wurden zunächst im Teutoburger Wald vergraben. Als sie abgeholt werden sollten, kam uns leider dieser Jäger mit seinem Hund in die Quere. Aber dieses Problem hat Erdal sehr schnell gelöst.“ Bei der Erinnerung an den kaltblütigen Mord an Otto Freimuth grinste Yilmaz vergnügt. Er setzte sich wieder gegenüber von Koslowski auf die Couch.

„Auch die Sache mit dem Hangar auf dem alten Flugfeld in Hohenloh haben Sie schnell rausgefunden. Aber da waren wir wiederum schneller. Außerdem sind Sie dabei von Birgili beobachtet worden. Kompliment, ihre Verkleidung soll sehr gut gewesen sein.“ Yilmaz lehnte sich zurück und verschränkte die Arme über der Brust. „Ihr größter Fehler jedoch war, dass sie sich in die Reinholdi-Sache eingemischt haben.“

Der Türke beugte sich vor und hob mit den Fingern Koslowskis Kinn an, um ihm in die Augen sehen zu können. „Das und die Tatsache, dass Sie für den Tod meines Halbbruders verantwortlich sind.“

Koslowski schien seine letzte Kraft zusammenzunehmen, und es gelang ihm, äußerst schwerfällig den rechten Arm zu heben und auf das Glas mit dem Raki zu deuten, dass noch gefüllt auf dem Tisch stand.

Yilmaz sah verwundert hinüber und dann wieder auf Koslowski, dem diese einfache Bewegung den Schweiß auf die Stirn getrieben hatte.

„Sie wollen noch ein Glas?“, fragte er ungläubig, griff aber danach und hielt es Koslowski hin. Heftig keuchend nahm dieser das Glas in die Hand und führte es zitternd zum Mund.

Yilmaz grinste. „Ich verstehe. Sie wollen die Sache beschleunigen. Das kann mir nur recht sein, denn ich muss hier noch meine Spuren verwischen und meinen Flug erreichen. Also los, machen Sie Schluss und trinken Sie, um zu sterben."

Koslowski hatte das Glas bereits an den Lippen. „Mein lieber Freund", sagte er mit plötzlich klarer Stimme, „ich würde niemals trinken, um zu sterben, sondern immer nur, weil es mir schmeckt oder weil ich Durst habe. Prost."

Yilmaz glaubte seinen Augen nicht zu trauen, als Koslowski sich problemlos aufsetzte, ihm mit dem Glas zuprostete und das Glas in einem Zug austrank.

„Heute trinke ich allerdings entgegen der strikten Weisung meines Hausarztes und ich möchte Sie bitten, ihm von diesen drei kleinen Sünden nichts zu sagen."

Yilmaz hatte seinen Schrecken immer noch nicht überwunden.

Dieser Mann müsste jetzt mausetot sein. Wie in Zeitlupe nahm er wahr, dass Koslowski sein Glas auf den Tisch zurückstellte.

Er war dieser Handbewegung mit den Augen gefolgt, und als er wieder zu Koslowski zurückblickte, entdeckte er eine Pistole der Marke Walther P 99 in dessen linker Hand. „Lassen Sie sich jetzt bitte nicht davon täuschen, dass ich die Waffe in der linken Hand halte," riet ihm dieser. „Es ist wahrlich keine Kunst, Ihnen aus dieser Entfernung auch mit links eine Kugel in den Bauch zu jagen. Und wegen des Sofas machen Sie sich bitte keine Sorgen. Ich habe eine gute Hausratversicherung."

Auch wenn er gewollt hätte, wäre Abdullah Yilmaz zu keiner Bewegung fähig gewesen. „Aber es ist äußerst unhöflich von mir, Ihnen nichts mehr zu trinken anzubieten", entschuldigte sich Koslowski.

Er griff mit der rechten Hand die Flasche Raki und schüttete Yilmaz Kaffeetasse bis zum Rand voll. „Bitte bedienen

Sie sich!“ Dann lehnte er sich zurück und schlug leger ein Bein über das andere.

Abdullah Yilmaz starrte die gefüllte Tasse an.

„Los, trinken Sie!“, herrschte Koslowski ihn an und verlieh dieser Aufforderung mit der Waffe in der Hand Nachdruck.

Der Türke nahm mit zitternden Fingern die Tasse und trank sie langsam aus. Dann sah er Koslowski mit vor Schreck geweiteten Augen an.

„Da ich ein gewisses Staunen in Ihren Augen bemerke, möchte ich Ihnen nun auch ein paar Erklärungen geben, so wie Sie mir zuvor.“

Koslowski wedelte bei den Worten demonstrativ mit der Waffe. „Erstens: Der Raki ist weder von Ihnen, noch wurde er vergiftet. Da er Alkohol in jeder Konstellation für Teufelszeug hält, hätte Hakan Karatoglu mir vermutlich alles geschenkt, nur keinen Schnaps. Also war es naheliegend, dass mit der Flasche etwas nicht stimmte.“ Koslowski fixierte sein Gegenüber mit bohrendem Blick. „Nun ist es so, dass ich einen sehr netten Freund bei der hiesigen Kriminalpolizei habe. Mit Hilfe seiner Kollegen vom Landeskriminalamt konnte er sehr schnell feststellen lassen, dass der Schraubverschluss zwar unberührt war, jedoch einen feinen Einstich aufwies. Und was lag da näher, als zu vermuten, dass Gift beigemengt worden war?“

Yilmaz schluckte.

Koslowski hingegen genoss den Augenblick.

„Woher haben Sie die neue Flasche? Diesen Raki gibt es in Deutschland ganz selten“, hörte er Yilmaz, der seine Sprache wiedergefunden hatte.

„Ach, wissen Sie, ich habe da einen Bekannten, der in Augustdorf einen Getränkemarkt betreibt. Der behauptet immer, dass er fast jedes Getränk besorgen kann. Und er hatte doch tatsächlich recht damit.“ Koslowski griff hinter sich und zog ein Körnerkissen aus dem Sessel. „Sie entschuldigen, ich schwitzte mit dem Ding im Rücken gewaltig, wie Sie sehen."

Er warf Yilmaz das Kissen zu, der es reflexartig auffing.

„Als wir nun wussten, wie und womit ich vergiftet werden sollte, war es, mit Hilfe meiner Apothekerin, relativ leicht, herauszufinden, welche Vergiftungserscheinungen ich Ihnen vorspielen musste. Einschließlich des Schwitzens." Koslowski lächelte selbstgefällig. „Wenn Sie gewusst hätten, wie faul ich als Schüler war, dann wären Sie sicher stutzig geworden, weil ich mich noch so gut an Sokrates erinnern konnte. Noch dazu als sogenannter ehemaliger Mittelschüler." Er beugte sich etwas vor. „Ganz ehrlich, Geschichte war mir in der Schule immer ein Gräuel. Ich erinnere mich nur noch an den hilfreichen Spruch: 333 – Issos Keilerei."

Yilmaz fuhr sich mit zwei Fingern hinter den Kragen, um sich Luft zu verschaffen.

„Und ich muss ihnen noch ein Geständnis machen", fuhr Koslowski fort. „Dass Sie Kösems Halbbruder sind, wusste ich auch schon. Hakan Karatoglu war so freundlich, mir die Geschichte Ihrer Familie zu erzählen. Es war also nur eine Frage der Zeit, wann Sie hier auftauchen würden."

Der Türke richtete sich ihm Sessel auf. „Eine Sache allerdings haben Sie dabei übersehen", sagte er. „Sie sind nicht der Typ, der mit seiner Pistole einen wehrlosen Menschen erschießt."

Er schien wieder etwas Morgenluft zu wittern. „Deshalb werde ich jetzt ganz langsam aufstehen und die Wohnung verlassen. Wie Sie wissen, habe ich noch einen Flug zu erreichen", sagte er spöttisch. Er wollte sich gerade erheben, als Koslowski die Hand mit der Waffe senkte. „Verdammt, Sie haben recht!"

Yilmaz grinste spöttisch.

„Ich kann Sie mit *dieser* Waffe tatsächlich nicht erschießen", gab er zu.

Yilmaz lachte hämisch auf. „Wieso ausgerechnet mit *dieser* Waffe nicht?“, wollte er belustigt wissen.

„Weil es nicht seine ist, sondern meine!“, sagte Walfried Eugelink, der plötzlich in der Schlafzimmertür stand. „Gib sie mir also bitte wieder“, forderte er Koslowski auf. „Sonst kriege ich jede Menge Ärger mit meinem Chef.“

An dem Kripobeamten vorbei betraten zwei uniformierte Polizeibeamte den Raum und postierten sich rechts und links neben Yilmaz, der auf die Couch zurückgesackt war.

Koslowski war einverstanden und reichte seinem Freund die Waffe.

„Aber nur unter einer Bedingung: Wenn ich eine Kopie des Tonbandes bekomme, auf dem alles, was unser Freund hier zugegeben hat, aufgezeichnet ist.“ Mit diesen Worten zog er ein kleines Aufnahmegerät unter dem Sessel hervor und schaltete es ab.

Eugelink schüttelte bedauernd den Kopf. „Auch da muss ich dich enttäuschen, es ist mein persönliches Geschenk für den Oberstaatsanwalt.“ Beide Männer lachten.

Die Beamten zogen Yilmaz von der Couch hoch, drehten seine Arme auf den Rücken und legten ihm Handfesseln an. Als sie ihn abführen wollten, bat Koslowski um noch einen Augenblick Zeit.

„Mein lieber verlogener Freund,“, sagte er und sah Yilmaz an, „du hast vorhin ein Zitat aus dem Alten Testament benutzt.“

Yilmaz blickte ihn erstaunt an.

„Darum möchte ich dir auch einen schönen Spruch oder besser einen gut gemeinten Rat mit auf den Weg in die Zelle geben: *Lass nicht die Beine hängen, ehe du auf dem Pferd sitzt.*“

Yilmaz blickte auf. „Was ist das für ein Spruch?“, wollte er wissen.

„Das, mein Freund, ist ein türkisches Sprichwort!“, antwortete Koslowski.

Zweiunddreißig

Koslowski stand gerade unter der Dusche, als das Telefon klingelte. Es gab ein probates Mittel, das immer wirkte, wenn er auf einen Anruf oder Besuch wartete, der nicht pünktlich kam. Er musste sich nur aufs Klo setzen oder unter die Dusche gehen, dann war irgendeine Art von Klingeln garantiert. Bloß, dass er heute keinen Anruf erwartete.

Leise fluchend schlang er sich das Badehandtuch um die Hüften und klettere aus der Dusche. Vorsichtig tappte er mit den nassen Füßen ins Wohnzimmer und schnappte sich das Telefon aus der Basisstation. Am anderen Ende hörte er eine junge, weibliche Stimme.

Koslowski schüttelte sich auf einem Bein hüpfend das Wasser aus dem Ohr und erkannte dann, dass die Sprechstundenhilfe seines Hausarztes Doktor Erhardt am Apparat war. „Herr Dr. Erhardt würde gerne selber mit Ihnen sprechen", flötete sie.

Koslowski ließ sich durchstellen und betrachtete dabei den kleinen See, der sich soeben unter seinen Füßen bildete. Einen Moment später hatte er seinen Hausarzt am Ohr.

„Hallo, Herr Koslowski. Wie geht es ihnen?", wollte der Allgemeinmediziner wissen. Koslowski überlegte kurz, ob er nicht etwas zu seinem verbesserten Gesundheitszustand inklusive Gewichtsverlust sagen sollte, den ihm das Alkoholverbot eingebracht hatte, beschränkte sich dann aber auf ein „Danke der Nachfrage".

Am anderen Ende der Leitung hörte es einen Hausarzt leise seufzen..

O, Mann, dachte Koslowski, sollte es wirklich so schlecht um ihn bestellt sein? Ungeachtet seines nassen Körpers ließ er sich auf einen Stuhl niedersinken. Welche Hiobsbotschaft mochte ihn erwarten?

Der Doktor nahm sich Zeit, bevor er das Gespräch fortsetzte. „Also, Herr Koslowski, dieses Gespräch fällt mir nicht leicht, und glauben Sie mir, ich hätte es auch lieber in meiner Praxis geführt."

Koslowski merkte, wie ihm flau im Magen wurde.

„Aber ich bin ab morgen auf einer Fachtagung und dachte mir, es wäre besser, Sie vorher telefonisch zu informieren, anstatt ihnen erst nächste Woche einen Termin geben zu können."

Koslowski schossen all die Sünden gegen seine Gesundheit durch den Kopf. Bis vor zehn Jahren hatte er neben seinem nicht immer gesundheitsförderlichen Umgang mit Alkohol auch noch geraucht. Und das nicht gerade wenig.

In diesen Sekunden bereute er jede einzelne Zigarette und jedes Glas Bier. Zeitweise hätte man das problemlos als Raubbau bezeichnen können, was er seinem Körper da so zugemutet hatte. Jetzt gab eben die Quittung dafür.

„Also, Sie waren ja vor einigen Tagen in meiner Praxis", setzte der Arzt erneut an. „Und Sie erinnern sich sicher noch, dass wir Ihnen Blut abgenommen haben."

Koslowski erinnerte sich genauso wie an das desaströse Ergebnis.

„Nun ja", fuhr der Arzt fort. „Ich hatte Ihnen ja auch gesagt, dass dabei festgestellt wurde, dass es mit Ihren Leberwerten nicht zum besten steht."

Eine schmeichelhafte Umschreibung, fand Koslowski.

„Wir arbeiten ja immer mit demselben Labor zusammen und können uns bis heute über deren Arbeit nicht beklagen", fuhr der Mediziner fort.

Wenn der so anfing, dann hatte dieses Labor einen eklatanten Fehler gemacht, und Koslowski konnte sich ungefähr vorstellen, wie der aussah, wenn der Doktor ihn sogar persönlich anrief.

Der Allgemeinmediziner holte erneut hörbar Luft und rang sich zu weiteren Erklärungen durch.

„Also, wie gesagt, das Labor hat bisher immer tadellos gearbeitet, nur mit Ihren Werten ist denen ein Fehler unterlaufen. Und darum fällt es mir nun besonders schwer, Ihnen die Wahrheit sagen zu müssen", druckste der Mediziner immer noch herum.

„Herr Doktor, ich bin ein Mann klarer Worte, es bringt doch nichts, um den heißen Brei herumzureden. Ich kann die Wahrheit schon vertragen", verkündete Koslowski gespielt selbstsicher und merkte daran, dass ihm in Wirklichkeit der Hintern auf Grundeis ging.

„Sie glauben gar nicht, wie froh ich bin, dass Sie die Sache so gelassen sehen." Der Mediziner war sichtlich erleichtert. „Wir haben die Probe wie immer ordentlich verpackt und beschriftet und dann dem Kurierfahrer mitgegeben. So ist sie also in das Labor gekommen und da muss es passiert sein."

Der nasse Patient verlor langsam die Nerven. „Herr Doktor, lassen Sie endlich die Katze aus dem Sack, das macht die Sache doch für alle leichter."

Wieder eine kurze Atempause, dann hörte er den Doktor am anderen Ende der Leitung sagen: „Ja, da muss es passiert sein, da hat man nämlich Ihre Probe vertauscht."

Koslowski glaubte seinen Ohren nicht zu trauen. „Was hat man?", fragte er ungläubig.

„Nun ja, man hat Ihr Blut mit dem eines anderen Patienten vertauscht. Dieser Patient ist bei einem Kollegen in Behandlung."

Koslowski konnte die Worte kaum fassen.

„Ihre Leberwerte sind vergleichbar mit denen eines Neugeborenen", hörte er Doktor Erhardt sagen.

Für einen Moment war er völlig fassungslos.

„Herr Koslowski, Sie können sich vorstellen, wie peinlich es mir ist, dass ich Ihnen aufgrund der falschen Werte so einen Schreck eingejagt habe." Der Doktor gab sich recht kleinlaut.

Koslowski dämmerte langsam, dass sein gesamter Verzicht auf Alkohol absolut unnötig gewesen war und ihm fiel ein Stein vom Herzen. Beim Gedanken an all die angebotenen und abgelehnten Getränke der letzten Tagen musste er grinsen.

„Ach, Herr Doktor, Sie können sich gar nicht vorstellen, wie wohl mir nach dieser Mitteilung ist."

Koslowski dachte daran, dass diese kleine Verwechselung ihm immerhin einen Gewichtsverlust von fast fünf Kilo eingebracht und ihn dazu gebracht hatte, nun des Öfteren über seinen Alkoholgenuss nachzudenken. Auf jeden Fall würde ihm das eine Lehre sein.

Von jetzt an würde er sich doch mehr zurückhalten. Außerdem war er ja auch nicht mehr der Jüngste.

Der Arzt am anderen Ende der Leitung schien besorgt. „Sind Sie noch dran?", wollte er wissen.

Koslowski konnte ihn beruhigen. „Mir geht es ausgezeichnet. Aber sagen Sie mir doch noch eines, wenn Sie es mit der ärztlichen Schweigepflicht vereinbaren können, Herr Doktor."

Der Mediziner hatte seinem Patienten aufmerksam zugehört. „Wenn es geht, beantworte ich Ihnen die Frage natürlich gern. Ich glaube, das bin ich Ihnen auch irgendwie schuldig."

„Dürfen Sie mir sagen, wer der andere Patient ist?"

Der Mediziner überlegte kurz, dann rang er sich zu einer Antwort durch. „Normalerweise obliegt das alles, wie Sie schon richtig festgestellt haben, der ärztlichen Schweigepflicht. Doch da besagter Patient nicht hier in Hiddesen wohnt, sondern in Oerlinghausen, darf ich Ihnen das schon mal sagen. Wäre er aus unserem Dorf, würde ich keine Auskunft geben."

Koslowski konnte sich vorstellen, dass bei dieser Aussage einige Leute im Dorf sicher aufgeatmet hätten, wenn sie es gehört hätten.

Es handelt sich um eine ältere Dame, wie mir mein Kollege aus Oerlinghausen mitgeteilt hat. Und diese Dame, die als Haushälterin arbeitet, hat anscheinend ein nicht unerhebliches Alkoholproblem. Mein Kollege äußerte sich dahingehend, dass ihre Sucht nach Himbeergeist ihr mal das Genick, bzw. die Leber brechen würde."

Der Doktor konnte nicht begreifen, warum sein Patient am anderen Ende der Leitung plötzlich lauthals loslachte. Erst nach einigen Sekunden konnte er ihn fragen: „Ich freue mich ja, dass Sie den Schock wegen der vertauschten Werte so gut verkraftet haben, aber warum lachen Sie?"

Koslowski rutschte das Handtuch auf den Boden, als er aufstand. „Ach, wissen Sie, Herr Doktor, ich habe zwar nicht Medizin studiert, doch ich gehe da, was die Diagnose Ihres Oerlinghauser Kollegen angeht, mit ihm vollkommen konform." Damit legte er auf und ließ einen völlig perplexen Arzt am anderen Leitungsende zurück.

Nach einiger Zeit hatte es Koslowski geschafft, sich sowohl abzutrocknen, als auch sein Wohnzimmer wieder trockenzulegen. Immer wieder musste er an seine völlig unnötigen Sorgen denken. Jetzt freute er sich darauf, bei der nun anstehenden Einladung endlich wieder mal ruhigen Gewissens ein schönes Gläschen trinken zu dürfen. Dabei war es ihm vollkommen egal, welche Art von Alkohol dort angeboten würde, außer wenn es sich um Glühwein handelte. Koslowski hatte ein sehr gespaltenes Verhältnis zu gewissen Trinkgewohnheiten.

Seiner Meinung nach ummantelte man Alkohol weder mit Schokolade, noch machte man ihn heiß. Er war ein Mann, der auch im Polarmeer auf einer Eisscholle treibend noch ein kühles Pils bestellen würde.

Aber der Bürgermeister von Lage würde sicherlich kaum zu einem Empfang einladen und dann Glühwein servieren lassen. Zumal der ja im Umgang mit Bier einige Ahnung hatte, musste er doch jedes Jahr das erste Fass Bier auf dem Reinholdi-Markt anschlagen. Koslowski warf sich in Schale und war gespannt, wen er dort treffen würde.

Vor der Haustür sah er sich gewohnheitsgemäß nach seinem Landrover um, bis ihm einfiel, dass dieser sein Leben auf dem Flugfeld ausgehaucht hatte. Dann ging er zu dem Leihwagen hinüber, den er sich besorgt hatte, und stieg leicht frustriert ein. Auf dem Weg in Richtung Lage bemerkte er, dass er noch tanken musste. Also bog er ab und fuhr nach Heidenoldendorf zur dortigen Tankstelle. Er hielt neben einer der Zapfsäulen und öffnete den Tankverschluss. Als er den Zapfhahn aus seiner Halterung zog, sah er über die Tanksäule hinweg völlig unerwartet geradewegs in die Augen von Lisa Brandes.

Koslowski bemerkte eine wohliges Kribbeln im Nacken. „Was machen Sie denn hier?“, fragte er nicht sonderlich geistreich.

„Ich mache eine Umschulung zur Tankwartin“, grinste Lisa Brandes.

Jetzt erst bemerkte Koslowski, dass sie ebenfalls dabei war, ihren Wagen zu betanken.

Koslowski errötete leicht, was Lisa Brandes bloß noch mehr amüsierte.

Wenige Minuten später standen sie an einem Stehtisch in der Tankstelle und schlürften den heißen Kaffee, zu dem Koslowski eingeladen hatte.

„Sie sehen etwas geschafft aus“, musterte ihn die Krankenschwester aufmerksam.

Koslowski nickte. „Es gab viel zu tun in den letzten Tagen.“

Lisa Brandes sah ihn über den Rand des Kaffeebechers hinweg neugierig an.

„Was machen Sie denn beruflich?“, wollte sie wissen.

„Och, mal dies, mal das“, wand Koslowski sich heraus. Er konnte ihr unmöglich erzählen, dass er neuerdings gern Sportflugzeuge zerstörte.

„Und wie geht es Ihnen?“, fragte er neugierig, um von sich abzulenken. „Seitdem Sie neulich die Herrenunterwäsche kauften, haben wir uns ja nicht mehr gesehen.“ Lisa Brandes kicherte.

„Ach ja, da war ich unterwegs, um für meinen faulen Herrn Bruder einzukaufen, der nie Zeit dafür hat.“

Koslowski hörte es mit Freude. „Ach, für Ihren Bruder war die Unterwäsche?“, strahlte er.

„Na klar, oder glauben Sie ich trage so was?“ Kiki Brandes amüsierte sich prächtig.

„Na, ich hoffe doch nicht“, gab Koslowski zu „Sie würde Ihnen sicher nicht besonders gut stehen, vermute ich.“

Beide mussten herzhaft lachen.

„Aber die Wäsche hätte ja auch für jemanden anderes sein können“, hakte Koslowski nach.

Lisa Brandes schmunzelte.

„Nein, der einzige Mann in meinem Leben ist zur Zeit mein fauler Bruder. Er studiert in Göttingen Forstwirtschaft und ist hier zu Besuch.“

Koslowskis Herz machte einen erneuten Freudensprung.

„Ich weiß ja nicht, ob es zu aufdringlich ist“, begann er zaghaft, „aber ich würde Sie gerne mal zum Essen einladen“, bot er der Krankenschwester an.

Lisa Brandes sah ihm in die Augen. „Keine schlechte Idee. Ich würde vorschlagen, wir unterhalten uns darüber bei unserem nächsten Treffen.“

Und als sie Koslowskis fragenden Blick sah, klärte sie ihn auf. „Sie haben noch einen Termin bei uns im Klinikum“, sagte sie und tippte auf seinen Arm. „Wir müssen Ihnen noch die Fäden ziehen. Und danach, wenn Sie wieder ganz in Ordnung sind, dann dürfen Sie mich gerne zum Essen einladen.“

Koslowski strahlte bei diesem Angebot umso mehr, als sie sich bei der Verabschiedung auf die Zehenspitzen stellte und ihm einen leichten Kuss auf die Wange hauchte.

„Passen Sie auf sich auf!“, bat sie ihn und lief lächelnd zu ihrem Wagen.

Koslowski stand immer noch mit seinem Kaffeebecher in der Hand vollkommen perplex in der Tankstelle, als Lisa Brandes bereits hupend vom Gelände fuhr.

„Ein nettes Mädchen“, sagte der Tankstellenbesitzer im Vorbeigehen.

„Das kannst du laut sagen“, antwortete Koslowksi und ging selig lächelnd zu seinem Wagen.

In Lage angekommen, parkte er den Wagen auf dem Parkplatz an der Marktkirche und war schon einige Meter vom Fahrzeug entfernt, als er eine blonde Politesse bemerkte, die aufmerksam in die Windschutzscheiben der geparkten Fahrzeuge blickte.

Im selben Moment entdeckte er auch das Schild mit der Aufschrift *Daran gedacht*? und dem Parkuhrsymbol darauf. Schnell eilte er zum Wagen zurück und stellte die Parkscheibe entsprechend ein. Lächelnd nickte ihm die Politesse zu, als er an ihr vorbeiging.

Dann bog er an der St.-Johann-Straße um die Ecke und stand kurz darauf vor der Treppe des historischen Rathauses. Beim Betreten des Gebäudes vernahm er bereits Stimmen aus dem Saal im ersten Obergeschoss. Koslowski betrat den Raum und wurde umgehend vom Bürgermeister begrüßt, der eben noch ins Gespräch mit einigen Mitgliedern der GTM vertieft war.

Das Stadtoberhaupt kam ihm entgegen und reichte ihm die Hand. „Schön, dass Sie so kurzfristig kommen konnten. Man hat mir schon erzählt, was Ihnen alles passiert ist. Wirklich eine tolle Geschichte! Da müssen Sie eine Armee von Schutzengeln gehabt haben“, vermutete er. „Wer hätte denn gedacht, dass wir hier in Lage mal in so eine Situation kommen könnten?“

Koslowski konnte ihm da nur zustimmen. Auch er hätte nicht im Traum damit gerechnet, dass er sich mal mitten in einem derartigen Szenario befinden würde, wie er es auf Reinholdi und anschließend auf dem Flugfeld in Oerlinghausen erleben musste.

Der Bürgermeister führte ihn am Arm weiter in den Raum. Koslowski sah sich um und entdeckte an der Seite die Lehrerin Ingrid Barkenkamp, die mit einer anderen Frau sprach. Durch die Lehrerin war die ganze Sache erst ins Rollen gekommen. Als er zu ihr hinüberblickte und winkte, lächelte sie ihm freundlich zu. Der Bürgermeister begrüßte einen neuen Gast und Koslowski fand so etwas Zeit zum Nachdenken.

In diesem Moment war er gedanklich noch einmal auf der Autobahnbrücke über Borchen und dachte voller Trauer an die junge Frau, die dort ihrem Leben ein Ende gesetzt hatte. Damit hatte für ihn alles angefangen. Er schüttelte sich, um dieses Gefühl wieder loszuwerden.

Von links kam der Dienstgruppenleiter der Polizei auf ihn zu. Er schlug Koslowski auf die Schulter. „Mensch, da hast du aber nach Reinholdi noch mal kräftig nachgelegt." Er schüttelte den Kopf. „Das war ja ein echtes Husarenstück, was du da auf dem Flugfeld geritten hast."

Koslowski winkte ab. „Ich denke mir, jeder von uns hätte ähnlich gehandelt", meinte er.

„Jau, aber leider haben wir dafür nicht solche Panzer wie deinen Landrover zur Verfügung", grinste der Polizeibeamte. „Bezahlt den wenigstens die Versicherung?", wollte er wissen.

Koslowski musste verneinen. „Ich glaube, das gibt noch eine Menge Scherereien", vermutete er. „Die werden sich sicher querstellen."

Der Bürgermeister gesellte sich zu ihnen. „Ich habe gehört, Sie sind sogar Kollegen gewesen?", wollte er von Koslowski wissen.

Dieser schüttelte den Kopf. „Nein, Bürgermeister war ich noch nie, aber wenn Sie von der Polizei sprechen, das stimmt. Aber das liegt schon Generationen zurück."

Der Bürgermeister zog den Dienstgruppenleiter und dessen Kollegen in eine Ecke des Saales und winkte auch Koslowski hinzu. „Ich bin sehr froh, dass es ihnen gelungen ist, diesen Anschlag zu verhindern, besonders weil alles ohne eine Panik auf dem Kirmesgelände ablief. Nichts auszudenken, was alleine dadurch hätte passieren können." Mit dieser Meinung stand er nicht alleine da.

Alle Anwesenden versprachen, mit dieser Sache auch weiterhin möglichst diskret umzugehen. „Was ist eigentlich aus dem Attentäter geworden?", wollte das Lagenser Stadtoberhaupt wissen.

Der Dienstgruppenleiter sah sich um und überprüfte, ob jemand mithören könnte. „Er ist in die Forensik eingeliefert worden. Man kann sagen, dass er sehr stark manipuliert wurde, um diesen Anschlag zu begehen. Die Hintermänner werden sich dafür nicht mehr vor Gericht verantworten müssen, denn sie stehen ja bereits vor Allah."

Der Bürgermeister nickte. „Es wäre auch eine Schande gewesen, wenn diesen Männern die Flucht gelungen wäre, nachdem sie so eine Schweinerei vorhatten."

Als Hakan Karatoglu zu ihnen trat, wandte sich der Bürgermeister zu ihm um. „Willkommen, Herr Karatoglu", sagte er und zu den anderen gewandt: „Meine Herren, lassen sie uns zu den anderen Leuten zurückgehen, zur Feier des Tages hab ich mir erlaubt, Sie alle auf einen Schnaps einzuladen. Ich hoffe, ich habe dabei ihren Geschmack getroffen, wenn ich dafür mal keinen lippischen Wacholder, sondern einen guten türkischen Raki bestellt habe."

Ein Raunen ging durch die Gruppe der Anwesenden und in diesem Moment betrat, wie auf Stichwort, eine Angestellte mit einem Tablett voller Gläser den Raum.

Hakan Karatoglu hatte sich einen Moment lang abgewandt und mit einem der Polizeibeamten gesprochen, sodass er zunächst gar nicht mitbekam, dass Hochprozentiges gereicht werden sollte.

Koslowski hingegen freute sich nach der unfreiwilligen Abstinenz mal wieder auf ein schönes Glas Raki. Die drei zur Überführung von Abdullah Yilmaz getrunkenen zählten ja nicht.

Die Dame mit dem Tablett machte die Runde und blieb nun vor Koslowski stehen. Doch gerade, als sie ihm lächelnd das Tablett hinhielt und er seine Hand nach einem der Gläser ausstreckte, bemerkte es Hakan Karatoglu. Dieser sprang, immer noch im Glauben, das jeder Tropfen Alkohol Koslowski sofort vom Leben zum Tode befördern würde, dazwischen.

Dabei stolperte er und landete mit seinem Oberkörper auf dem Tablett mit den restlichen Gläsern.

„Scherben bringen Glück", kommentierte der Dienstgruppenleiter knochentrocken, als die Gläser zu Boden gingen.

Koslowski und der Bürgermeister hielten den türkischen Vereinsvorsitzenden fest, der sich noch im Fallen halb zu der städtischen Angestellten umdrehte und sie dabei mit strafendem Blick ansah. Kaum hatten sie ihn mit vereinten Kräften wieder auf die Beine gestellt, drohte er ihr bereits mit dem Zeigefinger.

„Sie nix wissen, was Doktor sagen. Schnaps gefährlich für Leber! Deshalb: Kein Raki für Koslowski!"

Ende

Nachwort

Was Sie gerade gelesen haben, ist ein Roman. Alle Personen und Handlungen sind frei erfunden. Auch in diesem Buch heißt der Held wieder Koslowski. Doch in der Realität sind es oft die Polizeibeamtinnen und -beamten, die ihre Haut zu Markte tragen müssen. Ihnen ist dieses Buch gewidmet.

Ich möchte mich an dieser Stelle auch wieder bei allen bedanken, die mir beim Schreiben dieses Romans mit Rat, Tat und konstruktiver Kritik zur Seite gestanden haben. Ganz besonders bei meiner *alten* Freundin Inge, die sich wieder mal als Erste durch das Manuskript gewühlt hat, sowie bei Nadine, die diesmal besonders dem „Fehlerteufel" auf der Spur war. Weiterhin bei den Feuerwerkern des deutschen militärischen Vertreters auf dem Truppenübungsplatz Sennelager genauso wie bei Dr. Annette Hüls von der Apotheke Hiddesen. Bei Hans-Dieter Hardenberg, der in Sachen Hubschrauber eine ebenso aufschlussreiche Quelle war, wie die Mitarbeiter des Luftsportzentrums Oerlinghausen in Sachen Sportfliegerei.

Ein Buch zu schreiben ist manchmal einfacher, als es verlegen zu lassen. Mein besonderer Dank gilt daher dem Verlag topp+möller, der es mir zu meiner Freude und hoffentlich auch zu Ihrer guten Unterhaltung bereits zum zweiten Mal ermöglicht hat.